GASTON BACHELARD

LA POÉTIQUE DE LA RÊVERIE

梦想的诗学

[法] 加斯东·巴什拉 著

刘自强 译

生活·讀書·新知 三联书店

Simplified Chinese Copyright © 2017 by SDX Joint Publishing Company.
All Rights Reserved.

本作品简体中文版权由生活·读书·新知三联书店所有。
未经许可，不得翻印。

图书在版编目（CIP）数据

梦想的诗学／（法）加斯东·巴什拉著；刘自强译．—北京：生活·读书·新知三联书店，2017.4　（2022.5 重印）
（法兰西思想文化丛书）
ISBN 978-7-108-05714-3

Ⅰ.①梦… Ⅱ.①加… ②刘… Ⅲ.①诗学－研究 Ⅳ.① I052

中国版本图书馆 CIP 数据核字（2016）第 118347 号

特邀编辑	张艳华
责任编辑	李　佳
装帧设计	康　健
责任校对	龚黔兰
责任印制	董　欢
出版发行	生活·讀書·新知 三联书店
	（北京市东城区美术馆东街 22 号 100010）
网　　址	www.sdxjpc.com
经　　销	新华书店
印　　刷	河北鹏润印刷有限公司
版　　次	2017 年 4 月北京第 1 版
	2022 年 5 月北京第 2 次印刷
开　　本	880 毫米 × 1092 毫米　1/32　印张 9.25
字　　数	182 千字
印　　数	07,001－10,000 册
定　　价	59.00 元

（印装查询：01064002715；邮购查询：01084010542）

"法兰西思想文化丛书"编委会

(以姓氏笔画为序)

王东亮　车槿山　许振洲　杜小真

孟　华　罗　芃　罗　湉　杨国政

段映虹　秦海鹰　高　毅　程小牧

"法兰西思想文化丛书"总序

20世纪90年代，北京大学法国文化研究中心（前身为北京大学中法文化关系研究中心）与三联书店合作，翻译出版"法兰西思想文化丛书"。丛书自1996年问世，十余年间共出版27种。该书系选题精准，译介严谨，荟萃法国人文社会诸学科大家名著，促进了法兰西文化学术译介的规模化、系统化，在相关研究领域产生广泛而深远的影响。想必当年的读书人大多记得书脊上方有埃菲尔铁塔标志的这套小开本丛书，而他们的书架上也应有三五本这样的收藏。

时隔二十年，阅读环境已发生极大改变。法国人文学术之翻译出版蔚为大观，各种丛书系列不断涌现，令人欣喜。但另一方面，质与量、价值与时效往往难以两全。经典原著的译介仍有不少空白，而填补这些空白正是思想文化交流和学术建设之根本任务之一。北京大学法国文化研究中心决定继续与三联书店合作，充分调动中心的法语专家优势，以敏锐的文化学术眼光，有组织、有计划地继续编辑出版这套丛书。新书系主要包括两方面，一是推出国内从未出版过的经典名著中文首译；二是精选当年丛书中已经绝版的佳作，由译者修订后再版。

如果说法兰西之独特魅力源于她灿烂的文化，那么今天在全球化消费社会和文化趋同的危机中，法兰西更是以她对精神家园的守护和对人类存在的不断反思，成为一种价值的象征。中法两国的思想者进行持久、深入、自由的对话，对于思考当今世界的问题并共同面对人类的未来具有弥足珍贵的意义。

谨为序。

北京大学法国文化研究中心

目 录

"法兰西思想文化丛书"总序 ……………… 1

导言 ……………………………………………… 1
第一章　追寻梦想的梦想词的梦想者 ………… 37
第二章　追寻梦想的梦想"阿尼姆斯"与
　　　　"阿尼玛" …………………………… 73
第三章　向往童年的梦想 …………………… 126
第四章　梦想者的"我思" ………………… 188
第五章　梦想与宇宙 ………………………… 224

译后记 ………………………………………… 279

导　言

> 方法、方法，你要求我什么呢？你确知我已吃下无意识之果。
>
> 儒尔·拉福格《传奇式的美德》

1

为补充我在以往的专著中对诗的想象力所做的论述，在最近一卷书中，我们试图指出现象学的方法对这一类探讨所具有的价值。按现象学的原理，问题在于充分阐明通过诗的形象对值得赞叹的主体所产生的顿悟。[1] 现代现象学试图将之加诸所有的心理现象的这种意识领悟，在我们看来，使某些经常只具有不可靠的且短暂易逝的客观性的形象，增添了

---

[1] 现象学（Phénoménologie）是第一次世界大战前在德国兴起的一种哲学运动。它的主要代表为埃德蒙·胡塞尔。现象学研究的对象既不是单纯的主体，也不是单纯的客体，而是两者的相互关系，是主体向客体投射的"意向"（胡塞尔语）。——译注

持久的主观价值。现象学的方法在促使我们有步骤地观照我们自身，并对诗人所提供的形象努力作出明确的意识领悟时，引领我们尝试与诗人的创造意识进行交流。崭新的诗的形象——一个极其简单的形象！——因此很自然地成为一种绝对的起源，一种意识的开始。当诗人作出宏伟的发现时，一个诗意的形象能够成为一个世界的萌芽，一个呈现于诗人的梦想前的想象天地的萌芽。面对诗人所创造的这一世界，惊奇赞赏的意识极真纯地开启了。当然，意识是用于更宏伟的壮举的。当意识从事越来越协调的工作时，它越是雄健有力。尤其是"理性意识"始终使现象学学者深感其难解的性质：即说明意识如何能贯穿于一系列的事实中。相反的是，当想象的意识面对一个孤立的形象时，它承担巨大的责任却较小，至少乍看起来如此。因此，把想象的意识看作是对孤立的形象的意识，可能为现象学学说的基本教学法提供一些新的主题。

但是，我们现在面对着一个双重悖论。不知情的读者会问，为什么你使一卷有关梦想的书承载现象学方法这一沉重的哲学负荷呢？

同时，职业现象学学者也会说，为什么选择形象这样游移不定的材料来阐明现象学的原理呢？

一切似乎都将更为简单，假若我们按照心理学家的良策——描述所观察的对象，测定不同的层次，划分各种的类型——心理学家所看到的是孩子想象力的诞生，老实说，他们却从不考察想象力是如何在一般成年人身上消失的。

但是，一个哲学家能成为心理学家吗？当他带着所有必需的热情进入价值准则的领域时,他能抛弃他的自豪而只满足于确认事实吗?今天人们常说,哲学家总是"处于哲学的情境中",有时,他自认为一切从头开始,但可叹的是,他只在继续而已……他曾博览如此浩瀚的哲学书籍!在研究、讲授这些论著的托词下,他已歪曲了多少"体系"!当黄昏降临,他不再授业时,他认为有权利将自我封闭在他所选择的体系中。

我就这样选择了现象学,期望以新的眼光重新探讨我曾由衷喜爱的形象,它们已经深深地植根于我的记忆里,当我在梦想中与它们重逢时,我已不再明白这究竟是回忆抑或是幻想。

2

现象学对于诗的形象的要求很简单,这就是强调它们的开源功能,把握它们的独创性存在,并因此而从神奇的心理生产力,即想象的生产力中获益。

然而这一要求——要求诗的形象成为心理根源——可能是极其生硬的,假若我们不能从各种扎根最深的原型[1]的差异中找出一种独创性的功能的话。既然我们要以现象学学者

---

[1] 根据心理学家 C. G. 荣格的理论,原型是一种来源于集体无意识的普遍的心理结构,这种集体无意识出现在神话、故事及所有的想象的作品中。——译注

的观点来深化惊喜赞赏的心理现象的研究，那么一个美妙的形象的任何细微变化，都会有助于提高我们的研究的精确度。任何新颖形象所具有的精美，均能重新激起某些本原，能使惊喜赞赏的喜悦再现并成倍增长。

在诗歌中随着惊喜而来的是言语的喜悦。这种喜悦，必须从其绝对的实证性中获得。诗的形象，作为语言的一种新存在而出现，完全不能按普通比喻的模式，视之为发泄受压抑的本能而打开的阀门。诗的形象如此辉煌地照亮了意识，以致寻求先于它的潜意识活动只能是徒劳无益的。至少现象学的建立，意在把诗的形象的本体存在视为对言语的不可置疑的征服，而与先于此的存在断然决裂。假若听信精神分析学家，人们就可能将诗歌描述为一种壮丽的语无伦次。但是热情激昂的人并没有弄错，诗歌是言语的前途之一。在试图从诗歌的高度去提高对语言的领悟时，我们得到的印象是：我们碰到了具有崭新言语的人，这种言语不局限于表现思想或感觉，而是试图去开拓未来。我们会说，诗的形象以其新颖开辟了语言的未来。

与此相关的是，在运用现象学方法研究诗的形象时，我们似乎自动地经历了精神分析，我们似乎能够以清醒的意识抑制我们以往的对精神分析学的成见。作为现象学者，我们感到摆脱了我们的偏好——这些偏好把文学趣味转变成为习惯。由于现象学对现实性的优先重视，我们全神贯注于诗人提供给我们的崭新形象。形象呈现在眼前，在我们脑海中，并远离曾在诗人的心灵中培育过它的过去。我们无须关心诗人的"情结"[1]，无须搜寻他的生活历史，一旦某个简单的形象以其丰富的变异揭示其诗的价值时，我们是自由地、完全无拘无束地从一个诗人走向另一个诗人，从伟大的诗人走向平凡的诗人。

因此，现象学方法要求我们从形象最微小的变幻的根源上阐明全部意识。我们读诗并不同时另有所思。一旦诗的形象在某一单独特征上有所更新，它便会显示出某种初始的淳朴。

正是这种淳朴，当它井然有序地被唤醒后，将会赋予我们诗歌纯真的接待。因此，我们在对活跃的想象力的研究中，将遵循作为淳朴学派的现象学方法。

3

在诗人为我们提供的形象面前，在这些我们自己永不会想象到的形象面前，那种惊喜赞赏的淳朴是很自然的。但被动地体验这样的惊喜赞赏，并不能使人深入参与创造性的想象活动。形象现象学要求我们更积极地参与创造性的想象活动。既然任何现象学的目的都在于其一刹那间实现顿悟，那么必然会得出这样的结论：就想象力的特质方面而言，不存在消极被动的现象学。让我们排除经常发生的误解，重申现

---

[1] 在心理学中，情结（le complexe）指处于局部无意识或全部无意识中的具有强大情感力量的感情及回忆的总体，这一总体刻板地决定着待人接物的行为。——译注

象学不是对种种现象所做的经验性的描述。经验性的描述意味着主体对客体的屈从,并作茧自缚地使主体保持被动状态。心理学家的描述无疑能提供某些文献资料,但是现象学学者却应把这些文献资料置于意向性[1]的轴心线上。啊!但愿这刚为我提供的形象为我所有,真正为我所有,但愿它成为我的创作——这便是读者自豪的极致!假若我能在诗人的协助下,亲身经历诗的意向性,那么阅读将是何等的荣耀!正是通过诗的想象的意向性,诗人的心灵才找到了通向任何真正诗的意识入口。

面对着如此勃勃雄心,再加之此书须出自我的梦想,我的现象学工程就不得不面对一个带根本性的悖论。确实,人们通常把梦想纳入心理放松的现象范畴。只有在身心放松、无拘无束之时,人们才能进入梦境。由于梦想未引起关注,它常常也不存留于记忆中。它是现实之外的一次逃逸,而且也并不总是能找到一个稳定的非现实的世界。意识随着"梦想的斜坡"——总是下降的斜坡——而放松、而分散,因此也变得模糊难解。显然,人们身处梦境之日,并非"实行现象学"之时。

---

[1] 萨特把意向性(intentionalité)称为胡塞尔的基本概念之一。他在他的论文集《处境Ⅰ》中(第30-31页,伽利玛出版社)写道:"……意识是没有'内在'的,它只是它的外在而已。正是这种绝对逃避成为实体,拒绝成为实体的活动才使它成为意识。"他引用胡塞尔的话说:"'任何的意识都只是某种东西的意识而已'……这种作为意识自身以外的对其他东西的意识的必然性,胡塞尔称为意向性。"——译注

面临这样的悖论，我们的态度是什么呢？我们绝对不是使对梦想的单纯的心理学研究，与确切的现象学研究之间的明显对立相互接近，而是要让我们的研究从属于我们首先要维护的哲学论断，更增强它们之间的对比。我们认为，任何一次意识领悟都是一次意识的增长，一束光的增强，一次心理连贯性的加强。这领悟的迅速及它的瞬时性可能对我们掩盖了它的发展。但是在任何一次意识领悟中，意识的存在都有所发展。意识与强烈的心理转变是同时的，这种转变将它的活力扩散于全部心理活动中。意识就其本身而言，是一种人性的活动、一种人类的活动。这是一种剧烈的活动，充满活力的活动。即使随之而来的行动、可能随之而来的行动，以及本来会随之而来的行动处于中止状态，意识活动却仍然具有它完满的积极性。本书只从语言的领域来研究这一活动，更确切地说，当充满想象力的意识创造并体验诗的形象时，我们在诗的语言中研究这一活动。提升语言、创新语言、赋予语言以价值、热爱语言，这些都是言语意识自我提升的活动。在这如此明确限定的领域中，我们肯定可以找到许多例子，来证明我们的有关一切意识领悟基本增长性变化的、更普遍的哲学命题。

那么，面对诗的意识领悟的明晰及活力的增加，如若要运用现象学原理，我们应从什么角度研究梦想呢？因此，我们自己的哲学命题增加了这一问题的难度。的确，这个论断的后果是：一个正在减弱的意识、入睡的意识、漫想的意识，已不再是一个意识。梦想将我们置于不利的斜坡上，置于下滑的斜坡上。

有个形容词将使一切得到解救，并使我们能够克服心理学家初审时提出的反对意见。我们要研究的梦想是诗的梦想，是被诗置于上升倾向的梦想，是扩展的意识能够追随的梦想。这样的梦想是用笔墨写下来的梦想，或者说至少是可以形诸笔墨的梦想。它已面对白纸这一广阔的天地。这时，形象开始组合、排列。梦想者已经听到写成的铿锵言语。一位我没能再查阅到的作者曾说过：笔头是脑器官。我确信这句话：当我笔走龙蛇时，我的思想却陷入了混乱。[1] 谁能归还我学童时代的美好笔墨？

所有的感官都在诗的梦想中苏醒，并形成相互的和谐。诗的梦想所倾听的，诗的意识所应记录的，正是这种感官的复调音乐。弗雷德里克·施莱格尔[2]对语言的论述完全适用于诗的形象：这是"一气呵成的创造"[3]，正是这些想象力的冲动，才是研究想象力的现象学学者所应努力去再体验的。

诚然，心理学家会认为更直接的办法是研究具有灵感的诗人。他会对那些特殊天才做具体的灵感研究。但是，他能因此而体验灵感的现象吗？[4] 他的关于具有灵感的诗

---

[1] 作者认为是笔在写作而非思想在写作。这正合杜甫"下笔如有神"之意。——译注
[2] F. Schlegel（1772-1829），德国诗人及学者、德国浪漫主义的奠基人之一。——译注
[3] 参见 *De l'origine du langage*，欧内斯特·勒南译，第3版，1859年，第100页。
[4] 乔治·桑（George Sand）说"诗歌是一种高于诗人的东西"，见 *Questions d'art et de littérature*, p. 283。

人的人文资料，只能借助于理想的客观观察外在地叙述出来。具有灵感的诗人之间的比较研究，很快将使灵感的本质丧失殆尽。任何的比较都会降低所比较对象的表达价值。灵感一词应用得太泛，不足以表达具有灵感的言语的独创性。事实上，关于灵感的心理学，即使借助于对人工天堂[1]的叙述，也显然是贫乏的。在这样的研究中，心理学家所能利用的资料太少，尤其是因为这些资料没有真正为心理学家所接受。

缪斯的概念应有助于我们赋予灵感以本体的存在，有助于令我们相信"使有灵感"这一动词具有超验的主体，然而，这一概念自然不能进入现象学学者的词汇。早在少年时代，我已不能理解我喜爱的一位诗人竟能使用诗琴及诗神的词汇。怎么能令人信服地说出，怎么能朗诵这伟大的诗篇的第一句而不放声大笑呢：

诗人，拿起你的诗琴，给我一个亲吻[2]

这已超出了一个香槟地区[3]的孩子所能容忍的范围。

---

[1]《人工天堂》是诗人波德莱尔（1821-1867）出版于 1860 年的散文集，它描写了酒、印度大麻及鸦片所产生的效应。后来文学中对这些麻醉剂泛称为"人工天堂"。——译注
[2] 见法国浪漫主义诗人 A. 德·缪塞（1810-1857）的著名诗篇《五月之夜》。
[3] 香槟地区是法国旧制时的一省，现分为四个行政区，位于巴黎以东。——译注

不！缪斯，奥尔菲的诗琴[1]，印度大麻或鸦片的幽灵只能掩盖灵感的存在实质。相反，写下来的诗的梦想，已成为文学篇章的诗的梦想却是可传达的，能给予人灵感的梦想，也即说，是一种适于我们读者水平的灵感。

然而对于一位孤独的、注定离群索居的现象学学者而言，文献资料却是极丰富的。这现象学学者与书中沉睡的千百个形象相逢时，能够唤醒他的诗的意识。他对诗的形象产生了回响——按欧仁·曼库斯基[2]如此精确描绘的现象学的"回响"之意义而言。

此外，我们应注意梦想与做梦有所不同，梦想是不能讲述的。要将它传达出来，必须将它写下来，裹挟着激情、充满情趣地写。由于将它复写下来，人们因而能更深刻地再度体验这一梦幻。我们在此所涉及的是书写爱情的领域。这种书写爱情的风尚正在消失，但是它的优点却保存下来。至今仍有这样的人，其灵魂深处坚信爱是两种诗情的相逢，两种梦想的融汇。书信体小说在争奇斗艳的形象及比喻中表达爱情。为表达爱情，必须动笔写。爱情永远写不完、道不尽。多少情人在情意绵绵的相会后，回家铺开信笺，欣然命笔！爱情从未被说尽道完，而且越是充满诗意的梦想中的爱情，越是能完美地表达出来。两个孤独心灵的梦想滋润着温

---

[1] 希腊神话称奥尔菲为古代最伟大的乐师，他的琴声能使最凶猛的动物伏在他的脚下，聆听他的演奏。——译注
[2] 参考《空间的诗学》，法国大学出版社，第2页。

馨的爱情。一位对爱的激情持现实主义态度的人，在爱情的表达中只能看到一种窠臼，但是伟大的激情仍然源于伟大的梦想。如果将爱情与其整个非现实的性质相分离，那么爱情的现实性便会被破坏殆尽。

在这样的情况下，人们会立刻明白，建立在对梦想者所进行的观察的基础上的梦的心理学与研究创造性形象的现象学之间的争论，将是多么复杂和难以把握，而这门现象学甚至在一名极普通的读者身上，试图重现诗的语言的创新作用。就更广的意义而言，我们认为人们也会明白，确立一门关于想象力的现象学的全部意义，因在这门现象学中，想象力作为心理变化的直接激发机制而被置于它应有的首要地位。想象力致力于展示未来。它首先是一种使我们摆脱沉重的稳定性羁绊的危险因素。我们将会看到某些充满诗意的梦想是对生活的遐想，这些遐想拓宽了我们的生存空间，并使我们对宇宙充满信心。在本书中，我将列举众多的例子来证明，梦幻使人们产生对宇宙的信心。一个世界在我们的梦想中形成，这是一个属于我们的世界。这个梦幻的世界向我们揭示出，在这属于我们的天地宇宙中拓展我们的生存空间的可能性。在任何一个梦想的天地中都有未来主义色彩。若埃·布斯凯写道：

在一个由梦想产生的世界中，人能成为一切[1]。

---

[1] 这是加斯东·皮埃尔在《时代与人》杂志中的一篇文章里所引用的（1958年3月，第62页），未标出处。

这样，一旦我们在人世变易的激情中，在使我们迸发出崭新言语的灵感顶峰上撷取了诗，那么一篇叙述过去，叙述诗人沉重的过去的传记又能有什么用途呢？只要我们有一点论战的嗜好，我们就能堆砌多少多余的传记材料！只举一例：

半个世纪以前，一位文学评论界的泰斗将注释魏尔兰[1]的诗视为己任，然而他对魏尔兰的诗并不喜爱，因为怎么能喜爱一个生活在文学边缘的诗人呢？

> 从来没有人在大街上、剧场里或某个沙龙中看见他。他却在某处，在巴黎的一角，某个商人的店铺后厅喝着劣质红酒。

劣质红酒！这对当时在圣热纳维埃夫山上[2]的小咖啡店中那些喝着博若莱葡萄酒的人们，是多大的侮辱！

这一位文学评论家最后通过以"帽"取人来说明这位诗人的特征。他写道："他的呢帽仿佛天生就适合于他那阴郁的思想，在他脑袋周围垂着宽松的帽边，仿佛是罩在这忧虑重重的额头上的黑色光环。他这顶帽子！然而，这顶帽子也曾风流一时，也曾像长着深棕色头发的妇人那么喜乐无常。它有时呈圆形，不乏天真，亦如奥韦尼省和萨瓦

---

[1] Verlaine（1844-1896），法国象征派诗人，对象征派诗影响很大。——译注
[2] Sainte-Geneviève，在巴黎第五区，先贤祠北侧。——译注

省孩童的帽子；有时呈蒂罗尔[1]式的锥形，周边剪开，大胆地垂在耳朵上；有时又滑稽得吓人：人们会以为看到了什么匪徒的帽子，颠来倒去，一侧在下，一侧在上，前边是帽舌，后边是项颈遮布。"[2]

在这位诗人的全部作品中，是否有一首诗能用对帽子的这种文学化歪曲描写来阐释？

把生活与作品联系起来是如此的困难！传记作家在告诉我们某一首诗是魏尔兰在芒斯的狱中写的时候，他能帮助我们吗？

> 屋顶上的天空
> 这么蓝，这么平静。[3]

在狱中！谁在忧郁的时候不是宛如身处狱中？在我的巴黎居室中，远离故乡的我产生了魏尔兰式的梦想。往日的天空展现在这石头城上。我的记忆中响起了雷纳多·汉恩根据魏尔兰的诗歌谱写成的乐曲声。情感、梦幻、回忆交织而成的浓雾从这首诗上弥漫开去。在诗上——不是在诗下，不是在一个我没有体验过的生活中——不是在不幸的诗人坎坷的生活中弥散开来。作品在诗人心头萌生，为

---

[1] 蒂罗尔位于意大利与奥地利交界的阿尔卑斯山区。在奥地利西部，是著名的旅游胜地。——译注
[2] 转引自 Antheaume et Dromard, *Poésie et folie,* Paris, 1908, p. 351。
[3] 见魏尔兰，《智慧集》中的著名诗篇：《屋顶上的天空》。——译注

诗人而生，而且左右了诗人的一生，作品难道不正是对一生坎坷的诗人的慰藉吗？

总之，正是在这个意义上，诗能将梦境、幻境与回忆凝聚在一起。

文学的心理分析批评却将我们的兴趣引向别处。它将诗人降格为普通人。但是在诗的伟大成就中，问题始终是：一个凡人何以超越生活而成为诗人？

还是回到我们简单的任务上来吧：指出诗的梦想所具有的建设性的特征，而且为准备完成这一任务，我们再想一想是否如古典心理学所说，梦幻在任何情况下，都是一种自我松弛和休息的现象。

4

假若心理学是在词源学的派生法启发下形成它的基本概念，那么它是得不偿失的。正因如此，词源学将区分梦与梦想的最明确的差别缩小了[1]。此外，由于心理学家总是追求最具特征的东西，他们首先研究的是梦，是使人惊讶的夜间的梦。然而他们忽视梦想，梦想对他们来说，只不过是些混乱的梦，既无结构，也无故事，也无隐谜。于是梦想只是遗忘在白昼的光明中的些许夜的残余。假若这夜的残余在梦者

---

[1] le rêve（梦）与 la rêverie（梦想），在法语中，同属一个词根，后者是由前者派生而来。——译注

心灵中稍稍凝聚，那么梦幻就会降而为梦，神经病科大夫所注意到的那"一阵阵的梦想"就会使梦者感到心理压抑，于是梦便转变为半睡眠状态，梦者便开始进入睡眠。因此由梦幻转入睡梦的连续过程，呈现出一种下降的必然性。那引人入睡的梦想不过是贫乏的梦想而已，我们甚至必须提出这样的问题：在这"入睡过程"中，潜意识本身是否经受了一次存在的衰亡？潜意识在真正睡眠的梦中重新开始它的活动。而心理学研究是向着明晰的思想和夜梦这两极而进行的，因此它确信能将人类心灵的整个领域置于它的研究之中。

但是，另有一些梦想却不属于这种混杂着白昼生活和夜间生活的昏暗状态。白日梦值得从许多方面进行直接研究。梦想是一种自然的精神现象，唯其自然，唯其有益于心理平衡，我们不能把它当作一种睡梦的衍化，不能未经讨论，就将其归入梦的种种现象之列。总之，要确定梦想的本质，最好是回到梦想本身。正是通过现象学研究，梦与梦想的区分才能得以阐明，因为意识在梦想过程中可能进行的干预，产生了具有决定意义的征兆。

人们可能思索是否真的存在梦的意识。梦境会奇异无比，好像另一主体附在我们身上做梦。"梦降临于我"这个说法，正表明了许多梦者在漫长的夜梦中所处的被动状态。我们必须重温这些梦，才能使我们相信这是我们自己的梦。事后，人们把梦叙述下来，写成另一时代的故事，另一个世界的历险。远方归客撒谎而白费心思。我们时常天真无邪地、无意识地添枝加叶以美化我们在夜梦王国中的历险。您注意过叙述自己梦境的人的面部表情吗？他对他梦中的悲剧，梦中的恐怖报之以微笑，他对此津津乐道。他希望您也会对此兴趣盎然[1]。说梦的人有时将自己的梦作为一件独特创作加以欣赏。由于他在梦中体验到一种神授般的独创性，因此当精神分析学家告诉他说，其他的梦者也曾经历过同样的"独创"时，他感到非常惊讶。梦者对于他曾亲身体验过他所讲述的梦境这一点非常自信，这不应使我们产生错觉。这种自信随着梦者的每次叙述而得到增强。说梦的主体与做梦的主体当然不具有同一性。有鉴于此，用纯粹现象学的方法阐明夜梦是个难题。假若更进一步地发展完善心理学，并由此发展和完善对梦想的现象学研究，那么我们无疑会获得解决这一问题的基础。

我们应在梦境中研究梦想而不是在梦想中研究梦境。即使在噩梦中也会有一片片宁静的沙滩。罗贝尔·德斯诺斯[2]曾记下梦与梦想的相互作用："虽然睡着了而且做着梦，无法分清哪儿是梦，哪儿是梦想，但我保留着背景的概念。"[3]

---

[1] 我承认，说梦的人经常使我厌烦。他的梦若真是杜撰的，也许倒能使我感到有趣。但是我讨厌听那种对荒诞不经的梦境所做添油加醋的描述！我还没有从精神分析的角度厘清他人说梦时在我心中引起的这种厌烦。我或许还保留着某些理性主义者的僵化思想。我不能忍受倾听故作无条理与不连贯的叙述。我总是怀疑所叙述的蠢事中有一部分是编造出来的。

[2] Robert Desnos（1900-1945），法国诗人，曾参加超现实主义运动，后来死于纳粹集中营。——译注

[3] Robert Desnos, *Domaine public*, édit. Gallimard, 1953, p.348.

这等于说梦者在夜的梦乡里,重新见到了白昼的绚丽多彩。这时他意识到世界的美。其所梦到的世界的美,还给他片刻清醒的意识。

梦想就这样表明人的存在进入了一种休息,梦想表明了一种安逸状态。梦想者带着他的梦想全身心地进入了幸福的实况。1844年,雨果参观内穆尔[1]时,他在黄昏时分出门,为了"去看几块奇形怪状的砂岩"。夜幕降临,小城静寂无声,何处是小城呢?

> 所有那一切既不是一个城,也不是一座教堂,也不是一条河;既不是颜色,也没有光,也没有影;那是梦想。
> 我长久地停留着一动也不动,任凭这不可表达的整体,在天空的静谧及这一时辰的忧郁中慢慢地渗透入我的身心。我不清楚心中萦绕着什么,也不能将之表达出来,那是难以名状的时刻,我身心中好像某种东西开始入睡,而某种东西正在苏醒。[2]

这样,当梦想增添了我们的安宁时,整个宇宙都为我们的幸福做出贡献。对任何愿做美好梦想的人,必须说:"请

---

[1] Nemours,位于法国东南的商业中心,有12世纪至16世纪建的古堡。——译注
[2] Victor Hugo,《法国与比利时随笔》(*En Voyage. France el Belgique*)。雨果在《笑面人》(第一卷,第148页)中写道:"凝视下的大海是一个梦。"

从快乐开始吧。那么梦想实现了它真正的命运，成了诗的梦想：所有的一切通过梦想并在梦想中都变为美。假若梦想者具有"某种技艺"，他将会把他的梦想转变为一部作品。这作品将是辉煌的，因为梦想的世界自然而然是辉煌的。

形而上学者时常谈到"向世界开放"。但是听他们说，好像只需拉开帷幔，就能立即在一次灵光启示下面对世界。假若我们更多地注意富于诗意的梦想，我们多少会得到一些形而上学的具体经验。向客观世界开放，进入客观世界，构造一个我们认为是客观的世界，这是只能由实证心理学科来撰写的漫长步骤。但是，这些通过上千次的更正以构建一个稳定的世界的步骤，却使我们忘记了那最原始的开放所发出的绚丽光彩。具有诗意的梦想，能赋予我们所有的世界中最美好的世界。诗的梦想是一种宇宙的梦想。它朝着一个美的世界开口，朝着一些美的世界开口。它赋予我一个非我，这非我是我的财富；我的非我。正是这我的非我使梦想者无限欣喜，它是诗人让我们与他共同享有的。对于进入了梦想的我来说，正是这我的非我使我体验到生存于世界的信心。面对真实的世界，人们能在自己身上发现那忧虑的本体存在。那时他们感到被抛到世界上，被抛到消极无人性的世界里，这时的世界是毫无人性的虚无。这时，我们的现实机能使我们不得不去适应现实，不得不把自己作为某种现实建立起来，去制造某些本身就是现实的作品。但是梦想就其本质而言，不正是要把我们从现实的机能中解放出来吗？只要我们从梦想的单纯性出发进行观察，就不难明白它是非现实机能

导　言

的见证。这种非现实机能是一种正常机能，有用的机能，它保护人类的心理机制不受敌意的、外在的非我所有粗暴行为的侵犯。

在诗人的生活中的某些时刻，梦想将现实本身同化了。那时他所看到的是那被同化的东西。现实的世界被想象的世界所合并。当雪莱[1]说到想象能够"使我们创造我们看到的东西"，他确实给我们提供了一个名符其实的现象学定理[2]。继雪莱之后，步诗人的后尘，感知的现象学研究本身应让位于富于创造性的想象力的现象学研究。

由于非现实机能的巧妙性，我们通过想象回到信任的世界、有自信的生存的世界、梦想固有的世界。我们将举出某些例子来说明对宇宙的梦想是如何将梦想者与他的世界结合起来的。这种结合本身自然地为现象学研究提供了对象。认识现实世界要求复杂的现象学研究。梦想中的世界、清醒状态中的白日梦想里的世界，确实属于一门基础的现象学所要研究的东西。正是因为这样，我们才想到必须以梦想来研究现象学。

对宇宙的梦想，正是我们即将研究的，是一种孤寂感的现象，一种来源于梦想者的心灵的现象。这类梦想的产生和扩张并不需要一片沙漠。只需要一个借口——而不是一个原因——就足以使我们将自己置于"孤独的处境"，置于遐想

---

[1] Shelley（1792-1822），英国浪漫主义诗人。——译者
[2] 雪莱的这句话可能是作为绘画的现象学研究的基本格言而提出的。要将它应用于诗的现象学研究，还必须增强力度。

联翩的孤独处境。在这样的孤独中，回忆呈现为一幅幅图画。背景的重要性远远胜于戏剧情节。悲伤的回忆至少呈现出忧郁的宁静。这在梦想与做梦之间也有所不同。夜梦总是超负荷地载着白天生活中没能如愿以偿的激情。夜梦中的孤独永远是敌意的、怪异的。那的确不是我们的孤独。

对宇宙的梦想使我们离开有谋划的梦想。对宇宙的梦想将我们放在一个天地中而不是在一个社会里。对宇宙的梦想具有一种稳定性，一种宁静性。它有助于我们逃离时间。这样的梦想是一种状态。倘若我们深入其本质的话，那会是一种心灵状态。我在过去的一部著作中曾说过，诗为我们提供了对心灵现象学研究的资料。那是整个心灵与诗人的诗的天地的全盘表露。

建立各种体系，整理不同的经验以求了解宇宙，这是由心智承担的工作。心智具有沿着知识的过往去求知的耐性。心灵的过去却是那么遥远！心灵并非生活在时间的长河中。它在梦想所想象的天地里找到自己的宁静。

因此，我们相信能够说明诗中的宇宙的形象属于心灵，属于孤独的心灵，属于任何孤独感所起源的心灵。思想在心智的交流中越来越精深而踊跃。光辉的形象所实现的是很单纯的心灵交融。因此，应组成两类词汇，一类研究知识，另一类研究诗。但这两类词汇是互不相通的。编纂字典而将一种语言译为另一种语言，会是徒劳的。诗人的语言应该是直接地、很明确地作为心灵的语言让读者学习。

无疑，人们能够要求一位哲学家采纳某些被认为比诗的价值准则更重要的人的价值准则，或超人的价值准则来研究某些更具戏剧性的领域中的这种心灵的交融。然而心灵的伟大的经验在宣布时会更卓越吗？难道不能相信任何"反响"的深度以使每个人在诵读富于感受的诗篇时，按他自己的方式参与诗的梦想的邀请吗？至于我们，我们相信那默默无闻的童年比从家庭历史背景中摘取的奇特童年，更能揭示出关于人的心灵的东西——我将在本书的一章中对此作出阐释。重要的是，一个形象恰到好处。那么，我们就能期望它走上心灵之路，不为批判精神的反对所困扰，不为沉重的抑制机制所阻止。在梦想的深处重新找到自己的心灵是多么简单啊！梦想将我们置于新生的心灵状态中。

这样，在我们对最简单的形象所做的朴实的研究中，我们的哲学雄心却是宏大的。这就是要证明梦想赋予我们一个心灵的世界，证明诗的形象是心灵发现它的世界的见证，发现它所愿意生活的世界，它值得生活在其中的世界的见证。

5

在更明确地指出本文所探讨的特有问题之前，我希望说明书名的缘由。

在提出《梦想的诗学》时——《诗的梦想》这极简单的书名曾长久地吸引着我——我要标明的是那种融会贯通

的力量,即当梦想者确实忠实于他的幻想,而他的幻想因其诗的价值准确地呈现出协调一致时他所获得的力量。诗同时造就了梦想者和他的世界。当夜梦可能扰乱一个心灵,甚至将夜里尝试的荒诞漫延到白天时,美好的梦想确实协助心灵去享受它的安宁,去享受一种平易的统一。心理学家陶醉于现实,过分强调梦想的性质是逃避。他们常常不能承认梦想围绕着梦想者织成的温馨的关系,它是一种"纽带",总之,按梦想这词的全部意义来说,它使梦想者"诗意化"了。

因此,在梦想者方面,对梦想者的造就来说,应看到一种诗化的强大力量,一种完全可以称为心理的诗学的东西,一种所有心理的力量都能在其中获得和谐的心灵的诗学。

因此,我们希望使这种协调及和谐的强大力量由形容词转向名词,并建立一门诗的梦想的诗学,这样,重复用同一词标志这名词刚得到的存在色调[1]。诗的梦想的诗学!这是多么宏大的雄心!太宏大了,因为这等于赋予任何一位诗的读者以一种诗人的意识。

无疑,我们将永远不能充分实现使我们从诗的表现过渡到创造者的意识的那种倒转。至少,假若我们能引起将美好的意识重新赋予梦想者的那样一种倒转,那么我们的梦想的

---

[1] 法语中形容词 poétigue(诗的)同时又是名词 la poétigue(诗学)。作者在此说明了题目为什么由《诗的梦想》转变为《梦想的诗学》。——译注

诗学[1]就已达到它的目的。

6

现在，简述一下本文的各章是在什么精神下写成的。

在进入实证的诗学研究之前——这些研究按照严谨的哲学家的习惯，是以确切的文件为依据的——我曾有意写下比较薄弱的、无疑太具个人色彩的一章，关于这一章我应从导言开始就作出解释。我将这章的题目定为：《追寻梦想的梦想》，并将它分为两部分，第一部分的题目是：《词的梦想者》，第二部分的题目是《阿尼姆斯与阿尼玛》。[2] 在这双重的篇章中，我们发挥了一些冒昧的、易受驳斥的思想，并且可能使某些读者望而止步，因为他们不喜欢在预示思想严谨的作品中看到闲情逸趣的绿洲。但是，既然我们研究的是对迷蒙的梦想心理的体验，我们的职责就是诚恳地说出所有从我们脑海中泛起的梦想，说出那些时常打乱我们理性梦想的奇特梦想，我们的职责是追踪那些我们熟悉的脱离常规的线路，一直到底。

---

[1] Poétique，作者将诗学一词的第一个字母大写，以表明它的专有名词的性质。——译注
[2] "阿尼姆斯与阿尼玛"是拉丁文 animus 与 et anima 的音译。其原意为气及人身的主要活力，后来引申为心智、心灵。作者在本书中将这两个词加以区分：阿尼姆斯指心智（esfrit），阿尼玛指心灵（âme）；前者为阳性，后者为阴性，与我国所谓的阴阳特征相似。——译注

确实，我对着词，对着书写的词，梦想联翩。我相信阅读。片词只字使我止步不前。我离开了书页。词的音节开始骚动，某些重读开始相互颠倒。于是这词抛弃了它的意义，好像成为过于沉重而使人无法进入梦想的包袱。那时所有的词都开始现出别的意义，好像它们有权焕发青春一般。于是它们在词汇丛中寻找新伙伴、坏伙伴。每当你由漫游的梦想回到通情达理的词汇时，不是还有那么多的小冲突需要解决吗？

每当我开始写作而不阅读时，情况尤其严重。音节的解体活动在笔下慢慢开展。由于其内在的梦想词处于岌岌可危中，它只活在一个个的音节里。如何将词强置于草拟的句子中——它通常的从属地位——以保持其完整呢？我也许会把这句子从手稿中删去。梦想不是为写出来的句子添枝加叶吗？那么词就是将要冒出细枝的胚芽。如何能在写作时不梦想呢？是笔在梦想，是白纸提供了梦想的权利。假若人能只为自己写作，那该是多么的惬意。撰写书者，命运多么艰辛！他必须删减弥补以使思想连贯。但是，撰写一卷论述梦想的书，随笔驰骋，让梦想说话，而且可更进一步。当你以为将这梦想记录下来时，去梦想诗的梦想的一天不是已来临了吗？

无须赘述，我对语言学是个门外汉。词，在其遥远的过去，有着我所梦想的过去。词对梦想者，对梦想着词的人来说，好像是疯疯癫癫的。况且，请大家对此稍做思考，并在词汇中找一个熟悉的词稍加"孵化"。那么，最出人意料的、最罕见的诞生，就会从沉睡在其意义中的词里孵化而出——从那无活力的、犹如化石一般的意义中孵出[1]。

是的，词确实在梦想。

但是，我要说的只是我对词的梦想中出现的一种癫狂：我为每个阳性词梦想了一个相匹配的、相姻配的阴性词。我喜欢对法语美妙的语词梦想两次。当然，一个简单的语法词尾对于我是不够的。[2] 它使人以为阴性是附属的性别。只有几乎是在其词根中，在极深邃处，也就是说在阴性的深度找到的阴性词，我才感到满意。

在词的性别上呈现出多么奇特的差别。但从来有谁能肯定作出明确的划分？是什么经验或什么启示指导了最初的抉择？词汇好像有所偏向，它重视阳性词而经常把阴性词看作派生的、附属的词性。

因此，在词的本身重新展现阴性的深度，这是我关于语言功能的幻想之一。

---

〔1〕 费伦齐（Ferenczi）关于语词来源研究的意见必然会受到语言学专家的鄙弃。对于费伦齐这位精深的精神分析家来说，追究词源就好比孩子追问孩子自己从何而来。费氏提及斯佩伯（Sperber）关于语言的性理论的一篇文章（*Imago*, 1914, I. Jahrgang），渊博的语言学家与精微的精神分析学家之间也许能够达成和解，如果能把实际母语（即在母亲怀里学到的语言）的语言学的心理问题提出来，那时人处于语言逐渐变得灵活的时期，语言仍然浸润在液态的幸福中，正如一位16世纪的作者所说的，语言是"小世界的水银"。

〔2〕 法语的名词分阴阳性，如太阳（le soleil）为阳性，月亮（la lune）为阴性；天为阳性，地为阴性。大部分阴性名词是在阳性名词后加"e"构成的：如中国人（le Chinois），中国女人（la Chinoise）。——译注

我们之所以冒昧说出所有这些虚妄的幻想，是因为它们有助于我们接受本文要维护的主要论点之一。梦想与做梦是那么不同，后者经常带有阳性生硬的重音[1]。而梦想，在我们面前呈现，确实是阴性本质——这一次是超出语词而论。在白天的静谧中所做的梦想，在休息的宁静中所做的梦想——确实是自然而然的梦想——是处于休息中的人的力量。对于任何一个人来说，无论是男人或是女人，梦想确实是心灵的一种阴性状态。本书将在第二章中努力为这一论点提出个人色彩较少的一些证明。然而，为得到某些概念，必须特别喜好空想。我们已承认我们的空想。谁愿意去追随这些空想的标志，谁将把自己的梦想组合为对梦想的梦想，那么他也许将在幻想的深处，找到那内在的阴性存在的宏大的安宁。他将回到那回忆的闺阁，即任何记忆、很古老的记忆之所在。

本书的第二章，虽较第一章更具实证性，然而仍应列在"追寻梦想的梦想"这一普遍的提法之下。我们尽可能地采用心理学家提供的资料，但是，由于我们将这些资料与我们自己的思想及幻想相互糅合，因此，自然应由这位运用心理学家的学问的哲学家，来承担他自己脱离常轨的责任。

妇女在现代世界的处境已成为许多研究的对象。西蒙

---

[1] 在法语中，梦（le rêve）是阳性词，梦想（la rêverie）是阴性词。
——译注

娜·德·波伏瓦及比伊唐迪克的著作都是深入问题的分析。[1]我们只将观察局限于"梦境",并对阴性和阳性——尤其是阴性——如何影响我们的梦想作出稍明确的说明。

我们将借助深层心理学的大部分论点。C. G. 荣格[2]在许多著作中都曾指出人类心灵具有深沉的二元性,他用"阿尼姆斯"与"阿尼玛"这一对符号来象征这种二元性。对于他以及他的学生来说,在任何人的心理中,无论是男性还是女性,都能发现有时合作而有时又龃龉的"阿尼姆斯"与"阿尼玛"。[3]我们将不会全部沿袭深层心理学对这内在的二元性论点所做的详述。我们只说明梦想在其最简单、最纯粹的状态下属于"阿尼玛"。诚然,任何的概括都可能有损于实际情况,但这却能有助于确定某些展望。因此,总的说来,我们认为做梦属于"阿尼姆斯",而梦想则属于"阿尼玛"。既无戏剧冲突又无事件故事的梦想,给我们提供了真正的安宁、阴性的安宁。我们在梦想中得到了生活的温馨。温馨、安宁、悠然自得,这就是属于"阿尼玛"的梦想的箴言。正是在梦想中才能找到构成安宁哲学的基本成分。

---

[1] Simone de Beauvoir(1908—1986),法国文学家,著有《第二性》(*Le deuxième sexe*, Gallimard); F. J. J. Buytendijk, *La femme. Ses modes d'être, de paraitre, d'exister,* Desclée de Brouwer, 1954。
[2] C. G. Jung(1875-1961),瑞士神经病科专家及心理学家,是当代心理分析奠基者之一。他脱离了弗洛伊德的精神分析,认为人类心理具有一种围绕着某些共同而基本的"原型"组成的"集体无意识"。这一新的心理分析方法,他称为"深层的心理学"。——译注
[3] 请参考第23页注释[2]。

将我们带回我们童年时代的梦想，是朝向"阿尼玛"那一极的。这些向往童年的梦想将是本书第三章的内容。但是从现在起必须指出，我将从什么角度研究这些童年记忆。

在我以往的论著中，我常说人们倘若不能明确区分想象与记忆，就不能对具有创造性的想象力做心理学研究。而在所有的领域中，倘若有一难于进行区分的领域，那就是童年时代记忆的领域，就是受到钟爱的形象，自童年时代起就保留在记忆里的钟爱的形象领域。这些通过形象，在形象的功能中保留下来的记忆，在我们生活的某些时刻，尤其是在年华消逝的时候，成为一种复合梦想的起源及材料：这时，记忆在梦想，梦想在回忆。当这来自记忆的梦想变为诗的作品的萌芽时，记忆与想象的复合变得尤其密切。这复合体有各种众多而相互作用的行动，能使诗人的真诚受到蒙蔽。更确切地说，幸福的童年时代的回忆，是以诗人的真诚表达出来的。诗人的想象不断地使他的记忆生气勃勃，不断地为他的记忆绘制出插图。

我将努力以精简的形式，阐明一门指出童年的持续性的本体论[1]哲学。以其某些特征而论，童年持续于人的一生。童年的回归使成年生活的广阔区域呈现出蓬勃的生机。首

---

[1] 本体论（l'ontologie）是形而上学中关于存在、关于存在物的学说，是就存在作为存在而言，独立于它的特有规定性的学说。如萨特的《存在与虚无》就是一部现象学的本体论的著作。——译注

先，童年从未离开它在夜里的归宿。有时，在我们心中会出现一个孩子，在我们的睡眠中守夜。但是，在苏醒的生活中，当梦想为我们的历史润色时，我们心中的童年就为我们带来了它的恩惠。必须和我们曾经是的那个孩子共同生活，而有时这共同的生活是很美好的。从这种生活中，人们得到一种对根的意识，人的本体存在的这整棵树都因此而枝繁叶茂。诗人将有助于我们重新在心中发现这生机蓬勃的童年，这青春常在的持续而静止不动的童年。

从这篇导言开始，就必须着重指出，在《向往童年的梦想》这一章，我并非对一门儿童心理学作出详述。我们的童年将作为梦想的一个主题来考虑。这个主题是在生命的所有年龄段都能再找到的。我们只保持在梦想范围内，在"阿尼玛"的沉思中。至于阐明童年时代的矛盾，特别是指出那些冲突是难以磨灭的，指出它们能够再次发生并且将要再次发生，更多其他的研究将是必不可少的。愤怒是持续的，最初的愤怒使沉睡的童年复苏。有时，在孤独中，这些受抑制的愤怒酝酿着报复的打算以及犯罪的计划。那种种皆属"阿尼姆斯"之构造，而并非"阿尼玛"的梦想。必须以另一个不同于我们的研究计划对"阿尼姆斯"进行研究。但是任何研究矛盾冲突的想象力的心理学家，都应涉及孩提时代的愤怒及青少年时期的反抗。如诗人皮埃尔—让·儒夫这样的深层心理学家并未忽视这一点。在为其《血染的故事》之小故事集写前言时，这位诗人凝聚了其精神分析的修养，说他的故事之基础是某些

"童年状态"[1]。那些没有实现的冲突产生了一些作品，一些有着活跃、明辨、既谨慎而又大胆、复杂的"阿尼姆斯"作品。由于完全专注于对梦想的分析，我搁置了"阿尼姆斯"的计划。因此，《向往童年的梦想》这一章，不过是对哀歌时代的形而上学的一次贡献。总之，这内心的哀歌时代，这持续的惋惜时代，是一种心理的现实。正是它才成为持续时间的延续。因此，这一章是作为对那难忘的时代的形而上学的初稿来阐明的。

但是，哲学家难于从他长期的思想习惯中分心。即使写一卷闲情逸趣的书，所有的词、所有的旧词句都在纸上跃跃欲试。因此，我们认为应以带有学究味的题目撰写一章：《梦想者的"我思"》[2]。在我从事哲学研究的四十年间，我听说哲学以笛卡尔的"Cogito ergo sum"又开始了新的起点。我自己也应说明这一创始的教导。在思想范畴内，这是一句如此明确的名言！但是，假若人们询问做梦的人，他是否肯定他就是那做了他的梦的存在，他们不就搅乱了这名言的专断性吗？这样的问题是不会烦扰这位笛卡尔的。对他而言，思想、意愿、爱好、做梦，永远是他的心智的活动。这位幸福的人，他肯定是他，就是他，他一人，具有激情与智慧。但是，一位做梦者，穿越了夜的荒诞的做梦者，能如此肯定是他本人

---

[1] Pierre-Jean Jouve, *Histoires Sanglantes*, édit. Gallimard, p.16.
[2] *Cogito*，拉丁语，意为我思。这一词由于17世纪法国理性主义哲学家笛卡尔（René Descartes）以哲学公式"Cogito ergo sum"（我思，故我在）来证明人的存在，成为十分著名的存在论。——译注

吗？至于我们，我们对此怀疑。我们总是在对夜梦的分析前退缩。正因如此，我们达到了这稍嫌简略的区别，然而这种区别将启迪我们的研究。夜梦者不能发表他的"我思"，夜梦是没有做梦者的梦。相反的是，梦想的人都有足够的意识说：是我做了梦想，是我由于做了我的梦想而感到幸福，是我由于有闲暇并不再需要思考而感到幸福。这就是我在《梦想者的"我思"》一章中，借助于诗人的梦想所试图说明的。

但是，做梦想的梦想者并非在一种"我思"的孤独中沉思。他的做梦想的"我思"立即找到，如哲学家们所说的他的Cogitatum。[1] 梦想立即有了一个对象，一个单纯的对象，它是梦想者的朋友和伙伴。自然，我们是向诗人要求被梦想诗意化了的对象作为我们的例证。在体验诗人身上折射出的全部诗的光华时，那做着梦想的"我"发现了他自己，这个自己并非诗人，而是诗意化了的"我"。

在进入这生硬的哲学入口后，我在最后一章回到对梦想中一些极端形象的研究，这样的梦想不断地呈现在激动的主体与非常的世界间的辩证关系中；我的意图是追踪那些开放了世界、扩大了世界的形象。这些宇宙性形象有时是如此宏伟，以至于哲学家把它们视为思想。我们在按我们的尺度重新体验这些形象时，试图指出它们对于我们来说构成了梦想的轻快。梦想有助于我们在世界上生活，生活在世界的幸福

---

[1] Cogitatum，Cogito 的宾格，意为思想、感想。——译注

中。因此，我给这一章的题名是《梦想与宇宙》。人们会理解，这样广大的问题在一简短的篇章中是不能详尽论述的。我以往的研究曾多次触及这关于想象力的问题，但均未深入。今天，假若能使这问题至少更加明确，我将会为之高兴。想象的世界决定了梦想与梦想间深深的相通与交融。这种关系达到如此程度，以至于人们在要求一个人说出他对他所静观的世界的壮丽，以及他对深深沉思中的想象世界的宏大所感到的热忱时，人们就能考察出他的心灵。假若精神分析学家，那些进行间接考察的大师，能稍做对宇宙分析的实践，他们会找到多么新奇的钥匙去进入心灵的深层！关于这种宇宙分析，我们有一个从弗罗芒坦[1]的书中借来的例子[2]。多米尼克在激情的关键时刻，将玛德琳带到某些经过长久选择的景物中："我特别希望在玛德琳身上试验某些对身体更胜过对精神的影响所产生的效果，这些对身体的影响是我自己连续经受到的。我把她安排在某些描绘乡下的油画前，那些油画是从总有青翠的草木、充足的阳光，以及一望无际的海洋组成的风景画中选出来的，它们总是使我深受感动。我观察她将在哪方面受到触动，这忧郁而严肃总是光秃秃的远景，它将以何种贫乏的角度还是何种宏伟的角度取悦她呢。在可能的情况范围内，我总是从这些完全外在的感觉细节上考察她。"

---

[1] E. Fromentin（1820–1876），法国画家及作家，著有小说《多米尼克》。——译注
[2] E. Fromentin, *Dominique*, p.179.

这样，在广阔无垠的天地前，被考察的人好像自然而然是诚挚的。景物凌驾于贫乏而捉摸不定的社会"状况"之上。那么，为考察我们孤独的存在，为向我们揭示那为实现我们自己所必须的生活世界、一部景物画册，将是多么宝贵！这样的景物画册，我们能从梦想中轻易得到，而多少次的旅行却难于碰上。我们想象着我们的生活将会发出它全部的光彩、全部的热，展现出它全部的扩张的那样一些世界。诗人能将我们带入不断更新的宇宙。在浪漫主义时期，景物曾经是多愁善感的工具。因此，在本书最后一章，我试图研究我们从对宇宙的梦想中得到的存在的扩展。在对宇宙的梦想中，梦想者体会没有责任的梦想、不要求证明的梦想。最后，想象一个宇宙正是我们的梦想最自然的命运。

7

在这篇导言的末尾，我用几句话作为总结，在孤独中，没有可能借助心理学科的研究，我们不能不寻找我们的资料文件。这些文件来源于书籍，因为我们的全部生活就是阅读。

阅读是现代心理的"一维空间"。这一维空间将已被文字转变了的心理现象再进行转变。我们必须将书写语言看作一种特有的心理现实。书本是长久性的，它摆在人们眼前就像一个物件。书以一种单调的权威对人们说话，而这种权威甚至是它的作者都不可能具备的。我们必须仔细阅读写成的文字。何况作者为了写作已经进行了一次转变。他不会说出他所写的。他进入了写的心理领域——即使他不承认也丝毫改变不了事实。

被传授的心理在此得到了它的永恒性。埃德加·基内[1]有一篇影响深远的文章,谈到《罗摩衍那》[2]的传授力量。瓦尔米基[3]对他的门徒说道:"用心诵读这首神启的诗吧,它赐予人美德和财富:当它与时间的三节拍相配合,它充满了柔美;倘若它与乐器声相配合,抑或在人声的七弦上诵唱,它的柔美更有所增加。耳朵为它所陶醉,于是激起了爱、勇气、焦虑、恐惧……啊,这宏伟的诗篇,真理的忠实形象。"[4]默默无声的阅读,缓缓的阅读使耳朵听到了所有这些音乐合奏。

---

[1] Edgar Quinet(1803-1875),法国作家、历史学家及哲学家。——译注
    Le génie des religions. L'épopée indienne, p. 143.
[2] Ramayana,梵文写就的印度史诗,写作年代不详。可能在公元前4世纪至公元4世纪。——译注
[3] Valmiki,传说为《罗摩衍那》的作者,季羡林先生将这名字译为蚁垤。——译注
[4] 这段文字与季羡林先生的中译本《罗摩衍那·童年篇》(1980)译文大有出入。法语译文可能有所改动,中译本的段落如下:
　　牟尼蚁垤和徒弟们,
　　站在那里吃惊。

　　所有的他这些徒弟,
　　都朗诵这首输洛迦歌,
　　他们一会儿欢喜无量,
　　一会儿异常惊讶地说:
　　"用等量的音节和四个音步,
　　大仙人把自己的悲痛抒发,
　　由于翻来覆去地诉说吟咏,
　　输迦于是就变成了输洛迦。"——译注

但是，对书的特性的最好证明，在于它既是一个潜在的现实，又是一个现实的潜在。读一本小说，我们就进入了另一个生活，这生活使我们感到痛苦，感到希望及同情，但是我们却仍然带有这样复杂的印象：我们的苦恼仍然是受我们的自由所统辖，它不是根本性的。于是任何一卷使人苦恼的书，都能提供一种减轻痛苦的技巧。一卷使人苦恼的书，为苦恼的人提供了一种苦恼的顺势疗法。而这种疗法尤其是在经过沉思的阅读中起作用，尤其是在文学趣味所重视的阅读中生效。于是心理分裂为两个层次，读者同时参与这两个层次，当他明白地意识到苦恼的审美观时，他已接近于发现苦恼的虚构性。因为苦恼是虚构的：我们生来是为了欢快地呼吸。

正是在这方面，诗歌——这审美观的喜悦顶峰——有益于人们的身心。

倘若没有诗人协助，一个执意谈论想象力的年迈的哲学家能有什么作为呢？他没有任何人作为测验对象。他将立即迷失在心理学家对那惶恐不安的主体所做的测验及反测验的迷宫中。况且，在心理学家的武器库里确实存在对想象力的测验吗？是否有足够狂热的心理学家不停地革新研究狂热的想象力的客观手段？诗人总是比注视他们进行想象的人想象得更快。

如何进入我们时代的诗的领域呢？一个无拘无束的想象力的时代刚刚开放。诗的形象在四面八方侵入空间，从一个世界到另一个世界呼唤着耳朵眼睛来参与扩大了的梦想。这诗人辈出的时代！充满了大诗人、小诗人、著名的诗人、隐没的诗人、受爱戴的诗人、使人眼花缭乱的诗人。为诗而生活的人应该无书不读。有多少次,一卷简单的书向我放射出了新的形象的光辉!当人们愿意接受新形象的鼓舞时,他们就会发现旧书中的形象也现出了虹光。各个诗的时代都统一在生机蓬勃的记忆中。新时代唤醒了旧时代。旧时代再次生活在新时代中。诗从来没有这样多姿多彩,也没有这样完整如一。

新书给我们带来了多少利益!我只愿每天从天降下满满一筐书来述说形象的青春活力。这是很自然的愿望。这是很容易出现的奇迹。因为,在高处,在天上,天堂不正是一个无边的图书馆吗?

但只接受是不足的,必须迎上前去。必须像教育家和营养学家异口同声说的那样:"吸收。"为此,人们告诫我们不要太快地阅读,不要囫囵吞枣。人们对我们说,把困难分为最易于解决的那么多部分。的确,细细地嚼,小口地喝,逐句品味每首诗歌。所有这些教导都是金科玉律。但统辖全局的原则是,首先必须有饮食和阅读的美好欲望。必须渴望多读、再读,永远地读。

因此,从清晨开始,对着堆积在我桌上的书,我向阅读之神为贪馋读者祈祷:

"今天请赐给我们,我们每天的饥饿……"[1]

---

[1] 这个祈祷是作者对基督教《主祷文》的幽默模仿。《主祷文》的原文是:"今天请赐给我们,我们每日的面包"。在法语中,面包(le pain)及饥饿(la faim)读音很相似,只有辅音 F 及 P 的差别。——译注

第一章　追寻梦想的梦想词的梦想者

在每个词的深处

我参加了我的诞生。

阿兰·博斯凯《首篇诗》

我有我的护身符：语词。

亨利·博斯科《风光与景色》

1

梦与梦想、幻梦与幻想、记忆与回忆，这些词的区分都说明一种需要：这就是把所有具有魅力的、柔和的、超越了过分单纯的阳性名称的心灵状态用阴性来表示。[1]这种议论在以具有普遍性的语言说话的哲学家看来，无疑是微不足道

---

[1] 这里所提及的三组词，在法语里，前一项均为阳性词，后一项均为阴性词。——译注

的，而在把语言视为简单工具——因此人们应竭力使之准确表达思想的全部精深微妙——的思想家看来，尤其如此。但是，一个爱幻想的哲学家，一个在幻想时停止思考，并对自己宣布智力与想象力分家的哲学家，当他梦想着语言，当语词从幻想的深处为他出现时，他怎能对他在话语的起源处所发现的阴阳性对立没有感觉呢？梦与梦想早已通过标志它们的性别表现出它们的差异。当人们将梦与梦想看作同是一枕幻梦的两种类别时，他们必然丢失了某些微妙的含义。让我们还是保留我们的语言的明亮特性吧。让我们深入词的细微含义，并努力实现梦想阴性的柔和特征吧。

大致说来——我试图向宽厚的读者建议——梦是阳性的，梦想是阴性的。在下面的篇章中，我们将按深层心理学所提出的区分，把心灵划分为"阿尼姆斯"及"阿尼玛"，同时，我们将指出梦想无论出自男人或是女人皆同样是"阿尼玛"的表现。但在此之前，我们必须通过对语词本身所做的梦想来准备内在信念，这些信念肯定了人心灵中阴性的永久存在。

2

我们相信词的阴性享有阴性的梦想的核心地位。诗人说：

　　词的星群，喃喃低语的回忆[1]

---

[1] Henri Capien, *Signes*, Seghers, 1955.
这诗句中用了两个阴性名词：星群及回忆；一个阴性的形容词：喃喃低语的。——译注

在我们的母语中梦想我们的母语时——人能在一种其他的语言中体验梦想吗？而不在这托付给"喃喃低语的回忆"的语言中？——我们感到又体会到梦想对阴性词的偏爱。阴性词尾早已具有柔和感。但是诗句倒数第三音节也渗透了这种温馨。在某些词中，阴性浸润了所有的音节。这样的词是带有梦想色彩的词。它们属于"阿尼玛"的语言。

但是，既然在一本书的开场白中，现象学家的真诚成为一种方法，我应该说，当我认为在思想的时候，我常常对某些表示精神品质的词，如高傲与虚荣、勇气与激情的阴阳性别胡思乱想。我觉得词的阴阳性别突出了对立的特征，使精神生活戏剧化了。然后，我从胡思乱想的思想中，转入到我肯定能在其中从容地梦想的事物的名称。我乐于知道在法语中河流的名称一般都是阴性。这是多么自然！唯有奥布河和塞纳河、莫塞尔河和卢瓦尔河才是我喜爱的河流。[1]罗讷河及莱茵河对我来说都是语言中的妖怪。[2]它们流淌着冰山的水。莫非不是必须用阴性名称来命名河流，以尊重水真正的阴性柔美？

这只是我对词的梦想的第一例。因为，只要我有幸能拥有一本字典在手，我总会几小时、几小时地任凭词的阴性来

---

[1] 这四条河流的名称在法语中都是阴性，符合作者认为水是阴性的梦想。——译注
[2] 罗讷河及莱茵河在法语中是阳性。两个名字的发音都是响亮的鼻腔元音及粗鲁的喉音（r），更突出了词的阳性特征。莱茵的中文译名是按英语发音译的，使原名阴性化了。——译注

吸引我。我的梦想追随着柔和的音调变化。词中的阴性加强了说话的幸福。但是这必须具有某种对缓慢的音调的喜爱。

这不总是如人们所想的那么容易。有某些东西在其现实中是那么的坚固，以至于人们忘记去梦想它们的名字。不久以前我发现了烟囱是条道路，是通向天空袅袅升起的炊烟的道路。[1]

有时，语法规定把阴性赋予一个在阳性中备受颂扬的存在，这纯粹是件蠢事。诚然，桑托尔[2]确是永远不会落马的好骑手的崇高理想。但桑托蕾斯[3]能是什么样的形象呢？谁能梦想出桑托蕾斯来？那是在经过很久以后，我对词的梦想才找到了平衡。当我在米涅神父的《基督徒的植物学》这本植物字典中边读边梦想的时候，发现了桑托尔这词的爱梦想的阴性是桑托蕾[4]。自然，这只是朵小花，但功效不可忽视，真是无愧于喀戎[5]这超人的桑托尔的医疗学问。普林尼[6]不是告诉我们说，桑托蕾能治疗肌肉撕裂

---

[1] 道路（le chemin）和烟囱（la cheminée）好像是同一名词的阴阳性形式，其实是意义各异的两个词。作者在此有意使两者靠近。把阴性词烟囱看作是阴性词炊烟的道路。——译注
[2] le centaure，希腊神话中的半人半马形状的怪物。后来用以比喻好骑手。——译注
[3] la centauresse，是桑托尔的阴性形式。——译注
[4] la centaurée，是一种草本植物，开蓝花。——译注
[5] chiron，是半人马中的一个，聪明超群，阿波罗和阿尔忒弥斯因此向他传授了医学知识。——译注
[6] Pline，古罗马的博物学家，生于公元23年。著有37卷《自然史》。——译注

吗？把桑托蕾和肉块合煮，肉块就能恢复原先的完整。美好的词已成为良药。[1]

当我正犹疑是否把这些常常在脑际浮现的梦想说出来时，阅读诺迪埃[2]的作品使我重新获得勇气。诺迪埃经常在词与物间梦想，他完全陶醉在为事物命名的幸福中。"在这对自然的研究中，有某种令人感到极其甜美的东西，这就是给所有的存在加上一个名称，给所有的名称加上一种思想，并给所有的思想加上一种感情和一缕缕的回忆。"[3]假若更多一分敏锐性，将名称、实物以及对正确命名的事物的感情结合起来，就能在我们心中激发阴性的波动。因其使用价值而喜爱事物，这属于阳性。这些东西是我们的行动和激烈的行动的组成部分。但是从内心里因其本身而喜爱事物，为其悠悠然状而喜爱，这就使我们进入了事物的内在的迷宫。因此，我在"阴性的梦想"中读完诺迪埃结合他对词与物的双重的爱，结合他的语法学家及植物学家双重的爱的饶有风趣的文章。

当然，一个简单的语法词尾，一个哑音 e 加在阳性显赫的名词尾，[4]对于沉浸在对字典的沉思中的我，从来不能引

---

[1] 桑托蕾斯一词应得到宽恕，因为兰波看到："高处、纯洁、天使般的桑托蕾斯在倾泻而下的雪崩中溶化。"见 *Les illuminations*, Villes。最重要的是别去想象她们在平原上奔驰。
[2] Charles Nodier（1780—1844），法国浪漫主义作家，著有关于想象怪异的故事集。——译注
[3] Charles Nodier, *Souvenirs de jeunesse*, p. 18.
[4] 法语的阴性名词大部分是由阳性名词在词尾加上哑音 e 形成的。——译注

起对阴性的伟大的幻想。要引起那样的幻想,必须使我感到这个词全部阴性化了,并且具有不可改变的阴性特征。

于是,当人从一种语言转入另一种语言,遇到阴性消失,或是阴性被阳性的声音所湮没时,那是多么混乱不安的事!C.G.荣格指出:"在拉丁文中,树木的名称用阳性的词尾,但它却属于阴性。"[1]这在声音及性别上的不协调,以某种方式说明了许多与树木实体相连的雌雄同体的形象。在这里实体与名词是相矛盾的。雌雄同体与意义混淆交织着。最后雌雄同体与意义混淆终于在词的梦想者的梦想中相互支持。人在说话之初犯了错,在说话结束时却欣赏矛盾对立的统一。普鲁东[2]是从不梦想而很快成为博学者的人,他立即看到了为什么树木的拉丁名称是阴性的原因。他说:"无疑是树木结果之故。"[3]但是,普鲁东没有给我们提供足够的梦想从苹果回到苹果树,使苹果的阴性回流到苹果树。

有时从一种语言到另一种语言,不知必须经历多少尴尬情况,才能接受难以置信的阴性名词,这些阴性名词扰乱了我们最自然的梦想。不少有关宇宙的文章中插入了德文的太阳和月亮,这些文章依我个人看,简直是难以想象的,因为

---

[1] C. G. Jung,法译本,《心灵的变化》*Métamorphoses de l'âme,* trad., p. 371.
[2] P. J. Proudhon(1809–1865),法国哲学家、19世纪社会主义理论学家。——译注
[3] Proudhon, *Un essai de grammaire générale*. En appendice au livre de Bergier, *Les éléments primitifs des langues*, Besançon et Paris, 1850, p.266.

奇怪的阴阳性颠倒，使太阳成为阴性而月亮却是阳性。当语法学规定使形容词不得不阳性化以配合月亮时，法国的梦想者难免产生这样的印象：他对月亮的梦想开始落入歧途。

在相反的情况下，当人们从一种语言到另一种语言赢得一个阴性词时，那是多么美好的阅读时光啊！赢得一个阴性词能深化一整篇诗。例如，在亨利·海涅[1]的诗篇中，诗人谈到一株孤独的冷杉的梦，它偏居在冷漠的北方平原上，在冰雪中打盹："冷杉梦到一株棕榈在遥远的东方，在灼热的岩石斜坡上孤独而沉默地暗自忧伤。"[2]北方的冷杉、南方的棕榈、冰冷的孤独、灼热的寂寞，法国读者可能梦想到的是这些相反的对比。然而，多少不同的梦想却奉献给德国的读者，因为在德文中冷杉是阳性，而棕榈却是阴性！于是，在那株冰雪中的刚直强劲的树干上，多少梦想飞向那株枝叶舒展、聆听着往来微风的阴性的棕榈。至于我，在使这棕榈[3]林中的一员成为阴性后，我的脑海里泛起了无穷的梦想。看到如此青葱、如此繁茂的绿色棕榈，从粗糙的树干鳞片斑驳的胸衣中脱颖而出，我不禁把这南方尤物视为植物中的人妖、沙漠里的诱惑。

正如在绘画中绿色能使红色"歌唱"，在诗歌中阴性词能给阳性存在增添优雅。在勒内·莫普兰的花园中，一位只能在想象生活中才能邂逅的园艺家使玫瑰沿着冷杉攀缘而上。

---

[1] H. 海涅（1797-1856），德国诗人，他的诗带有忧伤的嘲讽色彩。——译注
[2] 转引自 Albert Béguin, *L'âme romantique et le rêve*, 1re éd., t. II, p.313。
[3] 在法文中棕榈（le palmier）是阳性名词。——译注

这株老树因此能"在他绿色的怀抱中摇动着玫瑰"。[1]从来谁会告诉我们玫瑰与冷杉的结缡？我感谢对人类激情如此敏锐的小说家们，他们仁爱地把玫瑰放在那寒冷的杉树的怀抱里。

当由一种语言到另一种语言出现的性别颠倒、涉及某些具有我们与生俱来的梦幻情调的存在物时，[2]我们感到我们的诗的憧憬处于巨大的分裂状态。人们要对出现在新性别中宏大的梦想对象做两次梦想。

在纽伦堡，对着那"可敬的美德泉"，约翰尼斯·岳根森[3]喊道："你的名字是如此美丽！'泉水'这词本身包含着一种使我深深激动的诗，尤其是在 Brunnen 这德文形式下，它的谐音在我身上延长着一种温和的安宁印象。"为欣赏这位丹麦作家亲自经历的言语的欢快，那么知道泉水这词在他的母语中的性别会很有益的。但是对于我们法国读者，岳根森这文章已经搅乱了根本的梦想，并使之惶惶不安。莫非有某些语言把"泉水"视为阳性吗？突然间，le Brunnen 使我坠入魔幻般的梦想，仿佛世界刚刚改头换面。当我继续做梦，以另外方式做梦，le Brunnen 终于娓娓动听，我清楚地听到 le Brunnen 比 fontaine[4]更深沉的潺潺声。它的喷涌不

---

[1] Edmond 与 Jules de Goncourt, *Renée Maupérin*, éd. 1879, p.101。
[2] 作者在此可能指太阳、月亮，以及构成世界的最基本的四个元素：水、火、土、空气。这些都是在人类有生之初就已开始对它们梦想的存在物。——译注
[3] Johannes Joergensen, *Le livre de route*, traduit par Teodor de Wyzewa, 1916, p.12.
[4] 法语，意为泉水，阴性名词。——译注

像我国的泉水那么温柔。Brunnen-Fontaine 这两个词是为纯洁清凉的水所独创的声音。然而对于喜好边说话边梦想词的人，由 fontaine 涌出来的泉水和从 Brunnen 涌出来的泉水不是同样的水。性别的相异颠倒了我所有的梦想。真是整个梦想颠倒了阴阳。但是用非母语的语言梦想，无疑是一次魔鬼的诱惑。我应该忠实于我的 fontaine。

语言学家在涉及从一种语言到另一种语言的阴性价值及阳性价值的颠倒时，无疑会作出不少对这些反常现象的解释。我本来肯定会从语法学家的指教中受益。然而，可以说在我们看到许多语言学家摆脱困境时，我们感到多么惊讶：他们说名词的阴性和阳性纯属偶然！显然，人们对于这个问题找不到那么准确的解释，他们只好满足于近乎情理的解释。对此也许必须进行对幻梦情景的研究。西蒙娜·德·波伏瓦似乎对详证博引的语文学缺乏好奇心很感失望。她写道[1]："在词的性别这问题上，语文学可说颇为神秘；所有语言学家都一致承认，实词在性别上的划分纯属偶然。然而在法语中，大部分的实词属于阴性，如美、忠诚，等等。"所谓"等等"稍稍略去了更多的证明。但是有关词的阴性的重要论题在文章中得以指出。女人是人性的理想，是"男人摆在自己面前作为本性的他的这样一种理想，他将这理想阴性化，因为女人是相异性的可感形象，因此，几乎所有的寓意

---

[1] 西蒙娜·德·波伏瓦，《第二性》，伽利玛出版社，卷一，第286页，文本与注释。

(allégories)，无论是在语言中还是在绘画中，都是女人"。

词在我们渊博的文化中，曾如此经常地一次再次地被定义，它们在字典中曾被如此准确地分门别类，以至于它们确实成为思想的工具。它们失去了其内在的梦幻情调。为恢复这种名词固有的梦幻色彩，必须深入地对某些仍在梦想的名词做研究，以及对那些"夜的孩子"的名词做研究。正是如此，当克莱芒斯·朗努（Clémence Ramnoux）研究赫拉克利特[1]的哲学时，她的研究是从书的副标题出发进行的：寻索"物与词之间的人"[2]表示巨大事物的名词，如夜与昼、睡眠与死亡、天与地，只在指明为"成对的事物"时才具有它们的意义。一对词统辖另一对，一对词产生出另一对。全部宇宙论是一部被说的宇宙论。在人们为宇宙塑造出神灵时，他们加速了意义的出现。但是，假若像现代历史学家那样仔细看待问题，例如克莱芒斯·朗努，事情并非如此简单。事实上一旦世界的某个存在具有一种力量，它几乎立即自我表明为阳性力量或是阴性力量。任何一种力量均具有性别。它甚至可能具有两种性别。任何力量都永远不会是中性的，至少永远不会长期保持中性。当宇宙的三位一体被固定时，那必须以 1+2 的方式来表明它，如混沌产生乾坤。[3]

---

[1] Héraclité（约前 540—前 480），先苏格拉底时期的古希腊哲学家。他认为火是物质最原始的成分。——译注
[2] Clémence Ramnoux, *Héraclite ou l'homme entre les choses et les mots Paris,* éd. Les Belles Lettres, 1959.
[3] 原文是："混沌中产生了埃雷博斯（Erébos）及妮克丝（Nyx）。"——译注

当某些词义由人性演变到神性时,由明确的事实演变为梦幻时,词即得到了意义的某种厚度。

但是,一旦人们明白任何力量都伴随有性的和谐时,那注意聆听关键的词及具有力量的词,就成为很自然的事。在这工业文明时代人的生活中,我们受到了物质的包围。每一物质皆是一群物件的代表:物件既然已不再有其个性,如何还能具有"力量"呢?然而,且让我们稍稍回顾物件遥远的过去吧。且让我们在一熟悉的物件前恢复我们的梦想。然后,更远地去梦想,如此远地梦想以至于当我们想知道一种物件如何得到其命名时,我们将迷失在我们的梦想中。在朴实的熟悉物件中梦想于物与名之间,正如克莱芒斯·朗努为人类命运的宏伟而梦想于赫拉克利特般的暗处时,物件、普通的物件,终于扮演了它在世界上的角色,扮演了它在一个事物无论巨细均在的世界上的角色。梦想使其对象神圣化了。从热爱的熟悉物件到个人的神圣物件只是一步之差。不久,物件成为一件护身符,它有助于我们生活,并在生活中保护我们。物件对我们的协助是母亲或父亲一般的。任何一件护身符均有性别。护身符的名称没有权利弄错性别。

总之,由于缺乏对语言学问题的认识,我们在这卷闲情逸趣的书中并无意向读者传授知识。真正的梦想、畅快的梦想、无羁无绊的梦想,并非从一门学问产生。在本章中,除介绍一种"情况"之外——我个人的情况——词的梦想者的情况,我别无其他目的。

3

但是,语言学的解释真能深入我们的梦想吗?我们的梦想将永远是由奇异的、几乎是冒险的假设所激发的,而不是由于科学的证明。我们如何能不对贝尔纳丹·德·圣皮埃尔(Bernardin de Saint-Pierre)给予命名行动的双重帝国主义感到有趣呢?这非凡的梦想者说:"有一件相当有意思的事,就是探索一下阳性名词是否由女人命名的,而阴性的名词则由男人命名的,是各自给对每种性别特别有用的东西命名的。而且是否第一类词之所以为阳性,是因为具有力与能的特征;而第二类之所以是阴性,则因为具有优雅与魅力的特征。"贝谢雷尔(Bescherelle)在他的字典里"词性"的条款下,引用了圣皮埃尔的观点而未指明出处,他在这个问题上是位心安理得的词汇学家,他像许多其他人一样,搪塞问题说:对于无生命的存在,阴性阳性的称呼是任意的。然而,只要人稍具梦想,说出哪儿有生物的王国是那么简单吗?

而且,假若是生物统辖一切,难道不应该把万物中最富于活力的人,将成为人格化的原则的男人与女人放在首位?对于谢林[1]来说,所有的对立都几乎自然地以阴阳性的对立来表示。"任何一种命名难道不已经是某种拟人化?由于所有的语言都以不同的性别来指明具有对立性的物体,例如由于我们说

---

[1] F.W.Schelling(1775-1854),德国哲学家、主观唯心主义体系的建立者之一。——译注

天地（乾坤）……我们不是很奇特地接近于以阴阳性的神灵来表达某些精神概念吗？"这段文字摘自《神话哲学导言》[1]，它指出性别的对立，自万物以至于神，其中经历了人这一漫长的命运。正因如此，谢林补充说："我们几乎要说，语言本身就是一种被剥夺活力的神话，一种可说是苍白无力的神话，语言仅保留有抽象及形式状态的东西，而这些东西在神话中，却处于生气勃勃的有形的状态。"假若一位如此杰出的哲学家能如此高瞻远瞩，这也许说明，词的梦想者在其梦想中，为被遗忘的词的对立，重新注入少许"活力"，并非毫无道理。

对于普鲁东来说，"在所有动物种类中，雌性一般是最小、最弱、最娇柔的生物，因此自然要以显示它的特征的表语代表它。为达到这一效果，名词以一种特有的词尾延长了，因这形象表示柔软弱小的概念。这是一种通过类比的图画，而且首先是阴性在名词中构成我们称为'指小物'的东西。因此在所有语言中，阴性词尾可说比阳性词尾更温柔亲切。"[2]

这段涉及"指小物"的言论使不少幻想被束之高阁。普鲁东好像没有梦想过那些成为小东西的美，但是他提到与阴性词相连的柔和的元音，这不能不在词的梦想者的梦想中激起共鸣。[3]

---

[1] F. W. Schelling, *Introduction à la philosophie de la mythologie*, trad. S. Jankélévitch, Aubier, 1945, t. I, p. 62.
[2] Proudhon, Un *essai de grammaire générale*, p. 265.
[3] 在同根词中，若阳性比阴性小，例如水罐（阴性）比水壶（阳性）大，那将演成什么样的戏剧！

但是，运用完全系统化的音节不能说明一切。有时，为表达所有的微妙心理，一位杰出的作者会在性别的题材上创造出或兴起某些"对偶词"，并突出结合巧妙的阴性词及阳性词。例如，几片磷火——性别很不明确的东西——在引诱男人或女人的时候，它们按照要使之迷途的对象变为"flambettes"或"flamboires"。[1]

当心火小子呀，姑娘！
当心火丫头呀，傻瓜蛋！[2]

这一见解在能以足够热情喜爱词的人听来，是多么有声有色啊！

小说家在表达不祥的方式中，为使恐吓对一个女人或一个男人起更大的作用，将黑乌鸦变成了"肥老鸹"。[3]

当人们给最难分解的矛盾、最局促不安的感情相通增添使词成为阳性或阴性的色彩时，人心理中的所有冲突或吸引力就得以明确地表现及突出。因此，由于语法老化而失去最初的性别真实性的语言遭受到了何等的"损坏"啊！法语这不愿保留"中性"的、充满激情的语言，它使人们受益匪浅！中性是无

---

[1] 这两个词在法语中并不存在，是作家按 flambée（短暂的旺火）派生而来的词。前者 ettes 的阴性词尾，后者 oires 的阳性词尾，分别表示火焰的性别。
[2] 参见 George Sand, *Légendes rustiques*, p. 133。
[3] 同上，p. 147。

选择的性别，而使选择的机会多种多样却是何等快事！

姑且从选择的乐趣举一个例证吧，从阴性词及阳性词配合的乐趣举一个例证吧。词的梦想不知为诗的梦想增添了多少韵味。我们觉得，文体学如在其各种研究方法中，增加一次更系统的对阴性词及阳性词相对出现量的研究，将会大大受益。但是在这一领域内，统计学是不够用的，必须决定某些"分量"，并衡量作者偏爱用词的基调。为对作者的词汇准备好进行这种种感情色调的衡量，也许必须在某些美好宁静的时辰中乐意成为词的梦想者，提出这样的建议，我深感不安。

但是，倘若说我在方法上感到迟疑，我对诗人亲身体验的例证却有更充足的信心。

4

首先请看一个阳性词与阴性词结合的典范。

让·佩兰这位善良的神父常常梦想，因为他是诗人。

> 将晨曦许配给月光[1]

在此出现的是一个永不会出现在英国圣公会牧师嘴唇上

---

[1] Jean Perrin, La *colline d'ivoire*, p. 28.
在法语中，晨曦是阴性词，月光是阳性词。这诗句的意思也许可解释为：让晨曦与月光融合在一起。——译注

的愿望，因为英国牧师只能在一个没有名词性别的语言中梦想。为这次诗人所欢呼的词的结合，法尔木蒂耶教区的所有喇叭花的铃儿，无论是挂在篱笆上的，或是挂在灌木丛上的，都一个劲儿地吹响了。

第二个例证却颇不相同，它将述说在物件中的阴性王国。我们从作家拉希尔德[1]的一个故事中将它借来。这是她青年时代的一则故事，可能也是在她写《维纳斯先生》的时期写的。拉希尔德的故事述说一群蜂拥而至的鲜花把肆虐托斯卡恩平原的瘟疫医治好了[2]。当时，玫瑰是精力充沛的阴性征服者和支配者："玫瑰，火红的嘴，火焰般的肌肉（舐着）不可腐蚀的大理石。"其他属于"攀登手那一类"的玫瑰登上了钟塔。"以尖拱形投射出她们葳蕤如林的凶刺"，她，——攀登手那一类——"紧紧抓住一根绳子往上登，使绳子在她年轻的头颅下荡漾"。当她们成群结队而来拉动绳子时，可以听到警钟敲响的声音。"玫瑰拉响了警钟。在多情的天空中的一片烈火上，又增添了玫瑰热烈芬芳的火焰"。于是，"群花的队伍响应了皇后的号召"，要以花团锦簇的生活战胜受诅咒的大地。各种具有雄性名字的植物，以

---

[1] Rachilde（1862-1953），法国小说家，是她发现了当代荒诞派作家雅里（1873-1970）。——译注
[2] Rachilde, *Contes et nouvelles*. 书中附有剧本。Mercure de France, 1900, pp. 54-55。这篇小说的名字是：《死》。它是献给阿尔弗雷德·雅里的。拉希尔德将雅里称为文学界中的超阳性（参见 *Jarry, ou le Surmâle de lettres*, éd. Grasset, 1928）。

比较缓慢的节奏，紧随着普遍的冲动："雌蕊犹如指尖的忍冬，好像用它们带爪的手前进，那些绿色灰色的平民、狗牙根、石松、木樨草，源源不断地在无垠的地毯上涌现，先锋队喇叭花在地毯上迅跑，狂热的喇叭花托着酒杯，杯中散发出蓝色的陶醉。"[1]

因此，在这样一篇文章里，阳性名词及阴性名词是经过仔细挑选并明确对照的。如果继续沿着拉希尔德的故事进行我们已开始的性别分析，我们不难再找到其他证明。

说到舐大理石的玫瑰，精神分析学家很容易编出一篇故事来，但是给一篇富于诗意的文字加上太不相干的心理责任时，他们就会剥夺我们说话的快乐。他们就会把词从我们口中撤销了。对一页文学作品用词的性别分析——词性分析——是根据某些价值准则的，这些价值准则在心理学家、精神分析家及思想家看来，似乎相当肤浅。但是这样的分析在我们看来，却是一条研究路线——自然还有许多其他路线！——可用来安排言语单纯的喜悦。

总之，姑且将拉希尔德的这页文字归入超阴性的档案吧。同时，为避免任何混淆，我们姑且回想以下事实：拉希尔德于1927年出版了一本书，书名为《为什么我不是女权主义者》。

根据以上所引例证，我们要补充说，某些明显标有受偏爱的语法性别或对阴阳性精心平衡的文章，若在一个没有性别的语言中表达出来，就失去了它们一部分的"魅力"。现

---

[1] Rachilde, *Contes et nouvelles*. p.56.

在适逢一篇颇典型的文章，我们重复了这一看法。但是这看法并未离开我们的思想。它将永远是增强我们在阅读中幻想的信心的一种论战依据。

那么，让我们津津有味地阅读某些满足我们癖好的文章吧。

如果我们没有对"草原"及"黎明"等名词的阴性产生反应，那怎么能体会一个渴望爱的孩子的回忆呢："黎明呈现在金黄的草原上，她正在奉承那羞答答的大丽春花。"[1]

丽春花[2]是为数很少的阳性花，花瓣疲沓，一碰即坠，毫无活力保卫它的名称所表现的鲜红色。

但是所有的词，按它们各自固有的性格，已经在相互"奉承"，正因如此，黎明这金发姑娘，通过诗人的声音，逗弄着满面通红的丽春花。

在圣乔治·德·布埃利耶的其他文章中，黎明与丽春的爱情就不是那么情深意柔，而且，倘若可以这么说的话，就不是那么具有先决性："黎明在丽春的雷声中嘟哝。"[3]说到诗人所钟爱的花，那温柔的克拉丽丝，"那太高大的丽春使她恐惧"。[4]后来有一天，当诗人从童年进入更雄健的年龄，

---

[1] Saint-Georges-de-Bouhélier, L'hiver en méditation, *Mercure de France*, 1896, p.46.
[2] le Coquelicot, 在法语中是阳性词，是拟公鸡啼叫的仿声词。英文称丽春为野罂粟。它是生长在田间的野花，花色鲜红，类似鸡冠。——译注
[3] 见 Georges-de-Bouhélier, L'hiver en méditation, *Mercure de France*, 1896, p. 47。
[4] 同上，p. 29。

他写道:"我采摘了一些极大的丽春花,而没有在接触它们时感到激动。"[1]丽春的阳性火焰已经停止了它们"过分羞答答的腼腆"。这样,有些花伴随我们一生,在诗篇改变时,它们的存在也有所改变。往日的丽春,它们那乡野间的美德到何处去了?对词的梦想者而言,丽春这词引人发笑。它的声音听来太喧嚣。这一词很难成为舒畅地进入梦想的萌芽。巧妙的梦想者会为丽春寻觅能展开梦想的阴性对立词。雏菊(la marguerite)——另一无诗意的阴性词也与梦想无缘。必须靠更有天才的人制作文学的花束。

梦想在《幽谷百合》中费利克斯为德·莫特索弗夫人准备的花束,我们将得到更大的欢快。巴尔扎克笔下的花束,不只是鲜花的花束,而且是词的花束,甚至是音节的花束。在对词性的分析者听来,这些花束恰到好处地平衡了阴性词和阳性词。例如:"多居士蓬松的花边、羊胡子草的绒毛、草原皇后的华盖、香叶芹的小阳伞、乳白色十字龙胆可爱的长项链,以及多叶蓍的伞,它们中间稀疏地点缀着孟加拉的玫瑰……"[2]阳性的修饰词配合着阴性的花,而阴性的修饰词则配合着阳性的花。我们不能不想到作者有意做了这样的平衡。对这样一类文学的花束,一位田间的植物学者也许能看到它们的形象,但是一位具有巴尔扎克这

---

[1] 见 Georges-de-Bouhélier, L'hiver en méditation, *Mercure de France*, 1896, p. 53。
[2] 巴尔扎克,《幽谷百合》,第125页。

样敏锐感觉的读者,却能听到它们的声音。整页整页的文字完全充满了发音的花朵:"围绕着瓷瓶喇叭口的颈部,请设想一条很宽的边缘,纯粹由景天科特有的白色花簇和都兰的藤萝组成,这以希望的形式构成的隐约形象,宛如一个顺从的女奴弯曲的形体。从这一底层涌现出系着白铃的喇叭花的螺旋藤,绯红的刺芒柄花的细枝,陪衬着几枝蕨,以及几枝树叶丰润而有光泽的栎树嫩条。所有的枝条都如垂柳一般谦卑地向前俯垂,羞怯而又恳求的形容好像在祈祷。"一位相信词的梦想的心理学家也许能深入这样的花束的感情组成。每朵花都是一次感情表白,审慎的或鲜明的、有意的或无意的供认。有时一朵花表示出一种反抗,有时却是一种顺从、一种苦恼、一种希望。倘若单纯的读者设想我们坐在小说家的书案前,那我们将多么亲切地参与到那写下的爱情中。巴尔扎克本人不是曾说过他文章中所有的鲜花点缀,都是"墨水瓶里长出的鲜花"?[1]在这几页中,当小说的故事停顿而花束荟萃的时候,巴尔扎克是一位词的梦想者。这些鲜花花束实际上是鲜花名称的花束。

当阴性词不巧未出现在一页文字中时,文体呈现出笨拙而趋于抽象的特征。诗人的耳朵在这方面是准确无误的。因此克洛岱尔揭露了福楼拜[2]的单身汉和声的单调:"阳性词

---

[1] 巴尔扎克,《幽谷百合》,第121页。
[2] P. Claudel(1868-1955),法国外交家、大诗人及戏剧家。G. Flaubert(1821-1880),法国小说家。——译注

尾占据了统治地位，使文章气势以沉闷生硬而告终，既无灵活性也无共鸣。法语所具有的那种加速往前奔去并一头栽在最后音节上的缺点，在此未得到任何补救。这位作家好像忽略了阴性词尾所起的气球作用，忽略了插入句巨大的翅膀，那不仅不会使句子拖沓沉重，反而使之飘逸轻快，在句子言不尽意时绝不让它着地。"[1] 此外，在一条应引起文体学家注意的按语中，克洛岱尔指出，如何在加上一阴性的插入句后，句子能够变得铿锵悦耳。他说：

> 假定帕斯卡尔[2]写道，"人只是一根芦苇"，那么声音没有得到任何可依靠的支点，而思想也停留在一种痛苦的悬念中，但是他却写道："人只是一根芦苇，大自然中最软弱的东西，但这是一根能思想的芦苇[3]——于是句子以一种优美从容的音韵全部震动起来。"

在另一条按语中（79页），克洛岱尔补充道："福楼拜有时能达到某种适中的成就，忘记这一点是不公正的。例如：

---

[1] Paul Claudel, Positions et propositions, *Mercure de France*, t. I, p.78.
[2] B.Pascal（1623-1662），法国数学家、物理学家、哲学家及作家。——译注
[3] 帕斯卡尔语："L'homme n'est qu'un roseau, *le plus faible de la Nature*, mais c'est un roseau pensant." 句子的前一部分及最后一部分都是阳性词尾：-eau, -ant, 中间一部分是插入语, 两个重读词 faible 及 Nature 都是阴性词尾。——译注

'而我在那最后的树枝上，我以我的面孔照亮了夏夜。'"[1]

5

当人们带着偏爱沉湎于对语词这样的梦想时，在阅读中巧遇一位爱幻想的同伴真是令人欢欣鼓舞。最近我读到一位诗人的文章，他在从心所欲的高龄，具有远胜于我的胆识。每逢一词开始在其实体中梦想时，他就一反任何实际用法，将之置于阴性类。埃德蒙·吉利雅认为，首先是"寂静"这一词，他梦想着从其阴性本质中感受它。[2]在他看来，寂静的性质是"很女性的；它应让任何话语深入其中，直至言语的内容……"这位诗人说，"我真难于将语法规定为阳性的冠词保留在寂静前"。[3]

也许，因为寂静这词被用于命令式，它才染上阳性的冷酷生硬。教师说：静一静！因为他要求学生抱着双臂听讲。然而当寂静给一个孤独的心灵带来安宁时，人们清楚地感到

---

[1] 语法学家 F. 比尔格拉弗（F. Burggraff）在他论词性的一章中，以这样论证具有阴阳两种词性的语言所特有的和谐的意见做结束："库尔·德·月伯兰这样写道：标志性别的各个不同的词尾在语言中散布着一种优美的和谐。它们排除了单一性及单调性；因为这些词尾有刚有柔，因此在语言中形成一种柔和的声音及强有力的声音的混合，使语言十分悦耳。"（F. Burggraff, *Principes de grammaire générale ou exposition raisonnée des éléments du langage*, Liége, 1863, p.230）。
[2] 寂静（le Silence）在法语中为阳性词。——译注
[3] Edmond Gilliard, *Hymne terrestre*, Seghers, 1958, pp.97-98.

寂静正准备着宁静的"阿尼玛"的气氛。

心理学研究在此遇到取自日常生活的证明的阻挡。将寂静描绘为一种充满敌意、积恨、气恼的退避是太容易不过的事。诗人要求我们舒畅地梦想，超越这种种心理冲突，超越分化了不善于梦想者的心理冲突而舒畅地梦想。

人们清楚地感到，必须越过一种障碍才能逃避心理学家，才能进入不"被观察"的领域。在那领域中，我们不再把自己分裂为观察者及被观察者。这时梦想者完全融入他的梦想中。他的梦想是他的寂静无声的生活。诗人要传递给我们的正是这无声的寂静。

幸福的人是那些经历了这样寂静无声的夜晚的人，幸福的人是那些能回忆起这样的夜晚的人，那时，寂静本身就是心灵交融的象征！

弗朗西斯·雅姆在回想这样的时光时，带着无限温情写道：

在你一声不响的时候，我对你说：别作声。

那时，那漫无计划的梦想，没有往事的梦想展现出来，整个地倾注于寂静与阴性安宁中的心灵的交融。

在寂静一词之后，埃德蒙·吉利雅以阴性的梦想围绕的另一词是空间。他说："我的笔撞到那个冠词，它卡住迎接我们的空间的入口。空间被颠倒为阳性有辱于它的丰富性。我的寂静是阴性的，因为它与空间具有同样性质。"

在两次抖掉语法常规后,埃德蒙·吉利雅找到了寂静与空间相互支持的双重阴性。

为使寂静更好地保留在阴性的领域,诗人要求空间成为一个羊皮袋。[1]他将耳朵伸向羊皮袋的开口,以使寂静让他听到阴性的喧哗。他写道:"我的'羊皮袋'是一个巨大的监听口。"在这样一个监听口中,某些声音即将产生,从寂静与空间极其女性化的繁殖力中产生,从空间无声的宁静中产生。

埃德蒙·吉利雅有关诗的沉思的著作,其书名是——阴性的胜利——《羊皮袋的复归》[2]。

精神分析学家将会不假思索地对这样一首诗加上"返母倾向"的标签。但是词的柔和作用却并未在此泛泛的决断中得到解释。假若只是"返母倾向"的问题,那如何解释要转变母语的梦想呢?或者,如何解释来自恋母的如此古远的冲动,能在诗的语言中起如此建设性的作用呢?

研究古远渊源的心理学不应过分使用当前的人的心理学观念,当前的人处在他的语言中,生活在他的语言中。无论诗的梦想古远的源头在何处,它同时也产生于语言的生气勃勃的力量。表达方式对所表达的感情又反过来起了

---

[1] 羊皮袋,阴性名词,是地中海及近东一带盛液体用的。——译注
[2] 当一位大作家把"羊皮袋"当作阳性,这不是很刺耳吗?伏尔泰说:"主啊,人们不会吃我的鳍蜥,我把它放在一个吹胀的小羊皮袋中(把小羊皮袋及修饰词都写作阳性。——译注),还用一张精美的皮盖上它。"转引自 M. P. Poitevin, *La grammaire, les écrivains et les typograph es modernes. Cacographie et cacologie historiques*, p. 19。

强烈的作用。当精神分析学家仅满足于以"返母倾向",返回某些在表达中不断增加的谜作为回答时,他就不能帮助我们去体验语言的活力。这种活力存在于细微差别中,是通过细微差别才得以存在的说话的活力。我必须更多地梦想,在语言的活力本身梦想,才能感觉人类如何能够,按普鲁东的话来说,"将性别赋予他的言语"。[1]

6

埃德蒙·吉利雅在由《红方形》杂志转载的一篇旧文中,[2]谈到他作为语言工匠的欢欣和苦恼,他写道:

> 假若我对我的职业更有把握,我会自豪地挂上一块招牌:"本店清除词语污垢……"成为词语的刮洗匠,言语的除垢匠,这是个艰苦而有用的职业。

说到我本人,在诗人帮助下的那些幸福的早晨,我喜欢对我熟悉的词进行一次小小的整顿。我公平地支配两种性别的喜悦。我想象当人们把一种性别的词和另一种性别的词相配合时,它们就享有小小的幸福——它们也落入小小的敌对中。在文学上出现恶作剧的日子里,闺(l'huis)与门(la

---

[1] Proudhon, *Un essai de grammaire générale*, p.265.
[2] 洛桑出版的月刊,1958年12月。

porte）关闭的功能孰好孰坏？[1]在令人生厌的阊与欢迎人的门之间有多少"心理学的"细微差别啊！不同性别的词怎能成为同义词呢？这只有不爱写作的人才能相信。

和述说城里老鼠与乡间老鼠对话的寓言家一样，[2]我喜欢让友善的台灯与愚蠢的落地灯对话，后者是客厅光亮的特里索丹。[3]万物均在静观并交谈，善良的爱德华·埃斯托尼耶[4]这样想，他让这些静物像嚼舌妇似的讲述房中居住者的故事。倘若在诸种事物与物件中，"每个它都能找到它的她"，它们的谈话会更加有声有色而亲密无间。因为语词相互爱恋。正如所有有生命的东西一样，它们是"天生而就的男与女"。

就这样，在无穷无尽的梦想中，激起了我的词汇的婚姻价值观。有时，在一些平民性的梦想里，我使匣子与瓦钵配合。但是那些从阳性到阴性极近似的同义词更使我着迷。我不断梦想着它们。我所有的梦想都对偶化了。所有的词，无论涉及事物、世界、感情抑或妖怪，都开始寻找它的伴侣：镜（la glace）与鉴（le miroir）、忠诚的手表与一丝不

---

[1] l'huis 及 *la porte* 都是门的意思。l'huis 是阳性，是古词，只在成语中使用，如 à l'huis clos 禁止旁听；la porte 是阴性，是日常使用的词。——译注
[2] 见拉封丹，《寓言诗》，卷一，《寓言第九》。——译注
[3] 特里索丹是莫里哀喜剧《女博士》中的人物。这位迂腐而虚荣的自命不凡者，在和善的外表下隐藏着斤斤计较的心机。——译注
[4] Estaunié（1862—1942），法国作家，著有《印记》《具有一双光明的手的残疾人》等。——译注

苟的计时器、树叶与书页、树林与森林、云彩与云、（传说中的）蛇与龙、诗琴与里拉琴、泪珠与眼泪……

有时，我对如此多的来回摆动感到厌倦，我在一个词——我开始因其本身而喜爱它——中寻找避难所。在词的心脏里休息，在词的斗室里明辨秋毫，并感觉词是生命的萌芽，一次逐渐增长的黎明……诗人却在诗句中，一语道出所有这一切：[1]

词可能是一次黎明，甚至是可靠的隐蔽处。

从那时起，在读米斯特拉尔的文章时，当我们听到普罗旺斯的诗人把摇篮一词变为阴性，那是多么欢快的阅读和多么悦耳的声音啊！

那故事情景很美，叙述起来会很有意味。为采摘几朵"格莱丝花"，四岁的米斯特拉尔掉进了池塘。他的母亲将他从水中拉出并给他换上了干衣服，但池塘里的花是那么美，孩子为了摘花又坠入水里。由于没有其他衣服可换，母亲只好给他穿上星期日的袍子。孩子穿上星期日的袍子，引诱更压倒所有的禁令。他回到池塘，又一次掉了进去。慈爱的母亲用围裙为他擦干，而且，米斯特拉尔说："由于害怕孩子受惊恐，她让我喝了一小匙驱虫药后，将我放进我的摇篮筐里，在筐里，我哭累了，不一会儿我睡

---

[1] Edmond Vandercammen, *La porte sans mémoire*, p. 33.

着了。"[1]

我们必须读这整篇故事的原文,我不过是叙述一个梗概而已,因为我只记得凝聚在一词语中的温情,这一词语给人以安慰并有助于入睡。米斯特拉尔说:在我的摇篮筐里,在摇篮筐里,是童年多么酣甜的睡眠啊!

在摇篮筐里,人们经历的是真正的睡眠,因为人睡在阴性词中。[2]

7

某天,一位最杰出的造句大师曾提出这一看法:"您肯定观察到这件稀奇古怪的事,当您在常用语言中听到抑或运用某个词时,它是明白无误的。当它在普通句子的快速进展中,它并不造成任何困难。但是,一旦将它从日常的流通中撤出做仔细研究时,一旦使它脱离瞬时的功能而为它寻找一种意义时,这词立即变得不可思议,令人尴尬。它招来奇怪的阻力,使所有为之下定义的努力均归于失败。"瓦莱里[3]用来作为例子的词,是长久以来就"自命不凡"的两个词,那就是:"时间"与"生命"。这两个词从日常的流通中撤出后,两者均立即成为高深莫测的谜。但

---

[1] Frédéric Mistral, *Mémoires et récits* (traduits du provençal), plon, p.19.
[2] 摇篮筐 (la berce) 是阴性词。一般用的摇篮 le berceau 是阳性词。
 ——译注
[3] Paul Valéry, *Variété V*, Gallimard, p.132.

是对某些不如这两者荣耀的词来说，瓦莱里的观察也道出了微妙的心理。于是简单的词——极其简单的词——也都来到梦想深处憩息。瓦莱里不无道理地说，[1]"我们之所以能够了解自己，只是由于我们从词语快速通过的速度"，梦想、慢悠悠的梦想发现了在静止中的词的深度。我们认为通过梦想，能在一个词中发现为它命名的行动。

词梦想着人们给它们命名

一位诗人这样写道。[2]词要人们一边梦想一边为他们命名。而这是很简单的事，并不用深挖词源学的无底洞。词在其当前的存在中，一面累积着幻想，一面变为现实。有哪个词的梦想者在读到路易·埃米耶的下面两句诗时能停止梦想呢？[3]

词在影里徘徊
鼓起了帘幔。

我将乐于用这两句诗做一次测验，考察涉及语言敏感性的梦幻敏感性。应该问的是：您是否相信某些词的声音如此

---

[1] 同上，p. 133。
[2] Léo Libbrecht, *Mon orgue de Barbarie,* p. 34.
[3] Louis Emié, *Le nom du feu*, Gallimard, p. 35.

铿锵，以至于它们来到房里的物体内安然就座？是什么东西真正鼓起了爱德加·坡房里的帷幔？是一个生灵、一个回忆还是一个名词？

　　一位思想"清楚明辨"的心理学家会对埃米耶的诗句感到惊讶。他会要求人们至少说出这使帷幔鼓起来的词是什么；在被指出的词的基础上，他也许会追随一次可能的幻想活动。这位心理学家在要求明确细节时，并未感觉到诗人刚才为他打开了词的天地。诗人的房里充满了词，充满了在影里徘徊的词。有时，词并不忠实于物。它们这些词试图从一物到另一物建立起梦幻一般的同义词。人们总是用视觉幻象的语言表达对物体的幻想化。但对词的梦想者而言，语言本身已是某些幻想化活动的作为。为达到这梦幻的深层，必须给词留下梦想的时间。正因如此，在人们沉思瓦莱里的话时，他们已被带上了从句子的目的论中自我解放的道路。[1]因此，对词的梦想者而言，某些词是"言语海洋的贝壳"。在聆听某些词的时候，正像孩子在贝壳中听到大海一般，词的梦想者听到了一个幻想世界的喧哗。

　　当人们不阅读也不说话而是像在小学生时代一样拿笔书

---

[1]"从句子的目的论中自我解放出来"，意思是不再把句子当作表达思想的工具。现代派的文艺思想继承了象征主义的思想，也就是发扬了德国浪漫主义的纯文艺的思想。它认为文艺所表现的是它自身的美，而不是外在的东西。请参考托多罗夫，《象征理论》，巴黎，瑟伊出版社，1977年，第185—186页，第339—342页。——译注

写的时候，别有一番梦想油然而生。倾注于优美的书法中，人好像走进了词的内部。一个字母令人惊讶，以前读它时没有听清它的声音，现在在专注的笔下，人宁静地倾听它。因此一位诗人写道："在从不回响的辅音环链中，在从不出声的元音的结节中，我能否安置我的陋室？"[1]

对字母梦想者能远征到何处呢？且听诗人的见证吧："词是躯体，字母是四肢，性器官则总是一个元音。"[2]

在加布里埃尔·布努尔为爱德蒙·雅贝斯的诗集所作的精辟的前言中，可以读到下面的话：[3]诗人"知道在文字书写与语气贯通中展开了猛烈的、反抗的、有性别的、类比的生活。勾画语词阳性结构的辅音与阴性结构的元音的变化色调，以及细腻微妙的色彩相互配合。词与人同，具有性别，是逻各斯的成员。[4]和我们一样，词在真理的王国中寻求它们的成就，寻求它们的反叛、它们的向往、它们的亲缘性。它们的倾向也如同我们的倾向一样，受两性同体的原型所吸引"。[5]

阅读是否足以使我们进入如此深远的梦想？不是必须提

---

[1] Robert Mallet, *Les signes de l'addition*, p. 156.
[2] Edmond Jabès, *Les Mots tracent, édit.* Les Pas Perdus, p. 37.
[3] Edmond Jabès, *Je bâtis ma demeure,* Gallimard, Préface de Gabriel Bounoure, p. 20.
[4] 逻各斯是来自古希腊的哲学术语，它有两个意思，一是理念，另一个是（上帝的）话语。——译注
[5] 柏拉图的《会饮篇》中说：天地之初有两性同体的原型，因触怒天神被切为两半。从此两半相互寻找，它们不结合便不得安宁。——译注

笔写作吗？像我们在过去小学生时代一样提笔写作，在那个时代，正如布努尔所说，字母一个接一个被写出来，要不是歪歪扭扭驼着背，就是自命不凡地表现优美。在那个时代，拼写是一场戏剧性事件，是我们的教养在一个词内进行的戏剧性事件。爱德蒙·雅贝斯就这样将某些已忘怀的回忆带回给我。他写道："我的主啊，请让我明天到学校时能写出'菊花'这个词，让我在这个词的各种不同的写法中，恰好碰上正确的写法。我的主啊，请让所有能将它写出的字母来协助我，请让我的老师明白这些的确是他所欢喜的花，而不是那我可以随意涂染它的躯壳，将它的影子和眼底变成锯齿形的蒴果，那常出现在我梦想中的蒴果。"[1]

菊花这词内部是那么热烈，它可能是什么性别呢？这一性别对我来说，取决于从前的某几个11月。在我那古老的故乡，人们有时用阳性，有时又用阴性形容它。假若没有颜色的（形容词的——译者）协助，怎能在耳朵里决定它的性别呢？

在书写时，人们发现语词中内在的铿锵音调。双元音在笔下发出不同的声响。人们听到双元音的声音分离开来。这使人痛苦吗？还是给人以新的欢快？谁能告诉我们诗人在词心插入一重复元音时所感受的苦楚的乐趣。[2]请听马拉美的

---

[1] Edmond Jabès, *Je bâtis ma demeure*, p. 336.
[2] 法语的习惯是避免重复元音，在古典的诗歌中尤其是禁忌，现代诗为取得某种效果，故意将双元音分裂为两个元音。——译注

一句诗中的苦楚吧,[1]诗句的前后两半都有元音的冲突:

为聆听肌肤里钻石的哭泣[2]

(Pour ouir dans la chair pleurer le diamant)

这钻石碎裂成三块,显露出其名字的脆弱性。这样,一位大诗人的暴虐也显示无遗。

过快地阅读时,这诗句是十音节。但是,当我的笔在拼写时,诗句重新复原为十二音节,于是耳朵只好履行一句罕有的亚历山大体的典雅技艺。

但是,这些富于诗句音乐性的伟大作品超出梦想者之所识。我们对词的梦想并不深入词的底蕴,我们只能在内心的话语里吟诵诗句。确实,我们只是独自阅读的信徒。[3]

8

在坦白承认——无疑带有过分的自我宽容——这种种围

---

[1] S. Mallarméen(1842-1898),法国象征派诗歌大师。他的诗语言微妙,以音乐性见称。——译注
[2] 法国诗的亚历山大体每句为十二音节,在第六音节有一节奏重音将句子分为两半。在这诗句的前半句聆听(ou ir)一词及后半句的钻石(di-a-mant)一词都有元音重复。元音重复一般读为一个音,在这诗句中,马拉美将它们分裂为两个音。因此,ou ir 为两个音节,di a mant 为三个音节。——译注
[3] 从前,我们曾写过名为《默诵题目》的章节。参见 L'air et les songes, Paris, Corti。

绕一个固定概念的散漫思想和这在梦想时涌现的阵阵疯狂之后，请允许我指出这些思想在我治学生涯中所占有的位置。

假若我必须对这个不规则而艰辛的生涯作出总结，而这生涯由不同的书籍所标记，那最好是将它置于相反的阴性及阳性的象征下，置于概念与形象的象征下。概念与形象之间不存在任何合题的，其间也没有演变关系；尤其是那一贯所说的，但从未发生过的演变关系，心理学家用以使概念从众多的形象中演变出来的关系，将其全部心智献给概念的人，将其整个心灵献给形象的人，清楚地知道概念与形象的发展是在精神生活的两条不同的路线上出现的。

或许，最好是使概念活动与想象活动之间的对立激化。总之，倘若要使这两者合作，只能落得没趣。形象不能为概念提供素材，而概念倘若赋予形象以稳定性就窒息了形象的生命。

我也无意以混乱的妥协削弱理智与想象的明确之极性。从前我曾认为应写一本书为处于科学文化中的形象驱魔，因为这些形象声称能产生并支持概念。[1]一旦概念开始其基本活动后，就是说当它运转于概念的场地时，运用形象将是多么柔弱——多么女性的表现！在理性思想这一强劲的织物中，就介入了中间概念，即只在其理性关系中具有意义及严密性的概念。我们曾在《应用理性主义》一书中列举这类中间概念的例子。在科学思想中，概念越脱离任何附带形象，

---

[1] 参见 *La formation de l'esprit scientifique, Contribution à une psychanalyse de la connaissance objective*, Paris, Vrin, 3^{e}éd., 1954。

越有利于运转。科学概念在其充分活动中摆脱了其发生演化的全部缓慢进展，因此这种演化属于单纯的心理学。

知识每次取得具有建设性的抽象化后，其雄健性就有所增长。这种进行抽象化的行动与心理学著作的描述颇不相同。数学中抽象思想的组织力量很显然。正如尼采[1]所谓："在数学中……绝对知识纵情欢庆其佳节。"[2]

热衷于理性思想的人能对非理性主义者所散布的烟雾无动于衷，后者试图以烟雾在紧密组合的概念闪耀出的光明周围散布怀疑。

烟与雾，这是阴性的反对。

但是，反言之，在表述对形象的忠实热爱时，我也并非应用大量概念研究形象的人。理性主义的诗评永远不能引人入胜，达到诗的形象所形成的中心所在。我们必须避免像催眠术家支配梦游者那样，对形象颐指气使。[3]要交上捕捉形象的好运，最好追随梦游般的梦想，如诺迪埃一样，聆听梦想者的梦呓。形象只能通过形象来研究，把形象作为在梦想

---

[1] Nietzsche（1844-1900），德国哲学家。他的道德论建立在对生命活力的培养以及把人提高至超人的强力意志上。——译注
[2] 尼采，《希腊悲剧时代的哲学》，G. Bianquis 译，伽利玛出版社，第204页。
[3] 里泰在给弗朗兹·冯·巴德的信中写道："每个人的身上都有一个梦游者，他就是这梦游者的催眠术家。"（转引自 Béguin, *L'âme romantique et le rêve*, Cahiers du Sud, t. I, p. 144.）在梦想处于悠然从容的时候，当梦包含美好的事物时，在我们身上，不知不觉地出现了梦游者统辖其催眠术家的现象。

中的会聚进行梦想。所谓对想象力做客观研究是无意义的,因为只有在欣赏形象的情况下才能获得它。而将一形象与另一形象相比较时,已可能失去分享形象的独特性。

因此,形象与概念形成于心理活动的那相反的两极,即想象与理性的两极。在它们之间,相互排斥的极性在起作用。这与磁性的两极毫无共同点。在此,两极并不相互吸引,而是相互排斥。假如我们既喜爱概念又喜爱形象,那么必须以两种不同的爱来爱这两种心理功能:心理的阳极及阴极。我对此领悟太晚。我对在形象与概念交替的工作中的良好意识认识得太晚,这是两种不同的良好意识:白天的意识和接受心灵黑夜一面的意识。在终于认识我的双重天性的良好意识后,为使我能享有这双重的良好意识,我应该能再写两本书:其一应论说应用理性主义,其二则应叙述活跃的想象力。无论作品多么不足,良好的意识对我来说,是一个充实的意识,它从来不是虚空的,是工作直到最后一刻的人的意识。

第二章　追寻梦想的梦想
　　　　"阿尼姆斯"与"阿尼玛"

为什么你从未独自与我相处
深沉的女人，比过去的源泉
所依附的深渊还要深沉？

我越走近你，你越是沉没
在那先于存在的沟壑。

　　　　　　　伊万·戈尔《复杂的女人》

我同时具有牧神和小姑娘的心灵。

　　弗朗西斯·雅姆《野兔的传奇故事》

1

在我们以哲学家的天真，如刚才那么简单地说出我们对词的阴性及阳性的梦想时，我们很明白这只提出了一种表面心理学。这种以词汇为戏的看法并不能引起心理学家的注意。他们所关注的是，按照科学精神的理想，努力以明确坚定的语言说出他们的客观观察。在他们的文章中，词从来不做任何梦想。即使心理学家对我们指出的迹象有所感觉，他也必然会说，这些贫乏的性别指称可能成为一次阴阳性价值观的过分膨胀。人们易于以现成的套语反对我们，说我们背离实物而去捕风捉影，说阴性阳性特征在人的天性中刻画如此之深，以至于夜里的梦本身就具有对立性征的矛盾冲突。但是在本章中，同样在本书其他许多篇章中，我提出的是梦与梦想的对立。那么，在我们以言语表达的爱情中，在我们准备对将缺席的女人说话的梦想里，词、优美的词，具有了充实的生命力，有朝一日必须有一位心理学家来研究言语中的生命力，在说话过程中产生意义的生命力。

我们认为能够同样阐明，按照词语是属于梦想的语言或明朗的生活语言——属于从容不迫的语言，抑或受监督的语言——属于自然的诗的语言，抑或属于专断的重音标明的语言的说法，词语没有完全同等的心理"分量"。夜梦可能是一种猛烈或诡诈的针对指责的抗争。梦想却使我们享有无拘无束的语言。在孤独的梦想中，我们能够对自己说所有的话。我们仍保留有足够清楚的意识，以肯定我们对自己说的话确是只对自己说的。

那么，在孤独的梦想中，我们认识到自己同时处于阳性状况和阴性状况是无足为奇的。梦想以激情体验未来，它使其激情的对象理想化。理想中的女性存在倾听着充满激情的男性梦想者。女性的梦想者使理想化的男人吐露其爱情。我们将在以下几章再讨论这些梦想中使对象理想化的特性。这种理想化的心理是一种不可否认的心理现实。梦想同时使其对象及梦想者理想化。当梦想处于阴性与阳性的二元性中时，理想化同时臻于具体与无限。

我们必须聆听我们的梦想，以求达到这双重的认识：我们既是现实者又是理想化者，我们相信梦想能够成为"深层心理学"最好的学校。我们应用从深层心理学获得的全部教益，以深入理解梦想的存在主义。[1]

一门完善而不偏重人类心理任何因素的心理学，应包含最极端的理想化行动，即达到我在以前一部著作中所称为绝对升华作用的领域之理想化行动。换言之，完善的心理学，应把超脱人性的东西重新与人维系在一起——把梦想的诗学与平淡无奇的生活统一起来。

2

确实，我们认为言语总是与最遥远、最阴暗的欲望相连，而这种种欲望在人类心理的深层推动着人的心理。无意识在不断地喃喃低语，人们在倾听其低语时，才了解到自身的真

---

[1] 存在主义兴起于第二次世界大战后的哲学思潮，它突出个人存在及其不能还原之特征的哲学重要性。作者在此所说的梦想的存在主义，是把梦想的存在放在与人的存在同样的高度。——译注

实。有时某些欲望在我们心中对话——某些欲望？或许是某些回忆，某些对未完成的梦的模糊之回忆？—— 一个男人和一个女人在我们孤独的存在中交谈。在自由的梦想中，他们交谈是为了相互倾吐意愿，为了在双重天性协调完美的安宁中心意交融，而从来不是为了争斗。假若这内在的男人和女人保留有敌对的痕迹，那是因为人们没有完美的梦想，是因为人们将平常日子的某些名字加之于超越时间的梦想中的那些存在。人们越是深入于说话的存在深层，任何说话的存在的主要相异性，便越是单纯地表明为阴性及阳性的相异性。

在所有现代精神分析的学派中，荣格的学说最明晰地阐明了人类心理在其原始状态中是阴阳性同体的。荣格认为，无意识并非一种被抑制的意识，并非由被遗忘的回忆形成，而是一种最原始的天性。因此，无意识在我们身心中保留有阴阳同体性的功能。谁若谈到阴阳同体性，谁就以双重的触觉触及他本身的无意识的深层。人们认为这是在讲故事，但这故事如此有趣，以至于它已成为当代的心理学。因此，为什么尼采转述说："恩培多克勒[1]记得他曾经是……小男孩又是小姑娘"？[2] 尼采为此感到惊讶？莫非他在恩培多克勒的回忆中看到了对一位思想上的英雄人物沉思深度的保证？这难道不是一篇有助于"理解"恩培多克勒的文章？这

---

[1] Empédocle，公元前5世纪的西西里哲学家，并擅长医学及物理学。——译注
[2] 尼采，《希腊悲剧时代的哲学》，G. Bianquis 译，伽利玛出版社，第142页。

第二章　追寻梦想的梦想"阿尼姆斯"与"阿尼玛"

篇文章不是有助于我们深入人性难于探测的深层？新出现的问题是：尼采作为历史学家，在客观地引用一篇文字的时候，是否坠入了平行的梦想？当人重新体验那位哲学家是"小男孩又是小姑娘"时，是否能发现"分析"超人[1]的阳性特征的研究线索？啊！确实，哲学家们进入了什么样的梦想啊？

在如此酣然大梦前，人们能否只是心理学家？当人们说尼采从未忘记那奇特的失去的乐园，对他而言即一栋女客盈门的新教牧师住宅[2]时，似乎话犹未尽。尼采的女性特征更深刻，因为它更隐蔽。是谁隐藏在查拉图斯特拉的超阳性的面具下[3]？在尼采的著作中渗有某种对妇女的小小的鄙薄。在所有这种种遮盖及补偿下，谁将为我们发现那女性的尼采？谁将建立那阴性的尼采主义？

而我们只将研究局限于梦想的世界，我们能够明确地说，无论是在男人身上抑或在女人身上，和谐的阴阳同体性都保留其功能，即将梦想保持在使人平静的作用中。有意识的要求，因此是强有力的要求，对于这种心理宁静是明显的骚扰。这些要求是在阴性及阳性脱离原始的阴阳同体性后的敌对表现。阴阳同体性一旦离开所在处——如深沉的梦想所在处——即失去平衡。于是它陷入摇摆不定之中。这正是心

---

[1] 指尼采。——译注
[2] 尼采的父亲及外祖父均为牧师，尼采未满5岁丧父，由母亲及姑母抚育长大。——译注
[3] 尼采，《查拉图斯特拉如是说》，见《尼采全集》，1885年。——译注

理学家所记录的，并标以反常符号的种种摇摆不定的状况。但是当梦想渐臻深沉时，这种摇摆逐渐减弱，心理恢复了性别的和平，即对词语梦想的人所经历的和平。

心理学家比伊唐迪克在其卓越之书《女人》[1]中提供参考说：正常男人阳性占51%，正常女人阴性占51%。这些数字显然是为论战而提出，目的在于摧毁那两种对于完全的阳性及完全的阴性坚若磐石般的安详确信。但是，时间对所有的比例都起作用；日、夜、季节及年纪均不会让我们身上的雄性因素保持平衡状态。在每个人身上，阳性时间的时钟及阴性时间的时钟，均不会服从于数字和测量。阴性的时钟不间断地行进在一种持续的平静流逝中。阳性的时钟具有跳动性的活力。假若人们同意将梦想和求知的努力置于纯粹的辩证关系中，就会对此有更清楚的感受。

而且这并非一种真正平行的辩证关系，如是与否的贫乏的辩证关系在同一水平进行。阳性与阴性的辩证关系是按深层的节奏开展的。这一辩证关系从不甚深处开始，总是从不甚深处（阳性）走向深处，走向越来越深处（阴性）。正是在梦想中，如亨利·博斯科所说[2]，是"在潜在生活的无限储藏库里"，[3]我们找到了全部舒展的阴性，在其单纯的宁静中歇息。然后，由于每日必须再生，内部存在的时钟响起了阳性

---

[1] F. J. J. Buytendijk, *La femme*, p. 79.
[2] Henri Bosco（1888-1976），法国乡土小说作家。——译注
[3] Henri Bosco, *Un rameau de la nuit*, Paris, Flammarion, p. 13.

第二章　追寻梦想的梦想"阿尼姆斯"与"阿尼玛"

的时刻——对所有的人，男人及女人，响起了阳性的时刻。于是，对于所有的人，社会活动的时刻回来了，社会活动主要是阳性的活动。即使在激情的生活中，男人与女人均善于各自运用其双重能量。这时产生的新问题及困难问题是：如何在一对伴侣各自的身心中放入或保持其双重性别的和谐。

当天才参与同一心灵以决定"阿尼姆斯"与"阿尼玛"的功能时，二元性就显明地标志着个人的统一性。米沃什不是写了爱这一词吗[1]？"他这位自称以词的灵魂写作的人"，知道爱这个词包含着"但丁及歌德的永恒的神圣女性、天使般的温情及性征、纯洁无瑕的母性，其中犹如火热的熔炉，熔化着斯威登堡[2]的l'adramandonique、荷尔德林[3]的l'hespérique、席勒的乐土：这就是完美的人性和谐，是由丈夫诱人的智慧及妻子多情的引力形成的，是各人眼中对方的真正心灵状态和主要奥秘，这是如此可畏又如此美妙，以至于在深入其中之时，我已不可能说到它而不流下滚滚热泪"。这由"致斯托尔日的信"借来的文字，是让·卡苏在对米沃什所做的卓越研究中引用的[4]。米沃什将这些天才作家荟

---

[1] Milosz（1877-1939），以法语写作的立陶宛作家，写有悲剧《米盖尔·马尼亚拉》。——译注
[2] Swedenborg（1688-1772），瑞典神智学者，他提出了可见世界与不可见世界的相互感应的学说，认为世上的结合是超越尘世存在的，最终趋向的是对上帝的爱。——译注
[3] Hölderlin（1770-1843），德国诗人。他歌颂类似古代希腊神人交往时代的生活。——译注
[4] Jean Cassou, *Trois poètes: Rilke, Milosz, Machado*, édit. Plon, p.77.

萃于信中并非毫无原因。从一位诗人到另一位诗人,"阿尼姆斯"与"阿尼玛"的综合有所不同,但是这些综合之所以相互对立,正是因为所有综合都处于这主要综合的气氛中,处于将"阿尼姆斯"与"阿尼玛"的功能结合在同一奥秘中的影响最深远的综合条件下。这样大幅度的综合,这样在超人的高度上得到确认的综合,却易于在接触日常生活时遭到破坏。但是当人们倾听米沃什引用的人类崇高伟大的梦想者的时候,会感到这样的综合正在开始,也许在重新形成。

3

C.G. 荣格为避免与表面心理学的现实有所混淆,产生了这样巧妙的思想:将深层的阳性及阴性以两个拉丁名词"阿尼姆斯"及"阿尼玛"作为双重标志。用两个名词标志唯一的心灵,以说明人类心理的真实情况是必须的。最雄健的、被过分简单地用强有力的"阿尼姆斯"形容的男子,也具有"阿尼玛",一个能作出似是而非表现的"阿尼玛"。同样,最女性的女子也有某些心理特征证明她身心中的"阿尼姆斯"的存在。[1] 现代的社会生活,通过"使性别混杂"的竞争,使我们学会抑制阴阳同体性的表现。但

---

[1] 这种双重确定在荣格的许多著作中,并不总是保持全部的对称。然而在心理学的研究中,参考这样的对称却颇为有用。有时,这有助于发现不易见的心理痕迹,而这些痕迹在自由的梦想中却极其活跃。

是在我们的梦想中，在我们的梦想的茫茫孤独中，每当我们如此深深地感到解放而不再思考潜在的敌对时，我们的全部心灵都受到"阿尼玛"的影响与浸润。

至此我们已达到本书为之辩护的论题中心：梦想生于"阿尼玛"的影响。当梦想确实臻于深沉时，降临于我们身心中做梦想者是我们的"阿尼玛"。

对于一个受现象学启发的哲学家，追寻梦想的梦想正是"阿尼玛"的现象学，而且正是在协调梦想中的梦想时，他希望建立"梦想的诗学"。换言之，梦想的诗学正是"阿尼玛"的诗学。

为避免任何错误解释，我们重申本书无意包括夜梦的诗学，也不包括荒诞神怪的诗学。这类神怪诗学要求对怪诞的理智性作出极大的关注。我们则只局限于对梦想的研究。

此外，在接受参照"阿尼姆斯"及"阿尼玛"这两种心理要求，以对我们关于任何深沉的梦想具有阴性本质的思考作出归类时，我们自信避开了一种反对意见。确实，人们能向我们提出反对意见说——无形中步了许多哲学辩证法所陷入的机械论之后尘——假若以"阿尼姆斯"为主的男人做了受"阿尼玛"影响的梦想，那么以"阿尼玛"为主的女人应做受"阿尼姆斯"影响的梦想。无疑，文化的压力目前已到达如"女权主义"加强了妇女的"阿尼姆斯一样的程度"……对于女权主义毁坏了女性特征，人们谈论得够多了。但是，还得再提一次，假若要赋予梦想其基本特征，假若要把梦想看作一种状态，一种无须拟订方案的现在状态，那就必须承认梦想将任何梦想者，男人抑或女人，从要求权利的世界中解放出来。梦想与任何权利要求均背道而驰。在纯粹的梦想里，在使梦想者回归于他安静孤独的梦想时，任何男人抑或女人，从"梦想的斜坡"[1]往下走，一直往下走时，都能找到他在深层的"阿尼玛"中的安宁。这是在往下走而非往下坠落。在这一未确定的深处是阴性安宁的天地。正是在这无忧无虑、无野心、无方案计划的阴性安宁中，我们得到了具体的安宁，使我们的全部存在得到休息的安宁。谁享有这种具体安宁，身心均浸沐在梦想的平静中的具体安宁，他就能理解乔治·桑提出的悖论的真实性。她说："白昼注定要使我们在黑夜之后恢复安宁，换言之，清醒的白日梦想注定要使我们在夜梦之后恢复安宁。"[2]因为睡眠中的休息只能解除身体的疲劳。睡眠中的休息不总是使心灵得到安宁，而且很少使心灵得到安宁。夜里的安宁不属于我们。它并非我们的存在本身的财富。睡眠在我们身心中开设了一个幽灵客栈。我们必须在每日清晨扫除重重阴影；必须用精神分析的棍棒驱逐那些滞留的来客，甚至在深渊底撵走某些另一时代的怪物、龙蛇，及所有那些未消除的及不可能消除的、凝固为阳性及阴性的动物的东西。

---

[1] 斜坡（la pente）在法语中还有另一意义：倾向、爱好。作者在此同时用了这一词的两个意义。——译注
[2] 欧内斯特·拉·耶内斯（Ernest La Jeunesse）*L'imitation de notre mattre Napoléon*, p. 45）说："睡眠是最令人疲乏的功能。"梦想消除了夜间的噩梦。梦想是对我们夜里的矛盾冲突、对我们下意识的矛盾冲突之天然的精神分析。

相反，白日的梦想却享有一种清醒的平静。即使它染上忧郁的色彩，那也是令人安宁的忧郁，使我们的安宁延续不断的、和蔼可亲的忧郁。

人们可能会认为这种清醒的安宁就是没有焦虑的单纯意识。但是假若梦想没有生活的温馨形象使之充实，没有幸福的幻想使之丰富，那梦想将不能持续。梦想者的梦想足以使整个宇宙进入梦想。梦想者的安宁足以使行云流水、徐徐清风进入安宁。在一部向往安宁的佳作开篇，亨利·博斯科写道："那时候我感到很幸福，从我的乐趣中呈现出来的，无一不是清澈的流水、枝叶的低语、芬芳的轻烟、山谷的轻风。"[1]因此，梦想不是精神的虚空。它更是那感受到心灵充实的、时刻所赐予的礼物。

因此，种种谋划与焦虑属于"阿尼姆斯"，它们是面对自我不在场的两种方式。梦想属于"阿尼玛"，梦想生活在欢欣形象纷呈的现在。在欢快的时刻，我们产生了自我充实的梦想，这一梦想能像生活那样自我保存。安宁的形象是作为阴性本质的、伟大的泰然存在馈赠的礼物，这些形象在"阿尼玛"的宁静中相互支持，相互平衡。这些形象基于一种内在的热情，建立在那常在的温馨中。在任何心灵中，那正是阴性核心之所在，我们重申这点，因为那是指导我们研究的论点：纯粹而充满形象的梦想是"阿尼玛"的表现，或许说是"阿尼玛"最具特征的表现。总之，正是在形象的王

---

[1] Henri Bosco, *Un rameau de la nuit*, p.13.

国里，我们这些梦想的哲学家，寻求"阿尼玛"的善举。水的形象给予任何一个梦想者阴性的陶醉。带有水标志者保留着对"阿尼玛"的忠诚。概而言之，伟大单纯的形象，在诚恳的梦想中初生时就往往清楚地表现出"阿尼玛"的功能。

但是这类形象，我们这些孤独的哲学家能从何处求得呢？在生活中抑或在书本中？在我们个人的生活中，这样的形象只能是我们的可怜的产品。而且我们不能像心理学家那样，接触到足够"天然的"资料的条件以决定一般普通人的梦想。因此，我们只扮演阅读的心理学家的角色。但幸运的是，对于我们在书本中的研究，假若我们确实得到在"阿尼玛"中的形象，如诗人所创的形象，那在我们看来这类形象就是天然的梦想的资料。一旦得到这类形象，我们即刻想象这原本是我们可以梦想到的形象。诗的形象激发了我们的梦想，并化入我们的梦想，因为"阿尼玛"的同化力量是如此巨大。我们阅读，我们即刻梦想联翩。在"阿尼玛"中得到的形象将我们带入不断梦想的状态。我将在本书中列举大量在阅读中寻到的梦想例证，同样还会列举大量逃避现实的例证，这些例证都违背了客观文学批评所谓的职责。

总之，必须明确承认有两种阅读："阿尼姆斯"的阅读及"阿尼玛"的阅读。依照不同的阅读，我成为不同的人。当我阅读一部思想著作，"阿尼姆斯"应保持警惕，随时准备提出批评，随时准备进行反驳，这时的我不同于阅读一本诗集的我，那时我应把形象作为天赋的礼物来接受。啊！为对诗人的形象这一绝对的赠品作出反响，我们的"阿尼玛"

第二章 追寻梦想的梦想"阿尼姆斯"与"阿尼玛"

必须能够写出一首感激的颂歌[1]。

"阿尼姆斯"很少读书;"阿尼玛"却孜孜不倦地读。

有时,我的"阿尼姆斯"责备我读得太多。

读书,永远地读,这是"阿尼玛"温馨的激情。但是,在通读所有的书之后,人怀着梦想把写书视为己任时,投入劳动的却是"阿尼姆斯"。写一本书永远是艰苦的职业。人们总是倾向于只对之梦想而已。

4

宁静的梦想将我们带回到"阿尼玛",这"阿尼玛"并非总是通过它在日常生活中的显现而得到明确说明的。心理学家为决定按特征进行分类而列举的阴性征象,并不能使我们真正接触到正常的"阿尼玛",即在所有正常人身上存在的"阿尼玛"。心理学家时常只注意到一个局促不安的、被"问题"打扰的"阿尼玛"所显现的激动的飞沫。被问题打扰!似乎有阴性宁静的安全感者尚有问题可言!

在精神病大夫的诊所,男人与女人的辩证关系,尽管有

---

[1] 在谈到歌德关于打猎的一篇短篇小说时——"严厉的格尔维纳斯(Gervinus)"认为,"那篇小说是难以形容的微不足道——爱克曼(Eckermann)之书的译者,爱米尔·代莱罗(Émile Délérot)指出(《歌德谈话录》译本,卷一,第268页注):"然而歌德对我们说这篇小说萦绕在他思想中长达三十年之久。要发现它不愧于其作者,必须在德文中阅读它,换言之,赋予它一个对梦想的长篇说明。最令人喜爱的德国趣味作品,是最能充当某些无穷无尽的梦想的出发点的作品。

各种反常情况，但仍然依据这过分突出的特征。在生理性别区分的两种征象下，男人似乎被过分粗暴地加以区分，因而谈不上什么温情的、双重温情的、什么"阿尼姆斯"及"阿尼玛"的温情的心理学。因此，为避免成为过分简单化的生理学名称的牺牲品，深层心理学家才谈到了"阿尼姆斯"及"阿尼玛"的辩证关系，这一辩证关系使心理学研究更能注意细微的差别，而超越严格的雄性与雌性的对立。

但是新词的创立并未说明一切，必须避免用新词说老话。在此最好不滞留在平行的称呼中。几何学家会建议把"阿尼姆斯"及"阿尼玛"的关系确定为两种反平行的发展，换言之，"阿尼姆斯"趋向于明朗化并在心理增长中起支配作用，而"阿尼玛"则渐趋深化，在深入本体存在深处时起统辖作用。在深入时，总是在深入时具有"阿尼玛"价值准则的本体论开始显现。在日常生活中，男人与女人——裙衣与长裤——这样的词已是足够表意的名称。但是，在无意识隐隐约约的生活中，在孤独的梦想者离群索居的生活中，专断的名称已丧失权威。"阿尼姆斯"与"阿尼玛"这类字眼的选用，为的是淡化性别的指称，并避免身份分类的简单性。的确，在某些协助我们幻想的词中，必须避免过快地恢复习以为常的思想。最卓越的作家也难免犯这类错误。克洛岱尔"为使人们理解阿尔蒂尔·兰波[1]的某些诗篇"而提出"'阿尼姆斯'及'阿尼

---

[1] Arthur Rimbaud（1854-1891），法国诗人，对法国近代诗歌影响巨大，著有《地狱的一季》及《彩图》。——译注

玛'的寓言"时，他最终在这类词下展示的不过是心智与心灵的二元性。更有甚者，心智——"阿尼姆斯"差不多近似一个躯体，一个将使任何精神气质变得沉重的可怜躯体：这位诗人说："其实，'阿尼姆斯'是位资产阶级老爷，他有某些规则的习惯；他喜欢别人为他烹调同样的菜肴。但是……有一天'阿尼姆斯'出其不意地回到家中，或者在晚饭后打盹儿时，或者在他全神贯注于工作时，他听见'阿尼玛'在关闭的门外独自唱着一支有趣的曲子，他从未听过"。[1]于是，克洛岱尔的"寓言"突然告终，以让位于对亚历山大诗体的讨论。

让我们只记住其中一个给人启发的特征吧：在梦想和唱歌的是"阿尼玛"。梦想和唱歌，这就是她在孤独中的工作。梦想——而不是梦——是任何一个"阿尼玛"的自由扩张。无疑，诗人之所以能够把歌的结构、歌的力量赋予他的"阿尼姆斯"的思想，是由于他的"阿尼玛"的梦想。

从此，若无"阿尼玛"的梦想，如何能诵读诗人在"阿尼玛"的梦想中写成的诗篇呢？正因如此，我为我个人只有在梦想时才能诵读诗人的作品提出了理由。

5

因此，我们应一贯以他人的梦想，以我们作为读者在梦想中缓慢地读到的他人的梦想——而从不是依照流行的

---

[1] Paul Claudel, *positions et propositions*, t. I, p. 56.

心理学——描述"阿尼玛"哲学,概括深沉的阴性心理的哲学。或许我们有限的手段能给我们提供保持哲学家本色的保证。实际上,若从日常生活角度考虑,"阿尼玛"只可能是与保尔·克洛岱尔介绍的那位"阿尼姆斯"资产阶级老爷相匹配的资产阶级妇人。过分明显的心理学时常遮盖了哲学家的目光。众人的心理学成为人的哲学的障碍。因此,荣格在研究一位帕拉塞尔斯[1]的宇宙梦想中,以及在研究炼丹术的思考中的"阿尼姆斯"与"阿尼玛"交叉的宇宙性时,曾对"阿尼玛"的解释带来了多次启发人的光明,而当荣格本人把"阿尼玛"作为主要对象研究时,[2]好像自愿改变了他的哲学思想的调子。我们所有的人都有这样的经验:某些社会功能显赫的权威——某位军装笔挺的军人——晚上回到妻子或年老的母亲的管治下,变为很谦卑的人。小说家以这类性格上的"矛盾",写成一些平易而老幼皆宜的小说,这证明小说家言之真实,"心理观察"准确无误。但是,假若心理学是为所有人写的,哲学却只能为某几个人而写成。人从高大的社会功能中所得到的存在膨胀,只不过是一些重大的心理的决定。这些对心理的决定并不必然符合哲学所关心的某个存在的特点。心理学家有理由对此作出关注。他对"环境"的研究应考虑这一方

---

[1] Paracelse(1493-1541),瑞士炼金术士、医生、神秘医学的创始人。——译注
[2] 指对"阿尼玛"进行心理研究。——译注

面。在新采用心理学筛选任何应征者以划分同一职业的不同水平的机构中,人们将感谢他。但是,从哲学对深沉的人、孤独的人的观点来看,提防一些如此简单、如此明显的使一门微妙的本体论的研究停滞不前的决定,难道不是极为必须的吗?偶然的情况能揭示出实体吗?当荣格对我们说俾斯麦[1]曾有流泪的场面,[2]但是"阿尼姆斯"如此虚弱的表现,并未自然而然地显现出"阿尼玛"的积极的表现。"阿尼玛"并非一种虚弱。在"阿尼姆斯"的昏厥中并不能找到"阿尼玛"。"阿尼玛"有其本身的力量。她是我们的安宁的内在起源。为什么这安宁会在遗憾、忧伤、疲惫之后出现呢?为什么"阿尼姆斯"的眼泪、俾斯麦的眼泪会是受压抑的"阿尼玛"的征象呢?

况且,还有比哭泣的眼泪更糟的征象,那就是写在书面上的眼泪。在巴雷斯挥洒[3]《墨迹》的美好的青年时代,他在给拉希尔德的信中写道:"在孤独和呜咽中,有时我发现了比在女人拥抱中更多的真正的欢快。"[4]这就是能使"阿尼姆

---

[1] Bismarck(1815-1898),普鲁士政治家、威廉一世的首相、德国统一的创始人之一。——译注
[2] C. G. Jung,《我与无意识》(*Le Moi et l'inconscient*),trad. Adamov. 书中的一章题目是《阿尼玛及阿尼姆斯》。
[3] M. Barrès(1862-1923),法国作家,著有《背井离乡的人》《受启示的小山》等。——译注
[4] 转引自拉希尔德(Rachilde)《人物肖像》(*Portraits d'hommes*)中为巴雷斯所写的一章,她本人所引用的巴雷斯致拉希尔德信的片段。该书于1929年出版,第24页。

斯"与"阿尼玛"的界限在《贝蕾妮丝的花园》的作者那里感觉到的材料吗?[1]是否必须相信这如此难以想象的文件?

显然"阿尼姆斯"与"阿尼玛"的矛盾经常造成种种具有讽刺意味的判断。嘲讽容易给我们这样的印象:我们是内行的心理学家。随之而来的是,我们最终只相信值得我们注意的情况,只是那些通过我们的讽刺,我们一开始就确信我们的"客观性"。但是心理学的观察所做的区别和划分,要参与"阿尼姆斯"与"阿尼玛"的结合,必须进行富于幻想的观察,而任何天生的观察者均把这视为荒诞。

因此,我们认为必须背离心理学家的研究,才能接受"阿尼玛"的积极力量,因为这些心理学家猎取的是遭受偶然事故的心理现象。"阿尼玛"厌恶偶然事故。"阿尼玛"是柔和的实体、统一的实体,它柔和而缓慢地享有它的统一的存在。人们在深化梦想,钟爱梦想,尤其在静止的水之浩大的宁静中,钟爱对水的梦想时,他们将更肯定无误地生活在"阿尼玛"中。啊,优美无罪的水,在使万物理想化的梦想中恢复"阿尼玛"纯洁性的水! 面对着这由宁静的水简化了的世界,钟爱幻想的心灵产生的意识醒悟是单纯的。单纯、纯粹的梦想的现象学,为我们打开了通往无偶然事故的心理,通往我们宁静的心理之路。在静止的水前的梦想,给我们提供了具有持久心理稳定性的经验,因为心理稳定是

---

[1]《贝蕾妮丝的花园》(1891)是巴雷斯主张自我崇拜的一篇小说。
　　——译注

第二章　追寻梦想的梦想"阿尼姆斯"与"阿尼玛"

"阿尼玛"的财富。在此,我们得到来自天然平静的教益,以及一种让我们觉悟到我们固有天性中的安静,觉悟到我们的"阿尼玛"的实质性的安静的要求。"阿尼玛"是我们的宁静本源,是我们身心中自足的天性[1],是平静的阴性。"阿尼玛"是我们深沉梦想的本源,确实是沉睡于我们心中的水的存在。

6

假若我们对当前流行的心理学中对"阿尼姆斯"—"阿尼玛"辩证关系的应用保持缄默,那么在追随荣格进入他对炼金术的伟大的宇宙梦想所做的研究时,我们却不断感到这种应用卓有成效。在炼金术中,进行思考的梦想以及进行梦想的思考的整个园地,为要了解富有研究精神的泛灵论[2]本源的心理学家开放。炼金术士的泛灵论并不满足于以对生命的普遍赞颂来阐明自我。炼金术士的泛灵论信仰并不像朴素的自然泛灵论那样,以立即的参与为重心。富于研究精神的泛灵论在荣格的研究中,是一种自我实验

---

[1] 勒米·德·古尔蒙(Rémy de Gourmont)按照他的方式,带着更多之于诗的意味的玩世不恭来研究爱的实际时写道:"雄性是一种偶然。雌性本可以足够了。"*La physique de l'amour*, mercure de France, p.73. 请同时参考 Buytendijk, *La Eemme*, p.39。

[2] animisme,泛灵论,一种认为万物均具有类似人的心灵的学说。——译注

的泛灵论，一种将自我化为无数次试验的泛灵论。炼金术士在试验室中，将梦想变为试验。

于是，炼金术的语言成为一种梦想的语言，一种对宇宙梦想的母语。这一种语言，必须像它曾被梦想的那样，在孤独中学习它。人从没有像他在读一本炼金术的书时那么孤独。人似乎"独居于世界上"。一开始，他立即梦想世界，他说世界之初的语言。

为重新寻回这样的梦想，为明白这样的语言，我们必须仔细抹去日常语言词句所带有的社会色彩。于是一次倒转活动为赋予隐喻以充分现实性而完成了。梦想词语的人，该经过多少次的操练！那时，比喻是一种起源、一个直接行动、立即行动的形象起源。假若在一次炼金术的梦想中，国王与王后驾临现场以参加某种物质的形成，两者的光临并非只是主持元素的婚典。他们并非单纯象征作品的宏伟。他们确实是为宇宙性的创造而工作的阳性及阴性的国王。猛然间，我们已被带到分化了的泛灵论的顶峰。生气勃勃的阳性及阴性是其宏伟活动中的国王与王后。

当国王与王后将其百合花[1]交叉时，宇宙的阴性力量及阳性力量在帝后双重皇冠的象征下相互结合。帝与后是没有朝代的君主。他们是互相结合的两种力量，倘若两者分离就

---

[1] 在西方炼金术传统中，国王与王后分别象征着具有燃烧性质的硫和具有挥发性质的汞。国王与王后的婚礼象征雌雄同体的实现，硫与汞的结合，以及阳性与阴性、光明与黑暗等对立面的统一。——译注

会失去现实性。炼金术士的国王与王后是世界的"阿尼姆斯"及"阿尼玛",是充满幻想的炼金术士的"阿尼姆斯"及"阿尼玛"的扩大形象。这两种本源在宇宙间极为相近,一如在我们身心中极其相近一样。

在炼金术中,阴阳的结合极其复杂。我们从不清楚结合是在哪一层次上形成的。荣格的不少文章都涉及乱伦结合的时刻。当提到兄妹的结合、阿波罗与狄安娜的结合、太阳与月亮的结合时,谁能协助我们在分辨性别的工作里认识炼金术的梦想中所有的细微差异呢?在炼金术士将作品置于如此伟大的名字的征兆下,在他们将物质的相似性置于最亲密的亲属关系的象征下,试验室中的经验有如小巫见大巫一般被扩张了。一个具有实证精神的人——某个企图在激昂的文字中找到某种科学雏形的炼金术史家——将不断地"压缩"炼金术文章的语言。但是这样的文章之所以富于活力,正是由于它们的语言。对此,心理学家确是不乏明见。炼金术士的语言是激情洋溢的语言,这一语言,我们只有把它看作在梦想者心灵中,互相结合的"阿尼姆斯"与"阿尼玛"的对话,才能有所理解。

炼金术中弥漫着无边的词语的梦想。在此,赋予无生物及原始物质的词语的阳性及阴性,均表现出极大的威力。

假若没有被命名,物体及物质能有何作用呢?尤其是物体及物质未获由普通名词变为专有名词的殊荣之先。性征易变的物质颇属罕见:内行的性学专家能够阐明其作用。总之,"阿尼姆斯"具有专门词汇,"阿尼玛"也有专门词汇。

当人们追随言谈者的梦想时，所有一切都能从两种词汇的结合中产生。万物、物质、星辰均须服从自己名字的魔力。

这些名字或是褒词或是贬词，但几乎总是褒词。无论如何，诅咒的词汇比较短促。诅咒打断了梦想。在炼金术中，诅咒标志着失败。在必须唤醒物质的威力时，赞扬却极为有效。我们且记住赞扬具有魔力的作用。这在人类的心理学中是显而易见的。因此，在物质的心理学中也应是同样情况，因为物质的心理学将人的力量及欲望赋予物质。杜梅泽尔[1]在《塞尔维于斯与命运》(Servius et la fortune)中写道："如此满载盛誉，安德拉[2]开始增长。"(67页)

人们与之说话的物质，就像揉面时的惯例，在揉弄它的手下鼓胀起来。这"阿尼玛"接受使之脱离昏沉状态的"阿尼姆斯"的吹捧。双手在梦想。从手到物展开了一整套的心理学。在这套心理学中，清晰明确的思想只起微弱的作用。这类思想可谓只停留于边缘线上，沿着柏格森所谓的我们通常行为的虚线。对于物，犹如对于心灵，奥秘在于内部。内在的梦想——永远是人的内在——对进入物质奥秘的人展开。

假若目前在研究炼金术的书籍时，人们并未接受那表白出的梦想的所有反响，他们可能已成为一种改头换面的客观性的牺牲品。确实，必须畏惧的是把今天科学的无生命世界

---

[1] Dumézil (1898-1990)，法国宗教史家、神话及社会结构比较研究的专家。——译注
[2] Indra，最伟大的吠陀神、天上的君主、司雷的神明。——译注

的身份，加之于某些被设想为隐含生命的物质。因此，我们应不断地重建思想与梦想的情结。为此，最好将任何炼金术的书本通读两遍，既以科学的历史学家的观点阅读，又以心理学家的观点阅读。荣格为其研究选择了恰当的标题：《心理学与炼金术》。炼金术士的心理学是梦想者的心理学，是竭力将其本身建成对外在世界的经验的梦想的心理学。在梦想与经验之间应建立起一种双重的词汇。对实物名词的赞扬，是被"赞扬"的实物的经验的开端。炼金术的黄金是对王权、特权及统治的奇特需要的物化。这种需要赋予孤独的炼金术士的"阿尼姆斯"以活力。梦想者之所以要得到黄金，并非为了一种遥远的社会用途，而是为了一种直接的心理需要：是为在其"阿尼姆斯"的宏大庄严中成为国王。因为炼金术士是一个行使意志、享有意志，并在他的"宏大意志"中自我赞美的梦想者。在向黄金祈灵时——这即将产生于梦想者的地窖中的黄金——炼金术士要求黄金"散发活力"，犹如从前人们要求安德拉一般，炼金术的梦想决定了某种充满活力的心理。啊！这"黄金"是何等的阳性！

于是（炼金术的）词语一往直前，永远向前，吸引着、带动着、鼓舞着——同时呼喊出希望和骄傲。实体的、已表白出的梦想呼唤着物质的诞生，并进入生活、进入灵性。（炼金术的）文学在此直接发挥作用。没有文学，一切均失去光辉，事实失去其价值准则的光环。

正因如此，炼金术是一门庄严的科学。在他所有的沉思中，炼金术士的"阿尼姆斯"生活在一个庄严的世界中。

7

在一对相爱的情人情意交融的心理中,"阿尼姆斯"与"阿尼玛"的辩证关系,宛如"心理投射"的现象一般。热恋的男人将他在自己的"阿尼玛"中所崇拜的所有价值准则都"投射"到钟爱的女人身上。同样,女人将她自己的"阿尼姆斯"所要征服的全部价值准则都"投射"到她热爱的男人身上。

这两种交叉的"投射"在调配平衡时,构成了颠扑不破的结合。但当这两种"投射"的某一方被现实击败,那失败生活的悲剧就开场了。但在本书对想象的生活及被想象的生活进行的研究中,这类矛盾并非我们的关注所在。确切地说,梦想总是为我们展现出摆脱夫妻生活中的矛盾的可能性。将我们从生活重负下解脱出来是梦想的一种职能。在我们的"阿尼玛"中,活跃着一种真正的梦想本能,正是这种梦想本能使心理保持着连续的安宁。[1]在本书中进行理想化的心理学是我唯一的任务。梦想的诗学应使所有进行理想化的梦想得到体现。像心理学家那样将进行理想化的梦想称为对现实的逃避,是不足以说明问题的。非现实功能在极其协调一致的理想化行动中,在激发热情、赋予生活以真实动力的理想化的生活中,有其坚实的用途。女人的"阿尼姆斯"

---

[1] "那一柔弱性别的爱情是这种柔弱性的本能",转引自 Amédée Pichot, *Les poètes amoureux*, p. 97。

所投射出的理想男人以及男人的"阿尼玛"所投射出的理想女人皆是能克服现实中之障碍的黏合力量。人们在理想中相爱，将自己所梦想的理想委托对方去实现。因此，在各自孤独的梦想的奥秘中，活跃着的并非一些影子，而是照亮了爱情黎明时辰的微光。

因此，心理学家在描述现实时，一旦将所有由"阿尼姆斯"及"阿尼玛"的辩证关系所代表的潜在性置于人类任何心理现象的起源，他就赋予使生活理想化的力量的现实性以正确的地位；他必须在包括有"阿尼姆斯"的潜在性及"阿尼玛"的潜在性的两种心理之间建立四极的关系。精深细致的心理学研究，不忽视任何事物，既不忽视现实也不忽视理想化行动：应按下列图表分析两种心灵交融的心理：

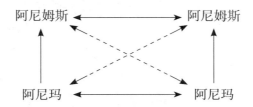

必须在两个人心中的这四种存在的键盘上，研究人所有的亲密关系的好与坏。诚然，两个"阿尼姆斯"与两个"阿尼玛"的种种关系是按生活中的波折而张弛、而减弱或加强的。这些活跃的关系，心理学家应不断地对其中的张力进行张弛衡量。

事实上，任何一位小说家由进行想象的心理产生的梦想，均追随着众多的投射活动，这些投射使他能交替地生活在他的各个不同的人物中的某一人的"阿尼姆斯"或"阿尼玛"里。在《幽谷百合》中,费利克斯与莫特索芙夫人的爱情回响在四极关系所有的弦上,尤其是在书的前半部,巴尔扎克巧妙地构写成一卷梦想的小说。这卷梦想的小说具有如此平衡的构思,以致我对书的结尾感到不足。在书的结尾,费利克斯的"阿尼姆斯"似乎是矫揉造作、来自别处、是小说家贴在人物身上的"阿尼姆斯"。路易十八的朝廷犹如一虚构的贵族阶级出现在书中,我很难将它与费利克斯早期深刻而单纯的生活相联系。那是某种"阿尼姆斯"的赘疣,它使人物真实的性格受到歪曲。

但在作出如此判断时,我冒昧撞入不属于我的领域。我不善于尾随整条叙述路线对一本小说进行梦想。在这类叙述中,我看到如此巨大的变化,以至于我停留在某个心理风景点休息,当我在这个点上对一页文字梦想时,能使之成为我的文字。一读再读《幽谷百合》,看到费利克斯离开他的河流、"他们的河流",我不能不无限忧愁。克洛施古尔德的城堡以及周围的整个都兰地区难道不足以增强费利克斯的"阿尼姆斯"?费利克斯,这童年时期羸弱的孩子,几乎从未得到母亲的爱,他难道不能在忠诚的爱情中真正地成长为男子汉?的确,为什么一部卓越的梦想小说沦为一部社会事件、几乎可说一部历史事实的小说呢?诸如此类的问题是一个不能客观读书的读者的供认,仿佛书已是一成不变的物体。

但如何能在不同年龄客观地对待一部受到喜爱的书,一部曾经受到喜爱的书呢?这样的书有其阅读的经历。人在重读时，不总是在同一页上感到痛苦。感受痛苦之方式也不尽相同——尤其是在阅读生活的所有季节中，他希望的程度不再相同。当人们现在已知道费利克斯行将背叛，他们还能再体验首次阅读的希望吗？"阿尼姆斯"与"阿尼玛"所寻觅的为读者生活的各个时期所提供的丰富性并非相同。伟大的著作尤其在心理上始终是有生命力的。人们阅读这些佳作永不厌倦。

8

前面的示意图是荣格在《移情》(*L'Uebertragung*)中列出的。事实上，荣格在书中将这图表应用于炼金术士及实验室的伴侣之间所建立于思想与梦想中的关系。精通的炼金术士与工作上的姐妹，这双重象征用以说明冶炼物体神秘的性征。我们在此超出了这一行业及这对伴侣的二元性。为达到物体的结合，必须有炼金术士的"阿尼姆斯"及那姐妹的"阿尼玛"的双重心理权威。物体的"结合"在炼金术中永远是阳性本源的力量及阴性本源的力量的结合。这些本源在受到激发时，在这些本源接受全盘理想化时，即可进行异性结合。

在炼金术士期望这样的结合时，他首先需要打破自然物质混乱的两性同体性，从中分离出太阳的力量及月亮的力量、火的活跃的力量及水的接受的力量。因此对物质的"纯洁性"的梦想——几乎是对道德上的纯洁性的梦想——推动着炼金术漫长的工作。当然，这种必须深入物质中心的对纯洁性的寻索与现代化学对纯粹物体的制作毫无共同之处。问题不在于以有条不紊的分馏工作消除物质的不纯洁性。假若人们能回忆炼金术士每完成一次蒸馏，就将配剂与死物质再次混合，将纯物质与不纯物质再重新开始混合，以使配剂以某种方式养成习惯从其土质中解脱出来，即可立刻明白科学蒸馏与炼金术蒸馏截然不同。科学家继续工作而炼金术士却不断重新开始工作。因此，客观地参考物质纯化的材料，无助于我们了解使炼金术士得以耐心地重新开始的对纯洁性的梦想。在炼金术中，我们并非面对智性的耐心，而是处于道德的耐心行动中，搜寻意识中的不纯洁之物。炼金术士是物质的教育者。

对地球上所有物质恢复青春的梦想，是何等浩大的对最初道德的梦想啊！在这漫长的道德工作之后，混杂在原始的两性同体性的本源被"纯化"到能适于异性的结合。从两性同体到阴阳异性的结合，这就是炼金术沉思的范围。

在以前的著作中，我经常强调炼金术著述中占有统辖地位的心理学意义。我们在此再次提及只为回想炼金术士经过加工的梦想的存在。这类梦想企图成为思想。在很长一段时期内，当我们努力陈述它们的历史时，这些梦想将我们的神智钉上了十字架，让它忍受我在前面一章提到过的概念与形象错误结合的折磨。在所有炼金术士的著作中，都仿佛梦想不能自足于其本身，炼金术士寻找着物质的证实。"阿尼姆斯"的思想企图在"阿尼玛"的梦想中得到证实。这种证实的意义与科学精神、与局限于"阿尼姆

第二章 追寻梦想的梦想"阿尼姆斯"与"阿尼玛"

斯"的意识所希望的证实是相反的。

9

我偏离主题涉及有关炼金术资料的问题，这是因为我在这其中获得复合信念的好例证，找到了把综合的思想及形象聚集在一起的信念的好例证。由于炼金术士具有受到"阿尼姆斯"与"阿尼玛"的力量所增强的复合信念，他相信已领会并参与了世界的心灵。因此，从世界到人，炼金术均是一个心灵的问题。

在两人心灵结合的梦想中我们还会遇到同样的问题，梦想中充满能说明以下论点的颠倒变化：征服一个心灵，就是找到自己固有的心灵。在情人的梦想中，在存在梦想着另一存在的梦想中，梦想者的"阿尼玛"在梦想着梦中人的"阿尼玛"时，会变得深沉。心灵交融的梦想在此并非某种意识交流的哲学。心灵交融的梦想，是在一个化身中的生活。通过化身的生活，是在"阿尼姆斯"与"阿尼玛"的内在辩证关系中获得生气的生活。存在的分化与分化的解除互相发挥作用。在把我们的存在分化为二的同时，我们把所爱的人理想化。这样，我们就解除了我们处于"阿尼姆斯"与"阿尼玛"两种力量中的存在的分化。

为衡量在孤独的梦想中对被加上种种美德的被爱的人的所有理想化活动，为追踪所有的转变——这些转变在梦想生活时赋予理想以心理上的现实性——我们认为，必须考虑与精神分析学家看到的意义不同的移情之复合移情。在考虑这种复合移情时，我们希望像荣格在对炼金术士的心理研究中那样，把移情的所有功能赋予 L'Uebertragung。倘若把 L'Uebertragung 简单译为传统的心理分析广泛应用的移情，那会使问题过分简单化。L'Uebertragung 可说是一种超越最相反的特征的移情。这种移情越过日常关系的细节，越过社会情况，以联结某些宇宙的情况。于是，人们被邀不仅从他在世界中的归属出发，而且依凭他对世界构想的理想化激情去理解人本身。

我们必须对荣格书中的插图进行沉思，才足以通过两性同体性的梦想所构想的世界，使自己信服对人进行的这种心理学解释所具有的意义：荣格的著作[1]实际是从一本古老的炼金术书中借来 12 幅系列插图，这本书的书名是：*le Rosarium Philosophorum*[2]。12 幅画全部是表示国王与王后在炼金术中的结合。国王与王后以同一心理进行统治，他们是心理力量的国王；多亏了这部作品，这些心理力量将统治一切。梦想者的阴阳同体性将投射出成为世界的阴阳同体性。人们在观察这 12 幅画的细节并增添太阳与月亮、火与水、蛇与鸽子、短发与长发[3]的所有的辩证关系时，才能认出同样被置于炼金术士及其伴侣的象征下的联合梦想的力

---

[1] C. G. Jung, *Die Psychologie der Uebertragung*, Zurich, 1946.
[2] 拉丁语，意为《哲学的玫瑰园》。——译注
[3] 这儿所列的成对的词，前者均为阳性，后者均为阴性。——译注

量。在此，两个文化梦想相互对等。我们倚仗"阿尼姆斯"对"阿尼玛"的投射以及"阿尼玛"对"阿尼姆斯"的投射后所形成的两种交叉移情以保持梦想中的平衡。

《哲学的玫瑰园》的12幅插图中，有4幅图的国王与王后的结合达到如此的完善程度，以至于共有一个躯体。独一的躯体上是两个戴有王冠的头颅。这是对阴阳同体性双重颂扬的美妙象征。阴阳同体性并非埋藏于生命阴暗的起源处的某种不可辨明的动物性。它是一种最高的辩证关系。它表明对来自同一存在的"阿尼姆斯"及"阿尼玛"的颂扬，它为超阳性及超阴性的联合梦想做准备。

10

我们刚才依据炼金术士的心理学以求支持梦想的哲学。这种依据可能显得太薄弱且太遥远。人们也可能反对我们说，传统的炼金术士的形象是孤独的工作者的形象，可以正确地把这一形象看作梦想着他的孤独的哲学家形象。形而上学家不正是因思想太远大而不能实现的炼金术士？

但是有些反对的意见能阻止梦想者追寻他的梦想吗？因此，我将穷根究底探索所有能为短暂的形象注入生存强度的悖论。第一个本体论的悖论不正是如此：当梦想把梦想者带往另一世界时，就使梦想者成为相异于他本身的另一个人。然而这另一个人仍然是他自己，他自己的化身。文学中并不缺乏化身。诗人和小说家均能为我们提供大量的有关素材。

心理学家及精神病医生曾经研究过这种性格分化。但是这种种的分化均为极端例证，其中维系被分化的两种性格的纽带已在某种程度上断裂。梦想——并非做梦——却保留着它对分化的两者的控制。所遇见精神病的例证中，梦想深沉的性质已经消失。时常支持化身的是一种理智性，化身记录下的某些核实材料或许是幻觉记录下的。有时作家本人夸大其词。他们使某些光怪陆离的存在具体化。目的是以非常的心理措施吸引我们。

这些材料对我们过于粗略，因为我们并未参与它们所记录的经验。文学的鸦片从来不能使我进入梦想。

因此，让我们仍回到单纯的梦想，回到能成为我们的梦想的梦想上来。时常，我们的梦想在远离此地的去处寻找我们的化身，更经常的是在永远消逝的过去寻找它。然后，在那些仍与我们的历史相维系的性格分化后，如果人"思想"，可能出现另一种分化，哲学家的分化：我在何处？我是谁？我的存在出于何种存在反映？但是这类问题思想得过多，哲学家将以怀疑使问题得到加强。事实上梦想以更柔和、更自然的方式使存在分化为二，而且是以多么变化不一的方式！在某些梦想中，我与我本身有差别，影子于是成为丰富的存在。它是比日常生活中的心理学家更深刻的心理学家。影子，它是我们存在的化身，它在我们的梦想中经历了"深层的心理"。梦想所投射的存在——因为我们梦想联翩的我是一投射出的存在——就这样像我们一样成为重叠的，像我们一样既是"阿尼姆斯"

又是"阿尼玛"。在此我们达到我们所有悖论的关键:"化身"是双重存在的化身。

于是,在最孤独的梦想中,当我们回想起已经消逝的人,当我们将我们热爱的人理想化,当我们在阅读中有足够的自由作为男人或女人而生活时,我们感到全部生活变为双重化的——过去变为双重的,所有的人在将他们理想化时变为双重的,而世界呈现出所有我们幻想的美。假若没有幻想的心理学,就没有真正的心理学,没有完整的心理学。人在其梦想中是至高无上的。在研究对象是真实的人时,观察心理学所看到的只是被剥夺了王冠的存在。

因此,要分析处于梦想中的孤独者所有的心理潜力,必须从这一名言开始:我是独自一人,故我们是四人[1]。孤独的梦想者面对着四极的情况。[2]

我是独自一人,故我梦想曾为我医治、可能为我医治孤独的存在。他以其生活为我带来了对生活的理想化,带来了使生活双重化并将生活带向顶峰的所有理想化。这些理想化使梦想者也生活在分化中,按帕特里斯·德·拉

---

[1] 这一名言显然是作者仿效笛卡尔理性主义的名言:"我思故我在。"笛卡尔以"我思"来证明我的存在。巴什拉以"我梦想"来证明我具有四个存在。——译注

[2] 斯特因林堡(Strindberg)好像经历过这种化身的二分化。他在《传奇》中写道:"在我们逐渐把心灵一点一点地摆在一个女人身旁时,我们开始爱她了。我们将自身和所爱的女人一分为二,她此前对于我们来说是中性和无所谓的,现在却开始披上我们的另一自我,她成为了化身。"转引自奥托·兰克(Otto Rank)《唐璜》,译本第 161 页注释。

图尔·迪潘的伟大名言来说：在向上飞起时，诗人找到了"他们的基础"。[1]

当梦想具有如此色调时，它就不是一种对生活中的各种存在的单纯的理想化活动。这是深层的心理学的理想化过程，是进行创造的心理学作品。梦想揭示出心理的美学。此时，梦想是一种在进行创造的心理学作品。被理想化的存在开始与理想化的存在交谈。他按他自己的双重性谈话。这时一场四声音乐会在孤独的梦想者的梦想中开始了。对这与其化身说话时是双重化的人而言，两人对话的语言已不再够用。在此必须有一种双重的两人对话语言，一种"四方对话"语言。一位语言学家对我们说某些语言具有这种奇迹般的特性，但是并未告诉我们说这种奇迹语言的民族。[2]

正是在此，思想与梦想之间的游戏，对真实事物的心理功能与对非真实的心理功能之间的游戏倍增，相互交叉以产生人类想象力的种种心理奇迹。人是富于想象的存在。因为，最终非真实的功能面对人和面对宇宙一样起作用。假若我们不想象别人，我们能对他有何认识？当我们读到一位创造人的小说家、读到所有创造人的奇妙增长的诗人时，怎能不感到心理学的精深微妙！我们所体验的正是所有这些我们不敢冒昧说出的，在我们默默无言的梦想中的超越。

啊！多少无约束及不审慎的思想出现在一个孤独的人的

---

[1] Patrice de La Tour du Pin, *La vie recluse en poésie*, p. 85.
[2] Pierre Guiraud, *La grammaire*, coll. 'Que Sais-je?' n° 788, p. 29.

第二章 追寻梦想的梦想"阿尼姆斯"与"阿尼玛"

梦想中!多少梦想到的存在伴随着一个孤独的梦想!

最接近于我们的存在、我们的化身——我们的双重存在的化身——在何等的交叉投射中获得了生气!我们就这样在清醒的梦想中感到一种内在的移情,一种将我们带到超越我们自身的另一个自我的 Uebertragung。于是,我们在前面提出来的分析人内在关系的整个简图,对于分析孤独梦想者的梦想是有价值的、有用的。

且让我们做一次回顾。诚然,炼金术的书籍中有不少表现炼金术士及姐妹俩站在炼金炉前的图画,同时一个躯干半裸的工人使劲对火炉的底层吹火。但是,这确是真实情况的写照吗?假若炼金术士确有过沉思的伴侣,梦想中的姐妹,那他真是太幸运了。更可能的情况却是:他是孤独的,和所有伟大的梦想者一样孤独。这画面向我们展现梦想的情景。所有来自人的支持,无论来自沉思的姐妹还是吹火的工人,都是想象的支持。图画是通过交叉的移情取得其心理统一的。所有这些移情都是内在的、隐秘的。它们提供了由一个化身到另一隐秘化身的关系。炼金术士对于他的沉思以及他的工作的信心来自他的化身的化身所给予的鼓励。在他的存在深处,他得到姐妹的协助。他的正在工作的"阿尼姆斯"得到了他的改变了形象的"阿尼玛"的支持。

因此,古老的图画及古老的书籍,在人们为之想象时,就提供给了我们少许精深入微的心理学见证。炼金术是一种表达细致的唯物主义,只有以阴性的敏感参与其中,同时记录下炼金术士用以磨炼物质的阳性小狂热才能理解它。炼金术士寻找世界的奥秘，犹如心理学家寻找内心的奥秘。而那在场的姐妹缓和了所有一切。我们在任何梦想的深处，都能找到使一切深化的存在、一持久的存在。对我而言，每当在诗人的诗句中读到姐妹一词时，我总是听到遥远的炼金术的回声。这是诗人的文字还是心中的炼金术的陈述？是谁在这两行伟大的诗句中说话？

> 来和我一起祈祷，我的姐妹，
> 为了再找到草木的常春。[1]

"草木的常春"，多么真实的"阿尼玛"的写照，多么美的象征，为表示那在无愧于梦想的世界中心灵的安适！

11

在指出我们具有四极的梦想这一悖论时——无疑出于极大的不谨慎——我们失去了通常在诗人的梦想中取得的支持。在另一方面，假若我们果然往博学的书籍中寻找参考，我们也会不费周折地草拟出一种两性同体存在的哲学。然而我们唯一的雄心，只在于引起对阴阳同体性的诗学的注意，

---

[1] 见 Edmond Vandercammen, *La porte sans mémoire*, p.49。
埃德蒙·旺代卡芒（1916-1980），比利时的法语诗人。——译注

第二章 追寻梦想的梦想"阿尼姆斯"与"阿尼玛"

这种诗学朝着对人的双重理想化的方向发展。总之,假若人们领悟到人类心灵深处的"阿尼姆斯"及"阿尼玛"的潜在力量,那么阅读涉及两性同体性的渊博书籍就会有不同的理解及更深入的体会。相应于这种对"阿尼姆斯"及"阿尼玛"的领悟是,人可能使神话摆脱明确的历史性的沉重负荷。是否果真需要求助于史前的传说以体会阴阳同体性,而在心理活动中早已具有如此明确的阴阳同体性的标志?是否必须引证施莱尔马赫[1]的柏拉图哲学的教养,如吉兹在其卓越的书中所述,[2]才能理解这柏拉图的译者所具有的阴性的活力?应当承认,弗里兹·吉兹的书具有无与伦比的丰富性。书中将德国浪漫主义得以形成的社会环境表现为联合思想家及其伙伴的大文化团体。在这样一种心灵的交融中,文化本身好像也是两性同体的。德国浪漫主义作家经常引用《会饮篇》,[3]为的是以婉言措辞论述两性同体性,而这种两性同体性正是他们诗歌的敏锐性的生命。假若只从诗的创作方面提问题,通常对某些性格的参照在我们看来是有碍于研究的。用于某些卓越的创作者的形容词 weiblich(女性的)是谬误的标签。向"阿尼姆斯"及"阿尼玛"的两种潜在性开放的心理活动,正是因此而不受性情的影响。至少这是我们的基本论题。在我们看来,正是这证明了把梦想的诗学作

---

[1] Schleiermacher(1768—1834),德国神学家及哲学家。——译注
[2] Fritz Giese, *Der romantische Charakter*, t. 1919. I, 1919.
[3] 《会饮篇》是柏拉图论爱的两篇著作之一,其中谈到了两性同体性。——译注

为一种构成存在的哲学——一种把存在分为"阿尼姆斯"及"阿尼玛"的组成的学说提出的正确性。

从现在起,两性同体性就并非在我们身后,在过去的神话及传奇中所讲述的生物学存在的遥远的构造中;而是在我们面前,向任何梦想着既实现超阴性也实现超阳性[1]的人开放。因此,在"阿尼姆斯"和"阿尼玛"中的梦想,在心理上均属展望未来的梦想。

我们必须深入理解,阳性及阴性一旦被理想化后即成为价值准则。反之,若无理想化,那它们只不过是可怜的生物学机能而已。因此,作为诗的梦想的价值准则,作为使世界理想化的梦想的原则,梦想的诗学应研究由二元性"阿尼姆斯"及"阿尼玛"所表示的两性同体性。

存在的争强好胜决定超越存在的价值准则。伊丽莎白·巴雷特·布朗宁[2]有一句伟大的诗句使每个充满爱的生命都扩大了:

Make thy love larger to enlarge My worth

Fais ton awour plus grand pour agrandir ma valeur

使你的爱更博大以扩大我的价值

---

[1] 书中许多地方提到的超阴性及超阳性,无疑都是按尼采的所谓超人的意义引申而来的,即提高了的、更完美、更纯粹的阴性及阳性。——译注
[2] Elisabeth Barrett Browning(1806—1861),英国女诗人,著有《译自葡萄牙文的十四行诗》及小说《奥罗拉》,其作品充满神秘的灵感及激情。——译注

可把这样的诗句视为一对真正的情人之间相互理想化的心理学格言。

价值准则的介入彻底改变了事实提出的问题。因此，哲学与宗教能进行协作——如在索洛维尤[1]著作中的例子——以使两性同体性成为人类学学科的基础。我们将引用的材料来自这位哲人长期以来对圣经福音的沉思。我们无法将之全部移入一部作品，这部作品要在孤独的梦想者单纯的梦想水平上论述诗的价值准则。我们只要指出索洛维尤书中的两性同体者是具有超凡命运的人。这完美的人的出现是由于向往理想的意愿，它存在于博爱的心灵中，存在于对完全的爱的伟大忠诚中。经过多次感情失败后，这位伟大的俄国哲学家始终保持着为进入超凡的两性同体生活而准备的纯洁之爱的英雄主义。形而上学的目标距我们作为梦想者的经验如此遥远，以至于我们只能在对全部体系做长久的研究中才瞥见到这些目标.。为这样的研究，读者可以参考斯特雷穆科夫的论文[2]。我们只要记住，对于索洛维尤而言，主导生活的、将生活导向顶峰的应是激昂的爱："真正的人，具有充沛理想人格的人，显然不能只是男人或女人，而是应具有两种性别崇高统一的人。实现这种统一，创造真正的人——阳性及阴性原则的自由结合，同时保留有两者形式上的个性化，但

---

[1] Soloview (1853-1900)，俄国哲学家、诗人。——译注
[2] D. Stremooukoff, *Vladimir Soloview et son œuvre messianique*, Paris, 1935.

克服了它们主要的相异性及分裂——正是爱所固有的、迫不容缓的任务。"[1]

由于我们的努力只局限于指明进行创造的诗学的组成成分，我们无法倚仗浩瀚的具有哲理性的人类学档案。在克瓦雷评论雅各布·波埃姆的文章中，以及在絮西尼评论弗朗兹·冯·巴德尔的论文中，均可看到许多篇章把人的真正命运表现为对失去的两性同体性的寻求。对于巴德尔而言，两性同体性的重新发现，将是最高价值准则相互补充的最高度的统一。在人类堕落之后，在失去最原始的两性同体性之后，亚当变为"严厉的力量"的获得者。夏娃则成为"脉脉温情的守护人"。[2]当这两种价值准则分离时，两者必然处于敌对之中。具有人性价值准则的梦想应趋向于协调这两者，应使它们在相互理想化中增长。在如冯·巴德尔这样的神秘主义者的思想中，这种理想化是由虔诚的思考决定的，但是，即使与祈祷分离，这种理想化也具有心理存在。它是梦想的一种活力。

当然，一位心理学家，即使他相信阳性及阴性存在的这一理想化的现实，也期望看到两者在实际生活中的结合。那时阳性及阴性的社会标志对于他将具有决定作用。心理学家总是希望从形象过渡到心理现实，但是我们作为现象学者的立场却使问题简单化了。在回到阳性及阴性的形象时——甚

---

[1] V. Soloview, *Le sens de l'amour*, trad., p. 59.
[2] E. Susini, *Franz von Baader et le romantisme mystique*, Vrin, t. II, p. 572.

至是回到指称它们的词时——我们就回到了它们原本所是的理想化。女人是人们对之理想化的存在，也是企求自身理想化的存在，这一直是事实。从男人到女人、从女人到男人都有"阿尼玛"的交流。在"阿尼玛"中是人的理想化的共同本原，是对存在梦想本原，是希求安宁，因此希求存在的持续的人梦想存在的本原。诚然，进行理想化的梦想充满了回忆。正因如此，从许多方面看，荣格心理学在进行理想化的行动中看到一种投射过程是正确的。情人对所爱的女人投射母性的形象，这样的证明俯拾皆是。但是所有这些由古老的过去、极古老的过去借来的材料，易于掩盖理想化的特点本身。理想化的行动完全能够应用某些"投射"，但是其动向更为自由，走得更远，而且过远。任何现实、目前的现实，以及作为逝去的年代的遗产而停留的现实均被理想化了，被置于一种梦想中的现实运动中。

但是，与我们在本书中所考虑的问题更接近的，是一部把"阿尼姆斯"与"阿尼玛"的心理学表现为真正的心理美学的伟大作品。我们要谈到的是巴尔扎克题为《塞拉菲塔》的哲理论文。《塞拉菲塔》在不少特征上都表现为一篇两性同体性的诗篇。

首先我们要指出：书的第一章题目是《塞拉菲蒂斯》，第二章的题目是《塞拉菲塔》，第三章的题目是《塞拉菲塔》——塞拉菲蒂斯。因此，完整的存在、人性的总和，相继被表现为阳性成分的活跃功能，阴性成分的保存力量，然后是综合两者的"阿尼姆斯"及"阿尼玛"的团结整体。这一综合决定了一种假定,一种标志有索洛维尤书中两性同体者未来的超凡命运的假定。

针对高居天地间一切尘世事物之上的两性同体者,巴尔扎克安置了一位天真无邪的青年姑娘米娜,以及一位经历过城市激情的男子维尔弗里德。于是这两性同体者在米娜面前是塞拉菲蒂斯,而在维尔弗里德面前则是塞拉菲塔。假若超尘脱俗的存在能够分身并能在社会上将其每种力量,男性的及女性的力量体现为人,那就能与世上的人结合成两对情侣。

从这时起,既然在巴尔扎克的哲理小说中,有两人钟爱两性同体者,有两人钟爱双重化存在者——既然塞拉菲蒂斯—塞拉菲塔独具能吸引所有梦想的双重魅力,我们在此就完全面对具有四极的梦想。于是多少交叉的梦想出现于这伟大幻想者的篇章中!巴尔扎克多么了解她对他以及他对她的双重心理!当米娜倾心于塞拉菲蒂斯,维尔弗里德倾心于塞拉菲塔,而塞拉菲蒂斯—塞拉菲塔企图将这两种尘世的激情提升到一种理想化的生活时,"阿尼姆斯"向"阿尼玛","阿尼玛"又向"阿尼姆斯"发出多少"投射"啊!这样,我们的读者欣赏到一种理想化的心理诗篇,一种激昂的心理状态的心理的诗篇。请别对我们说:我们是在非现实中。所有的这些心理的能力,所有这些对存在的启示,都是在诗人的心灵与心智的结合中体验到的。在背景处,在低处,很低的地方,小说家很清楚,人的天性编织着米娜与维尔弗里德结合的可能性——也许有情人终成眷属。

在一对配偶中有时梦想破灭了,蓬勃的力量停止了,优美的品德庸俗化了。于是"阿尼姆斯"与"阿尼玛"特别经常地表现为"敌视"。这正是荣格在开始研究夫妻共同生活的心理学时所熟知的——炼金术的梦想已多么遥远!"阿尼玛"挑起无逻辑性的情绪变化,"阿尼姆斯"发出惹人生厌的陈词滥调。[1] 无逻辑性抑或平淡无奇构成了日常生活中贫乏的辩证关系!正如荣格所指出的:在此所看到的只是"残缺分裂的个性",这样的个性此时只具有"低劣的男人或低劣的女人的性格"。

巴尔扎克要献给他爱慕的人的书,献给出身于雷伍斯卡伯爵世家的埃弗琳·德·昂斯卡夫人的书,正如《塞拉菲塔》的献词所表明的,并非这样一卷低劣性格的小说。

在普通生活中,"阿尼姆斯"与"阿尼玛"的名称也许显得多余,简单地称为阳刚及阴柔无疑足矣。但假若我们必须了解爱恋中的人的梦想,为单相思而懊恼的人的梦想——而巴尔扎克也曾经历过这样的梦想——那么"阿尼姆斯"与"阿尼玛"的力量及功能,应在对它们的理想化中展现出来。四极的梦想开始了。梦想者完全能将他本身的"阿尼玛"投射到他倾慕的女人形象上。但是,在此并非只是想象力的自私自利。梦想者的意愿是:他所投射的"阿尼玛"也有其本身的"阿尼姆斯",而这"阿尼姆斯"并非梦想者固有的"阿尼姆斯"的单纯反映。精神分析学家的解释往往过于倾向过去。由"阿尼姆斯"所投射出来

---

[1] C.G.荣格,《心理学与宗教》(法译本,科雷阿出版社,第54页)。

的"阿尼玛",应伴有一个无愧于伴侣的"阿尼姆斯"。因此,被投射出的是整个的化身,一个具有无限仁爱("阿尼玛")及广大的智慧("阿尼姆斯")的化身。在理想化的过程中没有任何遗忘。进行理想化的梦想的发展并不屈从于回忆,而总是梦想着一位可能倾慕的人的价值准则。正因如此,伟大的梦想者梦想着他的化身。他的受赞美的化身支持他。

在哲理小说《塞拉菲塔》的结尾,兼有阴性及阳性的超凡命运的两性同体者,在整个得到赎罪的宇宙所参加的"升天"般的情景中离开了大地,凡人维尔弗里德及米娜留在世上,由于受理想化的命运而得到充沛的活力。巴尔扎克的沉思给予人的教导是:将生活的理想倾注于生活本身。那时,使"阿尼姆斯"及"阿尼玛"的关系理想化的梦想正是构成真正生活的主要部分;在一对要以不断增长的爱情结合的生活情侣的命运中,梦想是一种活跃的力量。通过理想,心理的复杂性得以协调和谐。这样的主题是使人心力涣散的心理学无法考虑的,这一类心理学在寻求每人的核心存在时,步入了穷途末路。然而一本书就是一件人性的事实,《塞拉菲塔》这样伟大的书汇聚了众多的心理因素。这种种因素通过某种心理的美融为一气。读者因此受益匪浅。谁若喜爱在"阿尼姆斯"与"阿尼玛"的网络中梦想,那么阅读这本书宛如扩大了自己的存在。谁若喜爱在"阿尼玛"的森林中流连,那么阅读这本书更深化了存在。在这样的梦想者看来,似乎世界应通过阴性的存在得以赎罪。

第二章　追寻梦想的梦想"阿尼姆斯"与"阿尼玛"

在酣然梦想中如此阅读一位伟大的梦想者的书之后，人们不禁对那在令人惊讶的书前毫不惊讶的读者感到无限惊讶。伊波利特·泰纳[1]睁大了眼睛却不能从书中看到任何东西。他在被他称为"哲学的嗣子或私生子"的《塞拉菲塔》及《路易·朗贝尔》[2]读后说道："不少的人对这类书感到厌倦，将《塞拉菲塔》及《路易·朗贝尔》作为空虚难解的梦而抛弃了。"[3]

在诸如此类的判断前，怎能不信服对一部伟大的书必须阅读两遍：一遍如泰纳般地思考，一遍伴随写书的梦想者去梦想。[4]

12

在德国浪漫主义时期，当人们致力于以物理及化学现象的新科学知识解释人性时，他们毫不犹疑地将性别的相异与电磁的极性现象相联系。歌德不是说："Das Magnet ist ein Urphänomen."（磁力是一种基本现象。）他接着说："这一基本现象只要表达它，即足以找到对它的解

---

[1] H. Taine（1828—1893），法国哲学家及文学评论家。他的文学评论从决定论的观点出发，认为文艺作品受种族环境及时代的影响。——译注
[2]《路易·朗贝尔》是巴尔扎克的另一部哲理小说。——译注
[3] H. Taine, *Nouveaux essais de critique et d'histoire*, 9ᵉ éd., 1914, p.90.
[4] 请读者参考《塞拉菲塔》前言，见巴尔扎克全集版本：《形式与反影》(*Formes et reflets*), 1952, 卷12。

释；因此，它成为对其他所有现象的象征。"[1]这样，人们依据一种简朴的物理学以解释具有对人性最卓越的观察者的观察的心理学。如歌德这样的思想天才，又如弗朗兹·冯·巴德尔这样善于梦想的天才均顺延这一倾向而下，忘却了必须解释的事物的性质。

受到不同的精神分析学派及深层心理学充实的当代心理学，应扭转这类解释的观点。心理学应达到独立的解释。再者，科学知识的进步甚至取消了旧有解释的范围，这类解释对人性所具有的宇宙性特征曾作出过分轻易的描述。吸引软铁的钢的磁力，如歌德、谢林、里特[2]等人之所见，只是一种玩具——一种过时的玩具。在我们这个时代最初级的科学文化中，磁力只是起始的一课而已。物理学家及数学家的物理学使电磁学成为一门非常协调的学说。在这样的学说中，人们再也找不到能将我们从磁极引至阴阳性别的极性的丝毫梦想。

我们提出这一注意事项，是为了强调前一章结尾的观点：必须将科学思想中的理性主义与人性的审美价值准则所具有哲理的沉思分开。

但是，在排除对物理极性的任何参照后，那长久使浪漫主义作者关注的心理极性的问题仍未解决。人无论在深

---

[1] 转引自 Fritz Giese, *Der romantische Charakter*, 1919, t. I, p.298。
[2] K·Ritter（1779-1859），德国地理学家，曾研究物理现象与人的关系。——译注

第二章 追寻梦想的梦想"阿尼姆斯"与"阿尼玛"

沉的实际中,抑或在演变的强大趋势中,都是分裂的存在,刚有片刻统一的幻象随即又再分裂的存在。他分裂随即再统一。从"阿尼姆斯"与"阿尼玛"的主题来看,如果他走向分裂的极端,那他将会成为人的一种怪相。这样的怪相确实存在:有某些过分男人气的男人和女人,也有某些过分女人气的男人和女人。美好的天性趋向于在同一心灵中取消这些过分情况,以促使"阿尼姆斯"及"阿尼玛"的力量亲切交往。

诚然,深层心理学以"阿尼姆斯—阿尼玛"的辩证关系表示的极性现象颇为复杂。缺少准确的生理学知识的哲学家难于在心理状态中衡量被明确定义过的机体因果性。但是,既然他已与物质的现实决裂,他也打算与生理的现实决裂,无论如何,问题有一方面是属于他的,即进行理想化的极性方面。假若梦想的哲学家被推向论战,他会宣称:使世界理想化的价值准则是无原因的。理想化的行动不属于因果律的领域。

在此我再次申明:本书拟定的明确任务是研究使事物理想化的梦想,在梦想者的心灵中放入人的价值准则的梦想,研究完整存在的两种本原:"阿尼姆斯"与"阿尼玛"梦寐以求的和谐交融。

为对进行理想化的梦想做这种研究,哲学家不再局限于他固有的梦想。确切地说,全部浪漫主义一旦摆脱神秘学、魔术、以及沉重的宇宙性包袱后,就可能被重新体验为一种理想化了的爱的人道主义。假若能使浪漫主义脱离其历史,假若能从它生气勃勃的生活中将之移植到今天的某种被理想化了的生活中，人们就能看到，浪漫主义仍保留着永远可供使用的心理作用。威廉·冯·洪堡（K.W. von Humboldt，德语名）[1]在有关不同性别的问题的极为丰富深刻的文章中，着重突出了阳性及阴性特征的差异。这些特征有助于我们按其顶峰为各种人下定义。[2]正因如此，威廉·冯·洪堡让我们了解到阳性及阴性在文学作品中所起的深刻作用。在我们读者的梦想中，必须接受作者对阳性或对阴性的偏爱。一旦涉及那产生诗的作品的人，中性已不复存在。

无疑，在以梦想者的情趣阅读某些已恢复其梦想的现实性的浪漫主义文章时，我们陶醉在阅读的乌托邦中。我们把文学看作一种绝对的价值准则。我们使文学创作的行为不仅与历史背景脱离，而且还与日常的心理背景脱离。对于我们而言，一本书永远是高于日常生活的涌现。一本书是表达出来的生命，因此是生命的一次增长。

因此，在我们阅读的乌托邦中，我们放弃对传记家行业的关注，放弃心理学家惯用的决定论，这样的决定论必然以普通人为准绳。涉及"阿尼姆斯"及"阿尼玛"的理想化问题时，我们自然认为涉及某些生理学方面是无济于事的。作

---

[1] Guillaume von Humboldt（法语名，1767–1835），德国语文学家。——译注
[2] 参考 Wilhem von Humboldts Werke, édit. Leitzsmann, 1903, t. I: *Ueber den Geschlechtsunterschied und deseen Einflusz auf die organische Natur* 〔1794〕1.311。

品的存在足以证明我们对理想化的研究是正确的。用荷尔蒙解释《塞拉菲蒂斯—塞拉菲塔》或《佩莱阿斯与梅莉藏德》[1]必然会贻笑大方。因此我们有权利把诗的作品看作真正的人类现实。在我们援引的作品中,均实现了对"阿尼姆斯"及"阿尼玛"真实的理想化。

使事物理想化的梦想往单一方向进行,从一水手到另一水手越来越往上升。未跟上这上升趋势的读者可能感到作品在隐遁并消失,但是善于梦想的人懂得不抑制任何事物。达到非常理想化的梦想是已经摆脱任何抑制的梦想。它们在起飞时,越过了精神分析学家的围墙。

非常的梦想,涉及如阳阴性关系那样复杂背景的、使万物理想化的梦想,被揭示为对想象生活的探索。使梦想者受益匪浅的梦想中的想象生活,获益于梦想者的"阿尼玛"。"阿尼玛"永远是单纯、安静、持续生活的庇护所。荣格曾说:"我为'阿尼玛'下了极简单的定义,它是生命的原型。"[2]静止、稳定、统一的生命原型,与没有矛盾冲突的生存所具有的基本节奏完全相匹配的生命原型。幻想着生活、幻想着简单的生活而不寻求知识的人倾向于阴性。梦想云集于"阿尼玛"周围时是有助于安宁的。降临于我们每个人、男人或女人的最美好的梦想,来自我们的阴性。这些梦想都

---

[1] *Pelléas et Mélisande*,比利时象征派作者梅特林克的作品。后来改编为由德彪西谱曲的音乐抒情剧(1902)。——译注
[2] 荣格《心灵的变化与它的象征》(*Métamorphoses de l'âme et ses symboles*), trad. Le Lay, Genève, Georg, 1953, p.72。

有不可否认的阴性标志。假若在我们身心中没有一个阴性存在，我们怎能得到休息呢？

这正是为什么我认为，我们有关梦想的一切梦想书籍都可以"阿尼玛"的符号标明。

13

对于只能依据书面材料，依据按"撰写"的意愿产生的文件进行工作的人而言，我们的研究结论不免带有几分犹豫不决。事实上，是谁在写作呢？是"阿尼姆斯"还是"阿尼玛"？一位作家是否可能将其"阿尼姆斯"的真诚及其"阿尼玛"的真诚贯彻始终？我们不像爱克曼著作的评注者一样信心十足，他决定作家的心理动态犹如对待格言一般："告诉我，你创造什么样的人，我就告诉你，你是什么样的人。"[1] 文学作品中，男性对女性的创造，抑或女性对男性的创造都是颇为棘手的。我们必须用双重的问题询问作者：你在"阿尼姆斯"中是怎样的？——你在"阿尼玛"中是怎样的？而文学作品、文学创造即刻进入最难解的模棱两可中。在追随着幸福梦想的最简单的主导线时，我们陶醉在使事物理想化的梦想中。但是，在立意创造一些人物时，一些作家要使之成为真实、顽强、有男子气概的人时，梦想却转入次

---

[1] *Conversations de Gœthe recueillies par Eckermann,* trad. Émile Délérot, 1883, t. I, p.88.

第二章　追寻梦想的梦想"阿尼姆斯"与"阿尼玛"

要地位。这时，作家接受一种贬值的前景。于是某些补偿的活动开始了。在生活中没有找到足够纯洁的"阿尼玛"的"阿尼姆斯"开始蔑视女性。他希望在现实的心理中找到某些使事物理想化的根源。然而理想化的根源却在他固有的存在中，所以，他是抗拒理想化的。

至于我们，我们禁止自己越限去从作品的心理学进入作者的心理学。我将永远只是书本的心理学家。至少在书本的心理学中，应试作两种假设：人与书是相似的，人与书是相反的。为何这两种假设不能都有效呢？心理学不只在于矛盾之差，而是在衡量这两种假设的应用分量时，才能研究补偿心理全部的微妙所在及其全部的花招。

在"阿尼姆斯"与"阿尼玛"极端矛盾的情况中——这些矛盾出现在与作者"唱反调"的作品中——必须放弃沉重的激情的因果律。瓦莱里于1891年在致纪德的信中写道："在拉马丁[1]写成《天使的堕落》后，所有的巴黎女人皆成为他的情妇。而在拉希尔德写成《维纳斯先生》后，她仍是个处女。"[2]

哪一位精神分析学家将协助我们进入莫里斯·巴雷斯于1889年为拉希尔德的《维纳斯先生》写的、转弯抹角的前言呢？这篇前言的题目是：《爱情的错综复杂性》。面对这样一本书巴雷斯感到，"出现在一处女的梦想中的、鲜明而精

---

[1] A. de. Lamartine（1790-1869），法国浪漫主义诗人。——译注
[2] Cité par Henri Mondor, *Les Premiers temps d'une amitié*, p. 146.

通的恶习'是多么惊人'。拉希尔德生就一个可谓下流而卖俏的头脑"。巴雷斯引用拉希尔德的话继续说:"上帝本该在一方面创造爱,在另一方面创造欲。真正的爱只应由热烈的友谊构成。"[1]

莫里斯·巴雷斯的结束语说:"在我们看来,不是可以说,《维纳斯先生》除去对这个时代的某些堕落行为的揭示外,对于那些关注艺术作品与创作者之间难以捉摸的关系的人来说,不是极为有趣的一个例子吗?"[2]

总之,要完美实现对女人的理想化,必须有一位男人,一位在其"阿尼玛"意识中受鼓舞的爱幻想的男人。巴雷斯在早期的激情以后,不是梦想着"创造敏锐而温柔的女性的形象,一个在他身心中颤动的形象,而且就是他的形象"。[3]在一次向他的"阿尼玛"所做的名副其实的告白中,他说:"我的所爱只是我自己,为的是我的心灵散发的阴性馨香。"在这句子中,巴雷斯的自负得到一种只能在"阿尼姆斯"及"阿尼玛"的心理中进行分析的辩证关系。在他的叙事开始,人们能读到的并非一个爱情故事,而毋宁说是一个"具有其阴性及阳性两因素的心灵的故事"。[4]

---

[1] Rachilde, *Monsieur Vénus*, Préface de Maurice Barrés, Paris, Félix Brossier, 1889, p. XVII.
[2] 同上,p. XXI。
[3] Maurice Barrès, *Sous l'œil des barbares*, éd. Emile Paul, 1911, pp. 115、117.
[4] 同上,p. 57.

第二章 追寻梦想的梦想"阿尼姆斯"与"阿尼玛"

无疑,这位梦想者一出发就已转了向,他的意思是从贝蕾妮丝转向贝阿特丽斯[1],从带有贫乏的声色喜好的巴雷斯的叙事转向但丁对人的价值准则最高的理想化。至少,我们感到印象极深的是:巴雷斯本人表现出对理想化的寻求。他了解但丁哲学所提出的问题;贝阿特丽斯所代表的,难道不是同时既是女人又是教会及神学?贝阿特丽斯是所有的最伟大的理想化的综合。她是梦想着人的价值准则的梦想者的、渊博的"阿尼玛"。她从心灵与智慧中散发出光芒。要阐明这一问题,还应写一部巨著。但是这部著作已经写成。请读者参考艾蒂安·吉尔松的书:《但丁与哲学》。[2]

---

[1] 贝蕾妮丝是巴雷斯的一部小说《贝蕾妮丝的花园》中的女主人公;贝阿特丽斯是但丁的长诗《神曲》中理想化的女人,她是为诗人领路的向导。——译注
[2] E. Gilson, *Dante et la philosophie*, Paris, Vrin, 1939.

第三章　向往童年的梦想

孤独，我的母亲，请再告诉我我的生活。

O.V.德·米沃什《九月的交响乐》

我的生活可以说只是为了苟且偷生，将这些微不足道的记忆吐露在纸上，我却意识到完成了我生活中最重要的行动。我注定为回忆而生。

O.V.德·米沃什《爱的启蒙》

我将你从流逝的水中带入你的记忆——跟我走吧，直至源头并找到它的奥秘。

帕特里斯·德·拉图尔·迪潘《第二个游戏》

1

当我们在孤独中沉入悠久的梦想，远离现在重新生活在生命的最初年代，几个孩子的面孔迎着我们而来。在生命伊始的岁月中，我们好几个人在尝试着生活。只是在听到别人的叙述后，我们才认识了我们的统一性。随着别人讲述我们历史的这一条线，我们终于一年年地与我们相似。在名字的统一性周围，我们堆积起我们所有的存在。

但是，梦想并不讲述故事。或者说，至少有一些如此深沉的梦想，一些有助于我们如此深深地沉入自己的梦想，致使我们摆脱了我们的历史。它们使我们从名字中得以解放。这今日的孤独，使我们复归于最初的孤独。那最初的孤独、孩子的孤独，在某些心灵中留下了不可磨灭的痕迹。于是，整整一生都倾向于诗的梦想，倾向于明了孤独的代价的梦想。孩子通过成年人认识到苦难。在孤独中，他能缓解他的苦恼。当人类世界让他安宁时，孩子感到他是宇宙的儿子。因此，在孤独中，一旦成为梦想的主宰，孩子即享有梦想的幸福，在以后将成为诗人的幸福。我们怎能不感到在梦想者的孤独与童年的孤独中有一种交流呢？倘若说在宁静的梦想中，我们时常追随将我们复归于童年的孤独倾向，这并非姑妄言之。

我们且把对医治童年的创伤，医治压抑众多成年人心理的童年痛苦的关注留给精神分析学吧。诗的分析面向的任务，是协助我们在身心中重建具有解放作用的孤独的存在。诗的分析应将想象力的所有特长归还我们。记忆是心理的废墟，是回忆的旧货铺，应该重新对我们的整个童年进行想象。在重新想象童年时，我们有可能在孤独孩子的梦想生活本身之中再发现这一童年。

从这时起，本章要论证的全部论题都回到使人们重新认识到在人类的心灵中有一个永久的童年核心，一个静止不移但永远充满活力、处于历史之外且他人看不见的童年，在它被讲述时，伪装成历史，但它只在光明启示的时刻，换言之，在诗的生存的时刻中才有真实的存在。

当孩子在孤独中梦想时，他认识到无限的生存。他的梦想并非只是逃避的梦想。他的梦想是飞跃的梦想。

某些童年的梦想如火光一般闪现。当诗人用火的词句讲述童年时，他再次发现了童年。

> 火的词句。我要诉说我的童年。
> 有人在树林深处从鸟巢里掏出红月亮[1]。

剩余的童年是诗的萌芽。人们会取笑一个为爱孩子"伸手揽月"的父亲。但是诗人面对宇宙性的举动并未却步。在他炽热的记忆里，他知道那是童稚的举动。孩子很明白月亮这只金黄的大鸟在森林的某处筑巢。

因此，童年时期的形象、孩子可能构想的形象、诗人告诉我们某个孩子曾构想的形象，对我们而言都是持久童年的显示。这些就是孤独形象之所在。它们表现出广袤无垠的童年梦想及诗人梦想的连续性。

---

[1] Alain Bosquet, *Premier Testament*, Paris, Gallimard, p. 17.

第三章 向往童年的梦想

2

因此，假若我们借助诗人的形象，童年似乎将被显示为美好的心理。面对我们内心生活中富于魅力的事件，如何能不谈心理的美好呢？这种美好在我们身心中，在记忆的深处。它是使我们活力充沛的一种振翅而飞的美，它在我们身心中倾注了美好生命的活力。在童年时代，梦想赋予我们自由。显然，最乐于接受自由意识的领域恰好是梦想。抓住这出现在孩子梦想中的自由，并非一种悖论，除非人们已经忘记我们仍像孩提般梦想着自由。除梦想的自由外，我们还有什么其他的心理自由呢？就心理学而言，在梦想中我们才是自由的人。

一种潜在的童年存在于我们身心中。当我们更多地在梦想中而不是在现实中重寻童年时，我们再次体验到它的可能性。我们梦想着这一童年本可以成为的一切，我们梦想着历史及传说的极限。为达到对我们的孤独的回忆，我们使我们在其中曾是孤独孩子的世界理想化。因此，阐明对童年记忆的极其真实的理想化，阐明我们对所有童年的回忆的个人乐趣，是实证心理学问题。因此，在讴歌童年时代的诗人与其读者之间，通过持续在我们身心中的童年的中介作用而产生了交流。此外，这持续的童年犹如一种向生活展开的美好感情，使我们能理解并热爱孩子，仿佛我们处于最初的生活中，与他们不分长幼。

只要某位诗人对我们说话，我们眼前立即就有了潺潺的流水，有了新的源泉。且让我们聆听夏尔·普利斯尼耶的诗句吧：

>　啊！只要我同意
>　我的童年，你就出现在眼前
>　同样的生气勃勃
>　同样的活灵活现
>
>　天空蓝玻璃一般
>　绿叶白雪的树
>　奔跑的河流
>　我流向何方？[1]

诵读这些诗句时，我在另一世纪的夏日里，看到河流上方那蓝色的天空。

梦想中的人穿越了人所有的年纪，从童年至老年，都没有衰老。这就是为什么在生命的暮年，当人们努力使童年的梦想再现时，会感到梦想的重叠。

在我们梦想童年时所感到的这种梦想的重叠、梦想的深化，说明在任何梦想中，甚至在我们面对世界的宏伟进入沉思时，在我们身上降临的梦想中，我们已回想联翩；在不知不觉中，我们被带回到某些古远的梦想，那么突然的古远，以至于我们不再想它们来自何年何月。一线永恒的微光在壮丽的世界中降临。我们面对广阔的湖泊，地理学家都知道大湖的名字，在群山峻岭的环抱中，我们立即回到遥远的过

---

[1] Charles Plisnier, *Sacre,* XXI.

去。我们边梦想边回忆，边回忆又边梦想。回忆又将一条淳朴的河流献给我们，河水反映出俯临山丘的天空。但是山丘逐渐长高，河湾在加宽。小东西在变大。童年梦想的世界与献给今日梦想的世界同样广阔，而且比献给今日梦想的世界更广阔。从宏伟的世界景象前的诗的梦想到童年的梦想，是宏伟的交流。正因如此，童年处于最宏伟的景物的源头。孩子的孤独给予了我们那原始的无边无垠。

梦想童年的时候，我们回到了梦想之源，回到了为我们打开世界的梦想。是梦想使我们成为孤独世界的首位居民。我们越像孤独的孩子在形象中生活，我们在这世界中生活就越是如鱼得水。在孩子的梦想中，形象高于一切。经验只是其次。经验与所有飞跃的梦想均呈逆向。孩子看见的是宏伟的景物，是壮丽的世界。向往童年的梦想使我们又看到最初形象的宏美。

现在的世界是否也能同样宏美？我们如此强烈喜爱最初的宏美，以至假若梦想再将我们带回最珍爱的回忆中，现实世界即将黯然失色。一位诗人的诗集题名为《混凝土的时光》，他写道：

> ……世界迈着蹒跚的步履
> 而我从我的过去得到
> 在自己心灵深处生活之所需[1]

---

[1] Paul Chaulot, *Jours de béion*, édit. Amis de Rochefort, p. 98.

啊！假若我们能够没有忧伤，以全部热忱生活，再次生活在我们最初的世界里，我们将会多么坚实有力。

总之，哲学家称道的对世界的坦率开放，不正是对最初凝视的神妙世界再度坦率地开放？换言之，这种对世界的直觉，这种 Weltanschauung[1]，不正是一次未敢自道其名的童年吗？世界的宏伟，深深地扎根于童年。世界对于人的开始是通过经常可追溯到童年的心灵巨变。维利埃·德·利尔-亚当[2]给我们提供了一个例证。在 1862 年写的《伊齐斯》一书中，他对女主人公，一位喜好发号施令的女人是这样描写的："她的精神特性是独自形成的，经过默默地转变而趋于内在，自我在其中得以肯定它的所是。那无名的时刻，即当孩子不再朦胧地注视着天空和大地的永恒时刻，在她 9 岁时临到了她。从那时起，在这小姑娘眼睛里混乱梦想着的东西以一种更固定的微光停留不移；人们会说她在我们的黑暗中苏醒过来时，[3]感觉到了自己的意义所在。"

因此，在"一个无名的时刻"，"世界得以肯定为它所是"的，而梦想着的心灵则是一对孤独的意识。在维利埃·德·利尔-亚当的叙事结尾，女主人公说："我的记忆突然沉没在梦想幽深的领域，它感受到难以设想的回忆。"心灵与世界因此一同向难以回忆的时代开放。

---

[1] 德文，意为世界观。——译注
[2] Villiers de L'Isle-Adam（1838–1889），法国象征主义作家。——译注
[3] Comte de Villiers de L'Isle-Adam, *Isis*, Librairie internationale, Paris, Bruxelles, 1862, p. 85.

第三章　向往童年的梦想

于是，童年如同遗忘的火种，永远能在我们身心中复萌。过去的红火与今天的酷寒相遇在凡尚·于伊多布罗[1]的一首卓越的诗中：

> 在我的童年，诞生了醇酒般火热的童年
> 我坐在夜的道路上
> 倾听着星星的话语
> 以及树的言谈
> 现在冷漠把我心灵的夜晚冰封雪盖。[2]

这从童年的深处涌现的形象并非真正的回忆，要衡量其全部蓬勃的活力，必须要哲学家能够论证过快被归结为想象及记忆两词的全部辩证关系。我们将简要着重谈一下记忆与形象的界限。

3

在《空间的诗学》一书中，我汇聚了在我们看来构成家珍"心理学"的各种论题，那时我们曾看到不断发挥作用的是：事实与价值准则、现实与幻想、记忆与传说、方案与空想的辩证关系。在对这些辩证关系考察之后，过去

---

[1] Vincent Huidobro（1893-1948），智利诗人。——译注
[2] Vincent Huidobro, *Altaible*, trad. Vincent Verhesen, p. 56.

并非稳定不变,过去既不以同样的轮廓也不以同样的光明再呈现于记忆中。过去一旦落入人的价值准则网中,落入某个并未忘记的人的内在价值准则中,就会显现于进行回忆的心智与沉潜于忠诚中的心灵的双重统治下。心灵与心智的记忆有所不同。絮利·普吕多姆[1]曾经历这种区分,他写道:

> 啊,回忆,我那惊恐的心灵
> 放弃了对你的构想。

只有在心灵与心智通过梦想在梦想中结合时,我们才享有想象与记忆结合的效益。在这样的结合中,我们才能说我们再体验到我们的过去、我们过去的存在,于是想象他已再生。

从那时起,为构成展现在梦想中的童年的诗学,必须赋予回忆以它们的形象气氛。为使我们对于进行回忆的梦想所做的哲学反思更为明晰,让我们分清在事实与心理的价值准则之间的几个论战焦点。

想象与记忆在其原始心理中,呈现为不可分的复合体。若将两者与感知相联系,人们将难于作出分析。再次回忆起的过去并非单纯的、曾感知过的过去。既然人在回忆,过去在梦想里就已成为形象价值。想象从一开始即对它乐于再看到的画面进行渲染。为深入记忆的档案库,必须超越事实,

---

[1] Sully Prudhomme(1839–1907),法国帕纳斯派诗人。——译注

重新找到价值准则。人们对熟悉事物的分析,并非一次次的重复。实验心理学的技术难于考虑对想象作出某种研究,因为这种研究是依照想象的创造性价值为对象。为再体验过去的价值准则,必须梦想,必须接受这巨大的心理膨胀,即在巨大的安宁中的平静梦想。这时,记忆与想象争相献出与我们生活相关的形象。

总之,清楚地说出在一生的实际历史中的事实,那是"阿尼姆斯"记忆的任务。但"阿尼姆斯"是外在的人,他需要其他的人才能思考。谁将协助我们在我们身心中再找到内在心理价值准则的世界呢?我越是读诗人的篇章,越感到在回忆的梦想中的安慰与宁静。诗人有助于我们爱惜我们的"阿尼玛"的幸福。当然,诗人并未对我们说任何有关我们实际过去的东西。但是,通过想象生活的作用,诗人为我们带来了新的光明:我们在梦想中为我们的过去绘制出印象派的画卷。诗人使我们相信:我们童年的所有梦想都值得重新经历。

想象、记忆、诗三者的联合,在此应有助于我们将这人类现象,即孤寂的童年、宇宙性的童年,归入价值观的范围内。这是我们研究的第二个论题。假若我们能深化我们的提纲,那么,现在问题是要通过对诗人作品的阅读,有时只在诗人的一个形象的昭示下,唤醒我们身心中的一种崭新的童年状态,一个比我们童年的记忆更深远的童年,仿佛诗人让我们继续,完成一个没有完全结束的童年,然而这却是我们的童年,而且无疑是我们多次经常梦到的童年。因此,我们所汇集的诗的资料,应使我们回到自然、原始、无先决条件的依稀梦境,即我们童年梦想中的梦境。

那化为千百种形象的童年自然未标有日期。试图将这些形象固定在某些巧合的情景中,以使它们与家庭生活中的具体小事相联系,那将是与梦境的依稀的性质相违背的。梦想改变思想球体的位置,却并不注意追随一次冒险故事的线索,这与做梦迥然不同,梦的意图永远对我们讲述故事。

我们童年的历史并未标有在心理上的日期。日期是人们在事后加上的;日期来自于其他的人、其他的地方、其他的时代,而并非那亲身体验过的时代。日期来自那正逢人们讲故事的时候。维克托·谢阁兰[1],这面对生活酣然大梦的人,曾感觉到人们所叙述的童年与重新置于人们梦想的一段时间中的童年的差异:"人们对孩子重述他最早的童年时期的某个特点,他牢记这一特征,以后用它进行回忆和叙述,并通过重复来延长这仿造的时间。"[2]在另一页中,维克托·谢阁兰希望再找到"那最初的少年",真正"初次"与他曾是的那少年相遇。[3]假若人过分地重复回忆,"那罕见的幽灵"只不过是毫无生气的复本而已。"纯粹的回忆"不断地被重复后便成

---

[1] Victor Ségalen(1878-1919),法国作家、小说家及诗人,一位对中国文化很感兴趣的汉学家及考古学者,他的诗歌《碑集》是结合了中国题材形式与西方思想感情的诗篇。——译注
[2] Victor Ségalen, *Voyage au pays du réel*, Paris, Plon, 1929, p. 214.
[3] 同上,p.222。

为对个性的老生常谈。

多少次，一个"纯粹的回忆"能温暖一个在回忆中的心灵呢？"纯粹的回忆"不也同样能变为习惯？为丰富我们单调的梦想，为向那些一再重复的"纯粹的回忆"注入生气，我们能从诗人为我们提供的"变奏曲"中得到多么大的帮助啊！研究想象的心理学应该是"心理变奏曲"的学说。想象是如此实际的机能，它引起的"变奏"一直达到我们童年的回忆。我们在兴奋激昂时所得到的全部诗的变奏，为我们身心中存在永久性的童年核心提供了众多的证明。假若我们要按现象学学者的要求，弄清其历史性的本质，历史只能给我们造成更多的不便而不能有助于我们。

在个人实际中纳入童年梦想的诗情画意，这样一种现象学方案，当然与儿童心理学家如此有用的客观研究迥然不同。即使让孩子自由谈话，即使不加批评地观察他们，让他们在游戏中享有完全的自由，即使以儿童精神分析学家的温和耐性倾听他们，人仍不能必然达到现象学研究的极其简单的纯粹性。在此，人们对情况已太熟悉了，因而过于倾向应用比较的方法。一位母亲更了解她的孩子，因为她在自己孩子身上看到不可比较的特点。但遗憾的是，母亲也非长久地了解……一旦孩子到达"理性的年纪"，一旦他失去想象世界的绝对权利，母亲也像所有的教育者一样，把教导他成为"客观的"处世者视为己任——教导他像成年人一样简单地自以为"客观"。人们以社会性填塞孩子。人们按已变为平稳的人的理想来准备他的成年生活。他们也按他的家庭历史教导他。他们告诉他童年时期的部分回忆，那孩子将永远能讲述的全部历史。童年——这可塑的面团！——被推至这条线上，以使孩子步别人的后尘。

于是，孩子进入家庭的、社会的、心理的矛盾区域。他成为早熟的人，可以说这早熟者处于受压抑的童年状态。

当孩子在受到具有强烈的"阿尼姆斯"意识的心理学家的询问及考察时，他并不表露其孤独。孩子的孤独比成年人的孤独更隐秘。经常是到了生命的暮年，我们才发现那深深隐藏着的我们孩提时代的孤独、我们少年时代的孤独。在生命最后的四分之一时期，人们将老年的孤独反射到被遗忘的童年孤独上，才理解到生活最初四分之一时期的孤独。[1] 梦想的孩子是孤单的、极端孤单的。他生活在他梦想的世界中。他的孤独不如成年人的孤独那样具有社会性，那样与社会形成抗衡。孩子有一种对孤独的自然梦

---

[1] 热拉尔·德·奈瓦尔写道："当你达到生命的一半途程时，童年的回忆开始复苏。"（*Les filles du feu, Angélique*, 6ᵉletter, édit. du Divan, p. 80）我们的童年在重新与我们的生活融为一体前，经历了长久的等待。这种重返大概只在生活下半期当人们走下坡路时才能实现。荣格写道："自我的一体化从其深层意义看，是生命的另一半的问题。"（《移情的心理学》，第167页）在人们正当壮年时，仍停留在我们身上的少年期似乎挡住我们再体验到童年。这一童年是自我的一部分，是荣格所谓的 Selbest（自己）的一部分。精神分析似乎应由老者来进行。

Gérard de Nerval（1808-1855），法国浪漫主义作家及诗人。现代文论界给予他极高的赞誉。——译注

想，这种梦想不能与赌气孩子的梦想混为一谈。在他感到幸福的孤独中，爱梦想的孩子进入了宇宙性的梦想，即使我们与世界合为一体的梦想。

我们认为，正是在对这种具有宇宙性的孤独的回忆里，我们应找到停留在人类心理中的童年的核心。在此，想象力与记忆联系最为紧密。在此，童年时期的存在将真实与想象互相联结，而在此他以完全的想象体验现实的形象。孩子的宇宙性的所有孤独形象在他的存在深层起作用，于是在世界的启发下，在他于人前所具有的存在的另一面，另一面向世界的存在应运而生。这就是具有宇宙性童年的存在。人类百代流逝，宇宙却继续长存，永远是原始的宇宙，即便世界上最宏伟的场景也不能从生命进程中抹杀的宇宙。我们童年时代的宇宙性留在我们心中。它一再出现在我们孤独的梦想之中。于是这宇宙性童年的核心在我们身心中宛如虚假的记忆。我们孤独的梦想仿佛一种前生记忆的活动。我们向往的童年梦想的梦想，似乎使我们认识到先于我们存在的存在，认识全部对先成存在（antécédence d'être）的展望。

我们是否存在过？我们是否梦想过我们存在，而现在，在梦想我们的童年时，我们是否还是我们本人？

这种先成存在消失在遥远的时代里，姑且认为它消失在我们内在的遥远时代里，消失在我们心理诞生的多重不定性中，因为心理要经过多次的尝试。心理不断地试图诞生。那先成存在与缓慢童年的无尽的时间相关。被加之于心理的边缘境界（limbes）上的历史——永远是其他人的历史！——

使人的前生记忆所有的能量黯淡了。然而从心理学的角度而言，边缘境界[1]并非神话。这是不可磨灭的心理现实。为协助我们进入先成存在的边缘境界，只有很少的诗人给我们带来微光。岂止是微光！是无限的光明！

4

埃德蒙·旺代卡芒[2]写道：

> 永远在我自己的上游
> 我向前走，我恳求，继续向前
> ——啊，我的诗篇的严峻法则
> 在逃离我的影子的空心中绵延。

诗人在寻觅最遥远的回忆时，他要求一种旅途食粮，一种首要的价值准则，比对他的某一历史事件的单纯回忆更宏大的价值。

> 当我认为在回忆时
> 我只要一点盐

---

[1] 指存在之前的一种渺茫之境。在西方的宗教信仰中，指地狱的边缘，是未受洗礼的儿童死后灵魂的归宿。——译注
[2] Edmond Vandercammen, *La porte sans mémoire*, p. 15.

再认识自己并重上征途。

在另一篇继续向上游的上游回溯的诗中,[1]诗人说:

我们的年华是不是矿石的幻梦?

倘若感官能回忆,它们难道不是在感性的考古学中发现这些"矿石的幻梦",——这些"元素"的幻梦,这些将我们在"永恒的童年"中与世界维系在一起的幻梦?

诗人说,"在我自己的上游",而那努力要回溯到存在的源头的梦想说:"在上游的上游。"我们在此看到对先成存在的明证。这先成存在,诗人在寻找它,因此,它存在。这样一种信念是梦境哲学的公认原则之一。

在什么样的彼岸,诗人不能回忆呢?最初的生活不正是对永恒的一次尝试?让·福兰[2]写道:

在他那永恒的
童年的原野
诗人独自流连

---

[1] E. Vandencammen, *La porte sans mémoire*, p. 39.
[2] Jean Follain (1903-1971),法国诗人,诗集有:《地上之歌》《存在》《片刻的空间》等。——译注

> 不愿忘记任何点滴[1]

当人沉思生命的开始时，生命是何等宏伟！对一种起源的沉思，不正是梦想吗？而对一种起源的梦想，不正是在超越它？在我们的历史之外，依照诗人波德莱尔[2]向德昆西[3]借用的说法，展开了"我们难以估量的记忆"。

当遗忘紧紧围住我们时，为了夺取过去，诗人鼓励我们重新想象失去的童年。他们教给我们"记忆的果敢行动"。[4]一位诗人对我们说，必须创造过去：

> 创造吧。在记忆的深处
> 欢乐并未丧失[5]

当诗人创造出显示内心世界的卓越形象时，他不是在回忆吗？

有时，青少年时期打乱了一切。青少年时代，这是人类生活的狂热时代！这时回忆太清晰，以致梦想不能是宏伟的。梦想者清楚地知道，必须超出这狂热的时代才能找到宁静的时代，找到幸福童年的固有本质。让·福兰多么

---

[1] Jean Follain, *Exister*, p. 37.
[2] Baudelaire, *Les paradis artificiels*, p. 329.
[3] De Quincey（1785–1859），英国作家。——译注
[4] Pierre Emmanuel, *Tombeau d'Orphée*, p. 49.
[5] Robert Ganzo, *L'œuvre poétique*, Grasset, p. 46.

敏锐地说出了安静的童年与激动的青少年时代的分界线："有那样的一些早晨,实体在哭泣……童年藏在心中的永恒感情已杳然消失[1]。"当人坠入催人老去的时间统治之下,坠入存在的本质充满痛苦的时间中时,那生活中将发生怎样的巨变啊!

请思考我们刚才引用的所有诗句。它们各不相同,然而都表现出一种超越界限,逆流而上,重新找到湖面如镜、时间在其中不再流逝的大湖的渴望。而这湖是在我们身心中,宛如一泓原始的清泉,宛如静止的童年继续停留的所在。

当诗人召唤我们转向这一区域时,我们就进入温情脉脉的梦想,被遥远的世界吸引的梦想。由于找不到更好的词,我们把这对童年梦想的趋向称之为先成存在。必须利用宏大梦想状态的非时间化,才能隐约瞥见这先成存在。我们认为,人们能这样经历某些从本体论角度看低于成存在、高于虚无的状态,在这些状态中存在与不存在的矛盾得到缓和。一种次存在试图成为存在。这一先存在尚无存在的责任。它也尚未具备已构成的存在的坚固性——已构成的存在自信能与不存在对质。在这样一种心灵状态中,人能够清楚地感到,逻辑上的对立面在其太强烈的光照下,能将任何半明半暗的本体论的可能性消除殆尽。只能以极柔和的触摸,在一种微光与半明半暗的辩证关系中,去追踪试图存在的人性的一切苗头。生与死是太粗糙的词。在梦想中,死这一词是粗略的。人们不应在对

---

[1] Jean Follain, *Chef-lieu*, p. 201.

存在所做的精微的形而上学研究中使用这个词,因为这一存在的出现、消失与再出现,均随着对存在的梦想之波动起伏。何况,人倘若在某些梦中、在梦想中死去,就是说在宁静的梦境中死去,人并未死。是否也必须说,在一般情况下,生与死从心理学角度看并非对称。人身上具有那么多的新生力量,这些力量在开始时并没有经历死亡的单调必然性!人只有一死。但从心理学角度讲,我们有多次诞生。童年来自如此多的源泉,以致描述它的地理及历史状况均属徒劳。因此诗人说:

> 我有那么多、那么多的童年
> 我数也数不清啦[1]

这些开始显露的新生发出的全部的心理微光,照亮了初生的宇宙、边缘境界的宇宙。微光与边缘境界,这就是童年的先成存在的辩证关系。对词梦想的人,不能不对这将微光及边缘境界置于两个唇形词支配下的言语柔和性倍感亲切[2]。在微光中,光明带有水气,而边缘境界则是水性的。于是我们总是能再遇到那同样肯定无疑的依稀梦境:童年是人性的水,从阴影中流出的水。这薄雾与微光中的童年,这慢悠悠的边缘境界中的生命,给予我们一种新生的厚度。我

---

[1] Alexandre Arnoux, *Petits poèmes*, Paris, Soghers p. 31.
[2] 在法语中 lueurs(微光)与 limbes(边缘境界)发音时均有唇的活动。——译注

们曾开始过多少次的存在！多少次失去的源泉，然而是流过的源泉！向往我们的过去的梦想，寻觅童年的梦想，似乎使某些不曾出现的生活，某些想象的生活恢复了生命。梦想是想象力的一种记忆术。在梦想中我们又接触到命运没有加以利用的某些可能性。在此，我们向往童年的梦想遇到一巨大的悖论：消亡的过去在我们身心中有一种未来，即生气勃勃的形象的未来，向任何重新找到的形象展开的梦想的未来。

5

许多伟大的梦想童年者都被新生的这另一世界所吸引。卡尔·菲利普·莫里兹[1]的《安通·雷塞》(*Anton Reiser*)一书是交织着梦想与回忆的自传。他常徘徊于生存的这类开端。他说，萦绕童年的思绪也许是将我们和某些先前状态相维系的不可见的纽带，假若现在成为我们的自我的东西至少已经在其他条件下存在过一次的话。

"那时我们的童年会是那条遗忘河[2]，我们饮用河中的水为的是不溶化于以前及将来的大一体中，获得适当限定的个性。我们置身于某种迷宫中；我们找不到引导我们走出迷宫

---

[1] Karl Philipp Moritz（1756-1793），德国作家、德国浪漫主义主要奠基人之一。——译注
[2] Léthé，是进入地狱的河，河名的意义是遗忘。传说亡灵喝了河水即可忘记世上生活的痛苦及欢乐。莫里兹在这儿所指的遗忘，恰好相反，是忘记世上生活的以前及以后。——译注

的线索，而且，无疑我们应该不再能找到它。因此在我们（个人的）回忆断了线的地方，我们重新拴上历史的线，于是当我们失去固有的生存时，我们退而生活在祖辈的生存中。[1]

儿童心理学家将不假思索地为这类梦想加上"形而上学"的标签。在他看来，这类梦想最徒劳无益，既然这并不是所有人的梦想，或者，既然这是最疯狂的梦想者也不敢说出的梦想。但是，事实如此，这种梦想已经完成，它从一位伟大的梦想者、一位伟大的作者那里得到文学的尊严。而这种种荒唐之言及虚妄的幻想，这一页页反常的篇章却拥有狂热的读者。阿尔贝·贝甘在引用莫里兹的文章后说，医生、心理学家卡尔·古斯塔夫·卡吕斯说："为换取这样深刻的观察，他将给出所有充溢文学领域的回忆录。"

莫里兹的梦想所展现的迷宫梦，只有通过切身体会的经验才能得以解释。这并非由过道里的忧虑所形成。[2] 伟大的童年梦想者不是凭经验提出问题：我们从何处脱身？或许有朝向清楚意识的出口，但是迷宫的入口曾在何处？尼采不是说："假若我们要草绘出与我们心灵结构相符合的

---

[1] 转引自 Albert Béguin, *L'âme romantique et le rêve*, Ire éd., t. I, pp. 83-84。正是必须在这种半明半暗的意识中诵读圣让·佩尔斯（John Perse）的诗篇："……谁能知道他出生于何处？"(cité par Alain Bosquet, *Saint John Perse*, édit. Seghers, p. 56.)

[2] 我们在分析这样的梦想时，也没有必要提出心理分析家奥托·朗克所研究的出生时的精神创伤。这样的噩梦及痛苦属于夜间的梦。我们在下面还将有机会突出区分夜梦的梦境与苏醒状态时的梦境间深刻的差异。

建筑结构……那必须按迷宫的形象构思它。"[1]这迷宫有柔软的墙壁，梦想者钻进去，踽踽独行。而从一个梦到另一个梦，迷宫发生了变化。

某种"时间之夜"存在于我们身心中。人们从史前、从历史、从"朝代"更迭的顺序中"知晓"的夜，永远不会是亲身体验过的"时间之夜"。哪一个梦想者总能明白人们如何将十个世纪构成千年？因此，让我们不按数字去梦想，梦想我们的青年时代、童年时代、童年。啊！这些时代已经远去！我们内在的千年如此古远！那属于我们的、在我们身心中的千年，几乎行将吞没先于我们的存在！当人深入梦想时，会永远无休止地开始。诺瓦利斯曾写道：

Aller wirklicher Anfang ist ein zweiter Moment. [2]
任何实际上的开始都是第二时刻。

在这样一种向往童年的梦想中，时间的深度并非从空间的尺度那里借来的比喻。时间的深度是具体的、具体时间性的。只要像莫里兹这样的伟大的梦想童年者那样梦想，就足以使人面对深度而战栗。

当人年事已高进入暮年时，看到这样的梦想，不禁会稍稍后退，因为他认识到童年是存在的深井。当我这样梦

---

[1] Nietzsche, *Aurore*, trad., p.169.
[2] Novalis, *Schriften*, éd. Minor, Iena, 1907, t. II, p. 179.

想那深不可测的童年时——这童年本是一种原型，我确知我受到另一种原型的影响。井是一种原型，是人类心灵最严肃的形象之一。[1]

这种黝黑而遥远的水能为一个童年打上印记。它曾反映出一个惊讶的面孔。它的镜面并非泉水的镜面。纳西斯[2]不能在此自我陶醉。孩子在他那地下的充满活力的形象里，已经不能认出自己。一层薄雾笼罩在水上，某些太青太绿的植物环绕着镜子。一阵寒气在深处呼吸。在大地之夜再现的面孔是另一个世界的面孔。现在，假若对这映象的回忆进入了记忆，那难道不是对先世的回忆吗？

水井给我的幼年打上印记。我从来只在祖父紧握我的手时才敢靠近它。那么是谁曾感到恐惧呢？是祖父还是孩子？然而石砌井栏很高，那是在不久以后就被废弃的花园里……但一种隐隐约约的痛苦却留在我心中。我知道存在的水井是什么。而且，既然人在回忆童年时不应有所保留，我就应该承认，我最惧怕的水井，永远是我的跳鹅游戏中的水井[3]。在

---

[1] Juan Ramon Jimenez 的《柏拉图与我》译本（*Platero et moi,* trad., éd. Seghers, p. 64）中写道："井！……多么深沉的词，青绿的颜色，清新、响亮！人们会说，是这词的本身在转动着，向阴暗的大地钻孔，直至达到清凉的水。"在这样的梦想前，对词的梦想者不能不在经过时对它注目。

[2] Narcisse，河神塞菲兹之子。他长得很美，常常对着泉水顾影自怜。由于迷恋自己的形象，他跳入水中，后来变为纳西斯花（水仙）。——译注

[3] 一种儿童棋的游戏。——译注

家人欢聚的最愉快的晚上，我对那口井的惧怕胜过那挂在骨制十字架上的死人头。[1]

6

多么强烈的童年倾向，它应该存留在我们的存在深处，以使诗人的形象让我们从词句的巧妙配合中，蓦然重新体验我们的回忆，重新想象我们的形象。因为诗人的形象是以语言说出的形象，而不是我们眼睛看见的形象。语言说出的形象特征，足以使我们在读这首诗时，仿佛听到已逝过去的回声。

为进行重建必须美化。诗人的形象重新为我们的回忆加上光环。我们距准确的记忆甚远，距能将纯粹的回忆保留在其框架内的准确记忆甚远。在柏格森[2]的思想中，纯粹的回忆似乎

---

[1] 在卡尔·菲利普·莫里兹的小说《安德烈亚斯·哈特克内夫》（*Andreas Hartknopf*）中，有这样一页，在我看来，使井的各种原型特征都得以再次体现："当安德烈亚斯还是孩子的时候，他问母亲他从何处而来，母亲指着屋旁的水井回答他。在孤独中，孩子回到井边，他在井前的梦想探测着他的存在的来源。后来孩子的母亲将他从对根源的烦扰、从对流失在地下深处的水的烦扰中解脱出来。井的形象对于爱梦想的孩子过于强烈。"于是，莫里兹在一条可能使梦想词的人印象颇深的按语中说，井这词足以在哈特克内夫的心灵中，将遥远的童年的记忆带回。（请参考 Karl philipp Moritz, *Andreas Hartknopf,* Berlin, 1786, pp. 54-55。）

[2] Bergson（1859–1941），法国哲学家，著有《论意识的直接材料》《物质与记忆》等书。——译注

是某些具有明确框架的形象。为什么人们能回忆起曾在花园的长凳上学了一课？仿佛人们意欲固定一个历史点！既然是在花园中，那至少必须再说出那扰乱了我们当小学生时的注意力的梦想。纯粹的回忆只能在梦想中再次找到。它并非及时来到忙碌的生活中协助我们。柏格森是位对自己茫然不知的知识分子。出于时代的必然，他相信心理的事实，而他对记忆的学说归根到底是有关记忆力用途的学说。柏格森全心致力于发展实证的心理学，却没有发现记忆与梦想的融会。

然而，多少次纯粹的回忆，有关无用的童年的无用的回忆，却一再归来，宛如一种促使梦想的精神粮食，宛如一种来自非生活的恩惠，以协助我们在生活的边缘生活片刻。在休息与行动、梦想与思想的辩证的哲学中，童年的回忆足以清楚地说明无用的东西的有用性！童年的回忆赋予我们一个在现实生活中无效的过去，但过去突然在想象的、抑或再想象的生活中，成为充满活力的东西，即有益于人身心的梦想。在岁月老去时，童年的回忆使我们具有细腻的感情，具有诗人波德莱尔在浩渺氛围中那样的"微笑的懊恼"。在这位诗人所体验的"微笑的懊恼"里，我们似乎已实现了懊恼与安慰的奇特综合。一首优美的诗使我们原谅那特别古老的忧愁。

为生活在某一过去的氛围中，必须使我们的记忆非社会化，并超出种种我们自己以及其他人一说再说的回忆，超出所有告诉我们在最早的童年中状况如何的那些人所说的回忆，我们必须再找到我们尚未被认识的存在，即孩子的心灵，即全部不可认识者的总和。梦想走得这么远，人不禁对其过去感到惊讶，对自己所曾是的那个孩子感到惊讶。在童年中的某些时刻，任何的孩子都是令人惊讶的存在，都是实现存在的惊讶的人。我们就这样在自己身上发现了静止的童年，从日历的齿轮下解放出来的、无变化的童年。

那么，统辖记忆的，不再是人的时间，也不再是圣人的时间，——这些日常时间的日工只是以父母亲属之名来标志孩子的生活[1]——而是四种伟大神性的时间：四季。纯粹的回忆没有日期却有季节。季节才是回忆的基本标志。在那难忘的一天有什么样的太阳抑或什么样的风？这才是赋予回忆准确脉搏的问题。于是回忆成为巨大的形象、扩大的形象、不断扩大的形象。这种种形象是与一个季节的天地、与一个不会欺骗的季节，停息在完美的静止中，可以称之为完整的季节相结合的。完整的季节，因为它的全部形象都表现出同一的价值准则，因为通过特有的形象，人就能拥有季节的本质，譬如这从诗人的记忆中涌现的晨曦：

> 怎样奇异的晨曦，撕裂的丝帛
> 在热情洋溢的蔚蓝色中
> 在记忆中再度涌现？
> 怎样绚丽的色彩狂澜？[2]

---

[1] 基督教的日历是以圣人的名字来命名每一天的，故称圣人为日工，而孩子的名字一般是根据出生的日子或父母的名字或教父、教母的名字命名。——译注

[2] Noël Ruet, Le bouquet de sang, *Cahiers de Rochefort*, p. 50.

冬天、秋天、太阳、夏天的河水都是完整的季节的根源。这不仅是视觉所见的景象，而且是心灵的价值准则，是直接的、静止不移的、不可摧毁的心理价值准则。由于它们是在记忆被体验的，所以永远有益于身心。它们是持续的恩惠。夏天对于我是花团锦簇的季节。夏天是一簇花，一簇永不萎谢的花，因为它总是从其象征那里获取青春：这是一次崭新的、鲜艳的奉献。

回忆的季节是使万物美化的季节。当人梦想着深入这些季节的单纯性中，深入其价值准则的中心，童年的季节即成为诗人的季节。

这些季节，它们既能找到成为独特的、又能保持普遍性的手段。这些季节在童年的天空中旋转，用不可磨灭的符号标志每个童年。因此，我们的宏伟的回忆，寓居于记忆的黄道宫里，这一宇宙性记忆无须社会性记忆的准确就能保持心理的忠实。这正是我们属于世界的记忆本身，属于一个由主宰的太阳所统辖的世界的记忆。在每一季节，我们身心中均回荡着由于我们进入世界而产生的一种活力，这进入世界的行动是众多哲学家无时无处不提出的。季节打开了世界，打开了某些在其中每个梦想者均看到他的存在葳蕤生辉的世界。这具有最初活力的季节是童年的季节。在这以后出现的季节可能不真，可能不完美，可能混杂交错而趋向枯燥乏味，但是它们永远不会弄错我们童年的征兆。童年看到的世界是图绘的世界，带有它最初的色彩，它真正的色彩的世界。我们在梦想对童年的回忆时又体验到的宏伟的过去，正是那初次呈现的世界。我们的童年时代的所有的夏天都是

"永恒的夏天"的见证。回忆的季节是永恒的，因为它们忠实地呈现出初次的色彩。准确的季节周期是想象的宇宙之主要周期。这周期标志出我们的图绘天地之生活。在梦想中我们再看到我们那以童年的色彩图绘的天地。

7

每个童年都是神奇的，自然而然是神奇的。这不是如人们过分轻信的，因为童年充满了人编造的总是那么虚假的故事，这些故事只能取悦讲故事的祖辈。多少老祖母将孙子视为小傻子！但是生来机灵的孩子激发了爱讲故事的老人没完没了重复讲述的癖好。孩子的想象翱翔的天地并不是这化石般的神话，不是这神话般的化石，而是他本身的神话。孩子是在自身的梦想中发现神话的，发现他不向任何人讲的神话。那时，神话即生活本身：

我体验了生活，却不知我生活在我的神话中

这卓越的诗句出现在题为《我不确信任何事物》[1]的诗中。只有永恒的孩子才能把神奇的世界归还给我们。埃德蒙·旺代卡芒求助于童年，为的是"更靠近天空收割"：[2]

---

[1] Jean Rousselot, *Il n'y a pas d'exil*, Paris, Seghers, p. 41.
[2] Edmond Vandercammen, *Faucher plus près du ciel*, p. 42.

梦想的诗学

> 天空等待一只手的触摸
> 神奇童年的手
> ——童年是我的欲望、我的皇后、我的
> 摇篮曲——
> 在一阵早上的微风中。

何况，我们如何能说出那些曾是我们的神话呢，既然我们把它们作为"神话"谈论。我们再也不知道什么是真诚的神话。成年人过分容易地为孩子写出某些故事，因此他们写出了幼稚的神话。我们若要进入神奇的时代，必须像爱梦想的孩子那么认真。神话并不供人消遣，神话使人欣喜若狂。我们已失去这使人欣喜若狂的语言。大卫·梭罗[1]写道："似乎我们在进入成熟的年纪后，只能萎靡而无生气，我们不能说出童年的梦想，在我们学会它们的语言以前，童年的梦想已从我们的记忆中消失。"[2]

若要再找到神话的语言，必须参与神奇事物的存在主义。成为充满赞赏感情的存在的身体和灵魂，面对世界用赞赏代替感知。赞赏是为了从所感知到的东西那里得到价值准则。而在过去本身之中，赞赏的则是回忆。1849年当拉马丁回到圣-普瓦恩，在他将再次体验他的过去的一处风景胜

---

[1] David Thoreau（1798-1872），美国作家，深受印度神秘主义及德国唯心主义的影响。——译注

[2] Henry-David Thoreau, *Un philosophe dans les bois*, trad. R. Michaud et S. David, p.48.

地时，他写道："我的心灵曾是一首对幻象的赞歌。"[1]在那一处处或一件件过去的见证面前，在那唤起回忆、明确表达回忆的风景与物体面前，这位诗人经历到回忆的诗情与幻象的真实结合。在梦想中再次体验到的童年回忆，确实是心灵深处的"幻象的赞歌"。

8

人越走向过去，记忆与想象在心理上的混合就越显得不可分解。假若希望加入诗的存在主义，则必须加强想象与记忆的结合。为此，必须摆脱那种概念特权强加于人的历史性记忆。那在日期的尺度上流动的记忆、没有在回忆的景物中足够停留的记忆，并不是充满活力的记忆。记忆与想象的结合，使我们在摆脱了偶然事故的诗的存在主义中，体验到非事件性的情景。更确切地说：我们体验到一种诗的本质主义。在我们同时想象并回忆的梦想中，我们的过去又获得了实体。人类的心灵在秀丽山川之外与世界结成有力的联系。那时，活跃在我们身心中的不是历史的记忆，而是宇宙的记忆。那什么都不发生的时刻再次降临。在伟大而美好的昔日生活时光中，沉入梦想的人克服了一切烦恼。我的故乡香槟地区的一位著名作家写道："……烦恼是外省的最大的幸福。我指那深沉而不可

---

[1] Lamartine, *Les foyers du peuple*, Ire série, p. 172.

救药的烦恼，它以其凶猛程度使梦想从我们身心中脱颖而出……"[1]如此时光在重新获得的想象力中表现出永久性，包容在一种有别于在生活中体验到的延续的时间之中，包容在那种在诗的存在主义中提供巨大安宁的非时间中。在这样无任何事情发生的时光中，世界是如此美丽！我们处在宁静的宇宙中，处在梦想的宇宙中。这些非生活的伟大时刻驾临于生活之上，并在通过孤独使人在脱离与其存在不相关的偶然事情的同时，深化他的过去。在驾临于生活之上的生活中，在一种不绵延的时间中生活，这正是诗人善于为我们恢复的魅力。克里斯蒂亚娜·比吕科阿写道：

> 你存在，你生活而你不绵延。[2]

诗人比传记作家更可能向我们说明宇宙的回忆的本质。波德莱尔一语道出这敏感点："我想，从哲学观点考虑，真正的记忆只在于极敏锐而易受感动的想象中，因此，想象依靠每种感受能够展现过去的情景，并将之表现为生活的奇观。"[3]

波德莱尔在此所指，似乎仍只是对回忆的取景，是使伟大的心灵组构他即将托付给记忆的形象的一种直觉，是梦想提供了完成这美学构建的时间。梦想以足够的光线环绕在现

---

[1] Louis Ulbach, *Voyage autour de mon clocher*, p. 199.
[2] Christiane Burucoa, L'ombre et la proie, p. 14, *Les cahiers de Rochefort*, n°3.
[3] Baudelaire, *Curiosités esthétiques*; p. 160.

实周围，以使取景范围广阔，天才的摄影者同样善于把时值用于他们的快照。更确切地说，这是梦想的时值。诗人的作为也一样。于是我们与诗的存在主义共同托付给记忆的东西是我们的东西，是属于我们的，就是我们本身。必须以全部心灵占有形象的中心。那过分详细记录下的情况，有损于回忆的深层存在。那些情况是扰乱了安静、博大回忆的形象说明。

诗的存在主义的大问题是梦想状态的保持。我们要求伟大的作家将其梦想传递给我们，使我们更坚信我们的梦想，因此使我们能够生活在我们重新想象的过去之中。

亨利·博斯科[1]的许多篇章有助于我们重新想象我们的过去！在有关康复期的按语中——任何一次康复期不都是一次童年吗？——可以看到井然有序的一整篇谈到人的存在的先本体论[2]，将幸福及有益的形象进行组合时再开始存在。让我们重读叙事小说《风信子》中赏心悦目的第156页吧："我没有失去意识，但是有时我从生活最初的奉献中、从来自世界的某些感受中汲取营养，有时我又从一种内在的物质中得到充实。这是一种罕有而稀少的物质，但其存在全然不是由于外在提供的新东西。因为假若在我真实的记忆中一切都被抹去，那么一切则相反，以非凡的鲜明性生活在想象的记忆里。在被遗忘扫荡一空的广阔领域中，那神奇的、好像

---

[1] Henri Bosco（1888-1976），法国著名的乡土小说作家。——译注
[2] 先本体论（préontologie）这个词可能是作者杜撰的。其意义可从下一句话得以说明：记忆、梦想、诗的存在都不是始而有之，而是在组合形象的活动以后，这些组合活动是先于本体而存在的。——译注

我从前曾创造的童年继续放射光芒……"

"因为那是属于我的青春时代,我为自己创造的青春时代,而不是那痛苦度过的童年从外部强加于我的青春时代。"[1]

在倾听博斯科时,我们听到我们的梦想的声音在呼唤我们重新想象我们的过去。我们走进非常邻近的另外的去处,现实与梦想在其中混合莫辨。那正是另外的家之所在,另外的童年之家,是以全部本应存在的东西建造在从前未曾存在而突然开始存在、构成我们梦想的居所的存在之上。

当我读到某些如博斯科写过的篇章时,一种嫉妒之情油然而生:他梦想得多么好啊!远远胜过我这常梦想的人!但至少在追随他时,我将散布在我不同年岁中各个幸福的住处的梦想境地进行了不可能的综合。向往童年的梦想,使我们能够将无所不在的、最珍贵的回忆凝聚在一起。这种凝聚把我们所爱的女人的房屋和父亲的房屋相连,仿佛所有我们爱过的人在我们年纪老迈时,都应该一起生活,一起居住。传记作家手捧历史,会对我们说:您弄错了,在收获葡萄的盛大日子里,您钟爱的女人并未来到您的生活中。当开水壶高唱的时候,您的父亲并不在火炉前工作。

但是,为什么我的梦想会和我的历史相符呢?梦想恰好将历史伸展到非现实的边缘。梦想是真实的,尽管会出现各种各样年月的错误。在事实与价值准则中,梦想具有多重的

---

[1] Henri Bosco, *Hyacinthe*, p. 157.

真实性。形象的价值在梦想中变为心理事实。在读者的生活中，往往遇到作家描写的那么美好的梦想，以至于作家的梦想变成了读者亲身体验的梦想。当我阅读某些作家的《童年》时，我的童年因而变得丰富及充实。而且作家不是早已从"文字的梦想"中受益？这"文字的梦想"起的作用超出作者亲身的体验。亨利·博斯科还说道："在我的屈从于物质必然性的真实生活的沉重过去旁边，是我从一次喜悦的灵感中得到的与我的内在命运一致的过去。于是，在回到生活中时，我自然地趋向非现实记忆的朴实乐趣。"[1]

当康复期行将结束，而非现实的童年即将消失在一个捉摸不定的过去中时，博斯科的梦想者又找到某些真实的回忆，他说道："我的回忆不再认识我……是我而不是它们好像成为了非物质性的。"[2]

这既空灵而又深沉的文字是以篇页的形象、抑或回忆的形象写成的。在向往过去的梦想中，作家善于在忧郁中放入某种希望，在难忘的记忆中放入一个富于青春活力的想象。我们确是面对前沿的心理学，仿佛真正的回忆迟疑不决地迈过前沿边界以征服自由。

亨利·博斯科在作品中曾多少次徘徊于这边界上，生活于历史与传奇、记忆与想象之间！在他最奇妙的《风信子》一书中，他对想象心理学的存在主义进行了一次大行动。他

---

[1] Henri Bosco, *Hyacinthe.*, p. 157.
[2] 同上，p.168。

说:"我在一次想象的记忆中留住一整段我尚未认识的童年,然而却是我承认的童年。"[1]作家在实际生活中所做的梦想,具有童年的梦想在真实与非真实之间、真实生活与想象生活之间所有的摆动。博斯科写道:"无疑,那是被禁止的童年,当我是孩子时就已经梦想到的童年。在那童年中,我再次发现自己是非常敏感而且充满激情……我生活在一栋安静、熟悉、我未占有过的房子里,和我的游戏同伴在一起,正如有时我曾梦想到的同伴一样。"[2]

啊!是否那继续活在我们身心中的孩子以这被禁止的童年迹象出现?我们现在是在形象的支配下,是比记忆更自由的形象。王国中那必须取消以达到自由梦想的禁令,并不属于精神分析的范围。超出父母情结之上的,还有某些人类宇宙性的情结,对于这些情结,梦想能有助于我们与之对抗。这些情结将孩子禁锢在我们与亨利·博斯科同样称为被禁止的童年中。我们孩提时代的全部梦想有待于重新开始,以使之达到诗的飞跃:这一任务正应由诗的分析完成。但是如何付诸实践呢?那必须由既是心理学家又是诗人的人进行,并非单独一人所能从事。当我离开阅读,对自己沉思并且又看到过去时,对于每一形象,我都只能回想起这些安慰我又折磨我的诗句,下面的诗句不是在思索形象又是什么呢?

时常,这什么也不是,不过是童年的一个水气泡,在忧

---

[1] Henri Bosco, *Hyacinthe*, p.84.
[2] 同上,p. 85。

郁的黄连木下。[1]

9

在我们向往童年的幻想中，在我们所有人都希望为重温我们最初的梦想、寻回幸福的天地而写下的诗篇中，童年呈现出来，按照深层心理学的风格本身，它像一个真正的原型，单纯幸福的原型。这确实是我们身心中的一个形象，一个吸引幸福形象并排斥灾难经验的形象中心。但这一形象依照它的原则看，并不完全是我们的；它的根比我们简单的记忆更为深远。我们的童年是人类童年的见证，是那被生活的光辉触及的存在的见证。

从那时起，个人的明晰而常常重述的回忆，将再也无法完全解释为什么将我们带回童年的梦想，具有如此的吸引力、如此的心灵价值。这种价值之所以抵制生活经验，因为童年一贯是我们身心中深沉的生活的本原，是与重新开始的可能性一致的生活的本原。以一种开始的明确性在我们身心中开始的一切，都是荒谬的。不断开始的生活的伟大原型，为任何开始活动提供心理活力，这正是荣格认为任何原型所具备的特性。

犹如火、水、光的原型一样，童年既是一种水，又是一种火，又成为一种决定众多基本原型的、光明的童年。在我

---

[1] Jean Rousselot, *Il n'y a pas d'exil*, Paris, Seghers, p. 10.

们向往童年的梦想中，全部原型或起着将人与世界相维系的作用，或赋予人与宇宙某种诗的和谐，全部这类原型均以某种方式恢复并增强了活力。

我们请求读者未经审查不要舍弃各种原型的诗的和谐的概念。我们极其希望能阐明诗对于人的生存是一种综合力量！原型按我们的观点而言是储藏热忱的仓库，它有助于我们相信世界、热爱世界，并创造我们的世界。多少具体的活力将奉献给向世界开放的哲学主张，假若哲学家们阅读诗人的篇章！每种原型皆是一次对世界的开启，一次进入世界的邀请。从每次开启中，都涌现出腾飞的梦想。向往童年的梦想使我们恢复了最初的梦想效能。孩子的水、孩子的火、孩子的树、孩子的春天花朵……多少真正的本原可用以做一次对世界的分析！

假若"分析"一词在人们涉及童年时应有一种意义的话，那必须说以诗篇来分析童年远比以回忆为佳，以梦想分析童年远比以事实更好。我们认为，谈到对人进行诗的分析是具有一种意义的。心理学家并非无所不知。诗人对于人更具有智慧的光辉。

假若抛开任何的家庭历史，在越出种种哀悼以及消除一切怀旧的幻景之后，对我们所曾是的那个孩子进行思索，我们就达到一种无名的童年，达到纯粹的生命中心、最初的生命、最初的人类生命。而这生命在我们之中，——让我们再强调这一点——这生命一直留在我们身心中。一次梦想将我们带回其中。回忆只将幻想的门重新打开而已。原型就在那儿，不变不动地留在记忆之下，静止不动地留在幻想之下。当人们通过幻想使童年原型的力量得到再生时，所有父系力量和母系力量的伟大原型就重新开始行动。父亲在此，他也是静止不动的；母亲在此，她也是静止不动的。两者均脱离了时间的统治。两者均与我们共同生活在另一种时间里。一切都在改变：从前的火是一种与今天的火有所不同的火。欢迎童年的一切都具有一种起源的功能。各种原型将永远是强大形象的根源。

通过把原型作为诗的形象来源的分析，其优越性是它具有广泛的一致性，因为各种原型经常将其力量联合起来。在原型的支配下，童年没有情结问题。孩子在他的梦想中实现了诗的统一。

与此相应的是，假若人们借助于诗篇做一次心理分析，假若以一首诗作为分析工具来衡量它在不同深度水平上的回响，人们有时能使某些已消失的梦想、某些被遗忘的回忆复活。在一个不属于我们的、有时很奇特的形象的召唤下，我们进入深深的梦想。诗人准确地拨动人的心弦。他的激动使我们激动，他的热忱使我们鼓舞。同样，"故事中叙述的父亲"与我们的父亲毫无共同点——毫无共同点，除了在诗人宏伟的叙事中的原型的深度之外。于是阅读被罩在迷漫的梦想中，并成为与我们已故亲人的对话。

经过沉思与梦想的童年，在孤独的梦想深处经过沉思的童年，开始染上哲学诗的色调。在"哲学反思"中赋予幻想一席之地的哲学家,从被沉思的童年中,认识到一个从阴影中走出的"我思",一个仍保留有阴影边缘的"我思",它也许正是一个"阴影"的"我思"。这"我思"并不像教授们的"我思"那样,立即转变为确实性。它的光辉是一线不知其来源的微光。在此生存从未得到明确保证。何况,既然人在梦想,为什么说到生存呢?生活从何处开始,是从不梦想的生活抑或是从梦想的生活开始?梦想的人问道:那第一次是在哪里发生的?在回忆中一切都清楚明确——但是在伴随回忆而来的梦想中呢?似乎这梦想是从那不可思议的地方活跃起来的。童年是在不定的过去的时间中由片断组成,是由某些隐隐约约的开始胡乱构成的花束。即刻是明确思想的一种时间功能,是在单一的面上展开的生活的时间功能。在对梦想沉思以求深入到原型的安全感中去时,必须使梦想"加深"——且借用某些炼金术士喜欢使用的话语。

因此,当被沉思的童年被再一次放入构成人类心灵基础的伟大原型的宇宙中,从其原型价值的角度看,它就不仅是我们的回忆总和。为理解我们对世界的依恋,必须给每种原型加上一段童年,我们的童年。我们因不能爱水、爱火、爱树而不对它们灌注可以回溯到童年的爱和友谊。我们从童年时代就热爱它们。世界上所有这些美,当我们现在从诗人的颂歌中热爱它们时,我们是在再度寻到的童年中热爱它们,从潜伏在我们每人身心中复活了的童年中热爱它们。

因此,只要诗人的一句话,只要一个崭新的而在原型上是真实的形象,就足以使我们再找到童年的天地。没有童年，就没有真正的宇宙性。没有宇宙的颂歌，就没有诗篇。诗人在我们身心中唤醒了童年的宇宙性。

我们将在下面提供许多形象，在这些形象中诗人引起了我们身心中童年的原型及宇宙性的原型的"回响"，按明科夫斯基[1]的意义来说。

因为，决定性的现象学事实正在于此：童年，在其原型价值中，是可言传的。心灵对童年的价值准则从不无动于衷。尽管回忆到的特征很奇特，假若它具有童年的原始征兆，它就能使我们身心中的童年原型复苏。童年，这在人的存在中微不足道的事物的总和，却具有一种固有的、纯粹的现象学意义，因为童年充满惊叹。由于诗人的功劳，我们已成为"惊叹"（S'émerveiller）这个动词不折不扣的主语。

多少专有名词损害、刁难、消灭孤独的无名的孩子！而在记忆中，过多的面孔不断重现，使我们不能再找到我们在孤独时刻的回忆，在那个时刻我们异常孤独，处于因孤独而产生的深刻烦恼中，而且自由地想到世界，自由地观看夕阳西下和那屋顶直上的炊烟。所有这些如果不是孤独一人，就难以看到这样的现象。

从屋顶升起的炊烟！……村庄与天空的连接符号……在回忆中它总是蓝色的，缓慢而轻柔的，为什么？

---

[1] Minkowski（1864-1904），德国数学家。——译注

孩提时代，人们向我们指出那么多事物，以至于我们失去了看的深刻意义。从现象学观点看，看与指出是强烈的相反命题。而成年人怎么会向我们指出他们已经失去的世界！

他们知道，他们认为他们知道，他们说他们知道……他们向孩子证明地球是圆的，证明它围绕太阳旋转。可怜的爱梦想的孩子，他不应该听什么呢！当你离开教室又去爬坡，爬上你的山坡时，这对于你的梦想是怎样的解放啊！

爱梦想的孩子是怎样的宇宙存在啊！

10

在产生梦想的淡淡忧愁与爱梦想的孩子的遥远忧郁之间有着深深的和谐。通过爱幻想的孩子的忧郁，任何梦想的忧郁都拥有一个过去。一种存在的继续、爱幻想的人的存在主义的继续，就在这种和谐中形成。无疑我们有种种为我们储备力量，并使我们的设想富有生气的梦想。但恰恰是这些梦想趋向与过去决裂。它们酝酿的是一次反抗。然而，留在童年回忆里的反抗，并不能培育今天机智的反抗。精神分析的功用在于治愈这些童年回忆中的反抗。然而，忧郁的梦想不是有害无益的。它们甚至有助于我们的安宁，它们使我们的安宁更具体化。

假若我们有关自然的梦想、使人安适的梦想的研究能继续进行，这些研究应构成一种精神分析的补充学说。精神分析研究的是事件的生活，而我们努力要认识的却是无事件的生活，一种不牵涉别人生活的生活。正是别人的生活才将事件带入我们的生活。从这依恋宁静和无事件的生活的角度看，所有的事件皆可能成为"创伤"，成为打扰我们的"阿尼玛"，我们身心中的阴性存在的天然宁静的阳性粗暴行为。我们重申，在我们身心中的阴性存在，只有在梦想中才能舒畅地生活。

精神分析的有益工作在于缓和并消除某些童年回忆的创伤，这无异是分解围绕特殊事件而形成的种种心理凝结。但是人不能在虚无中分解一个实体。为分解种种的苦恼凝结，梦想为我们提供平静之水，沉睡在任何生命深处的默默无闻之水。水，永远是水使我们恢复平静。使人安宁的梦想，无论如何应找到一种安宁的实体。

假若夜与噩梦属于精神分析范围，安宁的美好时刻的梦想要成为积极有益的，只需保持在一种安宁的意识中。梦想的现象学功能，正是通过梦想的意识增加梦想的有益效果。梦想的诗学只需决定将梦想者保持在安宁的意识中的梦想的效益。

在此，在向往童年的梦想中，诗人呼唤我们回到意识的安宁。他愿意向我们传递梦想使人安宁的力量。但是，必须再次提出，这种安宁拥有一种实体，即安宁的忧郁之实体。没有这忧郁之实体，安宁必会落空，它将成为乌有之安宁。

于是可以解释说，将我们引向童年梦想之物是某种对怀念的怀念。乔治·罗登巴赫[1]这淡泊静谧的水的诗人经

---

[1] Georges Rodenbach（1855–1898），比利时象征派诗人。——译注

历过双重的忧郁。他对童年所惋惜的似乎并非童年的喜悦,而是宁静的忧郁,是孤独的孩子无缘无故的忧郁。生活只在这根本的忧郁过重时才打扰我们。罗登巴赫达到了他的诗人天才的统一,应归功于这童年的忧郁。某些读者认为忧郁的诗歌是单调的。但是,如果说我们的梦想使我们对遗忘的色调差别有敏锐的感受,那么罗登巴赫的诗篇则再次教我们温和地梦想、忠实地梦想。向往童年的梦想,是对忠实怀念的幽思!

在诗集《天乡的镜子》(1898)中,第十四篇的每一诗节里都再次浮现那最初的忧郁:

> 再忆起的过去的温馨
> 透过时间的薄雾
> 透过记忆的薄雾。
>
> 再见到自己幼年时的温馨,
> 在那石头已暗黑的老房屋中
> ………………
> 再看到他清瘦面孔的温馨
> 那沉思的孩子,前额依着窗玻璃……

如火如荼的诗歌、音节铿锵的诗歌,寻求响亮的声音与绚丽的色彩,对于"那沉思的""前额依着窗玻璃"的孩子并无多少同情。人们不再诵读罗登巴赫的诗篇了。但是一个童年时代却呈现纸上：无所事事的童年在烦恼中度过那色调单一的生活。在染上一抹忧愁的梦想里，正是在这一色调的朝朝夕夕中，梦想者经历着这宁静生活的存在主义。于是，我们与诗人一同回到童年的海滩，远离任何风暴。

在同一首诗中，罗登巴赫写道：

> 你曾是眼前的这个孩子？
> 沉默而忧郁的童年
> 你从来也不微笑。

接着他写道：

> 忧愁而思念太幽深的孩子
> ……………
> 从不游玩的孩子，太文静的孩子
> 心灵深染北方色调的孩子[1]
> 啊！你曾是那高尚纯洁的孩子

---

[1] 在法国文学中，一般有南方色调与北方色调对立的看法：认为南方色调的文学充满了明哲及智慧，属于地中海文化；而北方色调的文学则充满了梦幻并多愁善感，属于北欧国家的文化。这种环境对文学具有决定性的影响的论点始于孟德斯鸠（见《法意》）。后来为斯达尔夫人所发展（见《论文学》），泰纳则将这论点推向极端，成为他的文学决定论的主要组成部分。许多作者及诗人都不是决定论者，但他们可能都接受古典主义文学与浪漫主义文学这南北两大阵营对立的看法。——译注

> 你回想起他
> 他的一生……

因此，诗人很简单地使我们面临一种状态的回忆。在一首无色彩、无事件的诗中，我们认出我们曾经经历过的一些状态；因为在最好动、最愉快的童年，不是也有一些"北方的"时光？

这没有时钟的时光仍存在我们的身心中。梦想使之成为吉利而且使人平静的时光。这样的时光单纯然而庄严地成为人性的时光。罗登巴赫的这首诗，每句每字皆是真实的，而且假若我们对这样一首诗梦想，我们很快就会认识到这些词句并不浅薄，它们呼唤我们进入回忆的深处。因为在我们身心中，在我们所有的童年中，有一个忧郁的童年，已具有人性的严肃及崇高的童年。将回忆作为故事讲述的人是不会讲述这个童年的。在讲述故事时，他们如何能使我们逗留在一种状态中？也许必须有一位诗人才能揭示出这样的存在价值。无论如何，向往童年的梦想，假若在追随诗人的梦想时越趋深沉，将会得到安宁的巨大益处。

童年深藏在我们心中，仍在我们心中，永远在我们心中，它是一种心灵状态。

11

这种心灵状态，我们在梦想中又找到它，这种状态有助于我们把我们的存在置于安宁。它真正是没有童年时代喧闹的童年。无疑人们能回想起自己曾经是个别扭的孩子。但是那遥远的过去的愤怒举动,并不能使今天的愤怒复燃。按心理学的观点,敌意的事件现在已经得到缓和。真正的梦想并无横眉愠色的情态;向往童年的梦想,我们梦想中最温和的梦想,应给予我们宁静。安德雷·索尔尼耶在最近的一篇论文中研究了居荣夫人[1]作品中的"童年的心智"。[2]当然,对于虔诚的心灵而言,孩子能够是无辜的具体体现。对圣婴的崇拜,使祈祷的心灵生活在一种最初的无辜的气氛中。但是最初的无辜一词太容易取得价值。还必须做更深入细致的心性的研究,以求稳定这些心理价值。正是这些心性的研究,有助于我们在身心中重建孩子的心智,尤其是把孩子的心智运用到我们复杂的生活中。在这"运用"中,必须使那继续活在我们身心中的孩子真正成为我们的博爱生活的主体,成为我们的奉献行为、善良行动的主体。居荣夫人通过"孩子的心智"再次找到了自然的、单纯的、无争辩的爱。对居荣夫人而言,精神受益如此深远,以至于她认为那必定是上天的恩惠,是来自圣婴的恩惠。居荣夫人写道:"正如我曾说过的,那时我处于一种童年状态:在我必须说或写的时候,没有任何东西比我更为宏大,似乎我全部身心都充满上帝的英灵;

---

[1] Mme Guyon(1648-1717),法国的神秘主义者,她的寂静主义学说曾吸引了大主教费内翁,后者为此受到罗马教廷的谴责。——译注
[2] André Saulnier, *L'esprit d'enfance dans la vie et la poésie de Mme Guyon*, 论文打字稿。

同时,也没有任何东西比我渺小而软弱,因为我如同一个幼儿。我主不仅要求我以吸引能为他效劳的人的方式拥有他的童年状态,而且更要求我开始以外在的崇拜仪式敬奉他神圣的童年。他启示我曾提到的那好心的主管神父为我送来圣婴耶稣的蜡像,具有极为感人的美,于是我感到,我越是凝视他,孩童的禀赋越铭刻在我身心中。别人不会相信我任随自己进入这种孩童状态所感受的痛苦,因为我的理性在此开始消失,而似乎是我本人给予我这种状态。经过反思后,这一状态从我身心中消失,于是我进入难以忍受的痛苦;但是,一旦我任随自己进入这一状态,我感到内心中的坦率、天真、孩子的单纯,以及某种神圣的东西。"[1]

克尔凯郭尔[2]曾有这样的认识:从形而上学看,人是伟大的,倘若他将孩子视为他的老师的话。在题为《田野的百合花与天空的小鸟》的沉思集中,他写道:"谁能给我孩子的好心肠!在想象的或真实的需要将人投入忧虑与沮丧中,使人低沉或气馁时,人喜欢感受孩子有益的影响,并向他学习,于是心灵安宁下来,感激地拜他为师。"[3]我们多么需要新开始的生命、精神焕发的心灵、开放的心智的教导啊!在生活的巨大灾难中,当人们是孩子的支柱时,他立即有了勇气。克尔凯郭尔

---

[1] Madame Guyon, *Œuvres*, t. II, p. 267(转引自 Saulnier, *loc. cit.*, p. 74)。
[2] Kierkegaard(1813-1855),丹麦哲学家及神学家,他在其著作《焦虑的概念》中流露出对存在的悲观。——译注
[3] S. Kierkegaard, *Les lis des champs et les oiseaux du ciel*, trad. J.-H. Tisseau, Alcan, 1935, p. 97.

在沉思中追求的是永恒的命运。但在一种未树立信仰的谦卑的生活中，其卓越的书中的形象不断地起作用。为进入克尔凯郭尔的沉思的精神本身，必须说起支持作用的是忧虑。为孩子而产生的忧虑支持着不屈不挠的勇气。居荣夫人的《孩童的心智》从克尔凯郭尔的著作中得到了一次意志的增援。

12

本书的安排不容许我们追随所有的神话学家的研究，这些研究指出了有关童年的神话在宗教历史中的重要性。若有许多以卡尔·凯雷尼（Karl Kerényi）为研究对象的著作，人们将看到有关存在的深化的展望能在神化的童年中显现。[1]对凯雷尼而言，孩子在神话中是神话成分的鲜明例证。要深入了解神话成分以及人对神话的参与的价值及作用，必须终止生平的过程，要给予孩子如此突出的地位，以使童年状态能永久统辖生活，成为生活中不朽之神。在《评坛》（1959年5月）的一篇精辟文章中，埃尔韦·卢梭对凯雷尼作品做了研究，以明确的特征标志出神圣的孩子的孤立。这种孤立可能归咎于某种人为的罪恶：孩子被遗弃，他的摇篮被抛弃水中，漂流到远离人群的地方。但是这具有先决性的戏剧性冲突在传说中几乎未得到

---

[1] 请参考凯雷尼与荣格合著的著作《神话本质的导论》译本，*Introduction à l'essence de la Mythologie,* trad., Pavot.

体现。它只被一笔带过,以突出那不同凡响的神奇孩子的特殊命运。埃尔韦·卢梭说,按凯雷尼的观点,孩子这神话成分所表达的是:"本质上是孤儿的孩子的孤独状态,但是无论如何,他在最初的世界中如鱼得水,并且深受所有神明的宠爱。"[1]

人类家庭中的孤儿,神明家庭中的宠儿,这就是这神话成分的两极。我们必须具有一种巨大的梦想趋向,才能在人的地位上再次体验其中的全部梦境。在某些梦想中,我们岂不是多少处于孤儿的境遇,并将我们的希望寄托于理想存在,寄托于我们期望的神明吗?

但是,在梦想神明家庭时,我们容易滑向传记。而童年的神话成分却邀请我们进入更远大的幻想。说到我们自己的梦想,正是在参与最初的宇宙的过程中,我们对神化童年的神话成分才有了敏锐的感觉。在所有神化童年的神话中,世界承担起照顾孩子的任务。这神性的孩子是世界之子。在这代表持续新生的孩子前面,世界是年轻的。换言之,这富于青春活力的宇宙是兴奋激昂的童年。

从我们梦想者单纯的观点来看,所有这些神化的童年都证明了人类心灵深处的一种原型活动。孩子的原型与被神化的孩子的神话成分互相关联。假若没有孩子的原型,我们就可能把神话提供的许多例证看作简单的历史事实。正如我们在前面指出的,尽管我们阅读了神话学者的著

---

[1] 见上述所引著作,第439页。

作，问题却不在于将他们提供的文件分门别类。这类文件很多，这一事实证明神性的童年的问题被提出来了。这正是童年的持久性的征兆，这一持久性活跃在梦想中。在任何梦想者的身心中都生活着一个孩子，一个梦想使之变得卓越而稳定的孩子。梦想将孩子从历史中解脱出来，梦想将他置于时间之外，使之成为时间的局外人。再进一步的梦想，这永恒的孩子，被广为颂扬的孩子，这就是神。

无论怎么说，当人在身心中保持童年的根基时，他就能以极大的赞同来阅读所有涉及童年原型及童年神话成分的书。似乎他加入到这种恢复被取消的梦想力量的行动。无疑人应努力去取得考古学者的光荣的客观性。但是这种得来不易的客观性并不能取消某些复杂的兴趣。当人看到从过去的深处涌现出不同的生活年代的传说时，怎能不赞赏他所研究的事物呢？

13

但是，我们提出这类富于宗教精神的崇高的心灵状态，只是为了指出一种研究角度，孩子的出现从这个角度看是生活的理想。我们并不探讨宗教的领域。我们希望在我们习以为常的梦想的谦卑中，保持与我们能重新体验的文件的接触。

但是，我们置于忧郁的主色调下的这类熟悉的梦想，具有某些改变性质的变化。似乎忧郁的梦想只是梦想的序幕而已。但这如此给人以安慰的梦想，使梦想的幸福鼓舞我们。

有一种新色调是我们在弗朗兹·海伦斯[1]卓越的书《秘密文件》中看到的。诗人在写童年回忆时告诉我们写作义务是极其重要的。[2]在缓慢的书写中，童年的回忆——舒展开来，静静地呼吸。童年生活的宁静是对作者的回报。弗朗兹·海伦斯深知童年的回忆并非逸事趣闻。[3]逸事通常是掩盖实质的偶然事故，它们是萎谢的花朵。但由于受到传说的滋养，童年中的植物性力量会在我们身心中持续一生。我们深刻的植物性的秘密就在于此。弗朗兹·海伦斯写道："童年并不是在完成它的周期后即在我们身心中死去并干枯的东西。它不是回忆，而是最具活力的宝藏，它在不知不觉中滋养、丰富我们不能回忆童年的人。不能在自我身心中重新体会童年的人是痛苦的，童年就像他身体中的身体，是在陈腐血液中的新鲜血液：童年一旦离开他，他就会死去。"[4]

海伦斯引用荷尔德林其言说："请别过早将人从草棚中赶出去，童年曾在草棚中流逝。"荷尔德林的祈求不正是向精神分析学家发出的吗？精神分析学家，这位看门神认为

---

[1] F. Hellens（1881-1972），比利时作家。——译注
[2] 亚当·米基耶维兹在巴黎流亡时说："当我写的时候，我好像在立陶宛。""真诚地写作，就是再找到他的青年时代、他的国家。"
[3] 弗朗兹·海伦斯写道（*Documents secrets*，p.167）："人的历史犹如民族的历史一样，是传奇与真实参半所构成的——人们说传奇是更高级的现实——这并不夸张。我说的是传奇而不是逸事。后者是瓦解性的，而传奇是建设性的。"任何人在回忆他的童年时都对一个传奇性的童年作出见证。在记忆的深处，任何的童年都是传奇性的。
[4] Franz Hellens, *Documents secrets*, p.146.

第三章 向往童年的梦想

应将人从回忆的阁楼——孩提时代他躲藏哭泣的地方驱赶出去。人出生的那栋房屋——虽然已经失去、毁坏、铲平——在我们向往童年梦想中仍然是住宅的主屋。昔日的庇护所欢迎并保护我们的梦想。

在房屋的庇护下,回忆不断地再涌现出来,宛如存在散发的光辉,而不像凝固的图画。弗朗兹·海伦斯对我们吐露真情:"我的记忆力脆弱,我很快忘记了轮廓与特征,只有旋律留在我心中。我记不清物体,但是我不能忘记气氛,气氛是事物与人物的回响。"[1]弗朗兹·海伦斯的回忆是诗人的回忆。

在贯穿人一生的各个年龄段,对童年牢固的植物性的感觉多么敏锐!弗朗兹·海伦斯在意大利与高尔基相遇时,是这样表达他印象的:"我面前的这个人,他的蓝眼睛目光一闪,立即奇异地概括并照亮了我在成年、在受到清新童年浸润而好像更新了的年纪才形成的概念,而这一童年却在他知觉的情况下,并没有停止在他身心中发展。"[2]

当诗人使我们体验童年、启发我们重新体验我们的童年时,不断发展的童年是鼓舞诗人梦想的动力。

在我们追随诗人时,我们好像在加深向往童年的梦想,我们在将命运之树深深地扎根。人的命运的真正的根子扎在何处,仍是个未有定论的问题。[现实的人或多或少有力量

---

[1] Franz Hellens, *Documents secrets*, p. 151.
[2] 同上,p. 161。

重建命运的路线,无论他会遭遇多少冲突,受到多少情结的困扰,在这个现实的人之外,每个人身上皆有梦想的命运,这种命运借助我们的幻想在我们面前驰过,并在我们的梦想中成形。]人不也是在梦想中最忠实于他本人?假若我们的幻想多少孕育了我们的行动,那么对我们在童年气氛中最早的幻想进行沉思,将总是有益的。弗朗兹·海伦斯有这样的启示:"我感到一种巨大的轻松。我长途旅行归来,获得一种信念:人的童年提出了他整个一生的问题;要找到问题的答案却需要等到成年。我带着这个谜走过了三十年而没有思考过它一次,今天我知道在我开始出发时,一切都已决定。

"挫折、焦虑、失望曾在我身上掠过,无论怎样,却没能伤害我或使我厌倦。"[1]

14

视觉的形象是如此清晰,它们如此自然地形成概括生活的画卷,因此它们享有在童年回忆中容易被回想起来的特权。但是,谁要深入到那未定的童年区域,深入到既无名字又无历史的童年,无疑他将得助于那类隐隐约约的巨大回忆,如对过去气味的回忆。气味!这是我们与世界融合的第一见证。人在闭上眼睛时就能产生对过去气味的回忆。过去,人闭上

---

[1] Franz Hellens, *Documents, Secrets*, p. 173.

眼睛以品味回忆的深度。因此闭上眼睛,人立即开始了梦想。在一次安宁的梦想中畅快地梦想、单纯地梦想,人会再找到对这些气味的回忆。令人喜爱的气味在过去和现在一样都是亲切感的中心。某些记忆是永远忠于这种亲切感的。诗人将给我们提供关于这些童年时代的气味的见证,这类气味在童年的所有季节中弥漫。

一位过早地从法国诗坛消逝的伟大作家写道:

> 我的童年是一束芳香[1]

在另一部叙述远离故土的经历的作品中,沙杜纳[2]将对往昔岁月的全部记忆都置于气味的征兆下:"童年的岁月,它的苦恼本身现在都似乎是幸福,它那经久不散的芳香仍馥郁在我们迟暮的季节。"[3]在记忆开始呼吸时,所有的气味都令人舒畅。卓越的梦想者正是这样善于呼吸过去的人,如"展现逝去时光的幽深魅力"的米沃什:"古老的住宅中青苔的气味在半睡半醒中,这在所有国家中都一样。时常,在我孤独地拜谒回忆及乡思的圣地的旅程中,只要我在某一古老的住宅里闭上眼睛,就足以立即把我带回到我那丹麦祖辈的灰暗房屋,并在一刹那间,又体验到童年的全部喜悦和忧

---

[1] Louis Chadourne, *L'inquiète adolescence*, p. 32.
[2] Louis Chadourne(1890-1924),法国小说家。——译注
[3] Louis Chadourne, *Le livre de Chanaan*, p. 42.

思，童年习惯于充满古老住宅的风雨黄昏的温馨气息。"[1]失去的住宅中，房间、过道、地窖与仓房都是忠实的气味居留之地，都是梦想者知道只属于他的气味的停留地：

  我们的童年使丝绒般的芳香永存。[2]

于是，在阅读中，当奇特的气味向我们袭来，并在我们对失去时日的记忆中复活，那是不足为奇的。在这奇特的气味中蕴藏着一个季节，一个个人的季节。如：

  ……可怜的风帽的气味
  被你，秋天浸湿

路易·沙杜纳接着说：

  有谁能不回想起
  一棵树、一栋房或一个童年
  ——啊，手足情。[3]

因为被秋天浸湿的风帽能给予人一切，能给予人整个世界。
  一顶浸湿的风帽，于是所有我们的 10 月里的童年，我

---

[1] O. W. Milosz, *L'amoureuse initiation*, Paris, Grasset, p. 17.
[2] Yves Cosson, *Une croix de par Dieu*, 1958 (sans pagination).
[3] Louis Chadourne, *Accords*, p. 31.

们学童时代的全部勇气皆在记忆中重现。气味留在词中。普鲁斯特需要玛德琳蛋糕的面团进行回忆。[1]但是一个意想不到的词早已独自找到同样的力量。当某些诗人对我们谈到他们的童年时，多少回忆又浮现在我们眼前！请看这停留在萌蕾的芳香中的沙杜纳的春天！

在萌蕾粘连而苦涩的芳香中[2]

请大家稍做思考：每人将在自己的记忆中找到春天萌蕾的气味。对我来说，春天的芳香来自白杨树的叶芽。啊！年轻的梦想者，请将白杨树带黏性的叶芽用手指揉碎，并尝一尝这细腻苦涩的叶浆，你们将终生保留这难忘的回忆。[3]

因此气味在第一次的散发中是世界的根源，一种童年的真实。气味为我们提供正在扩张的童年的各种天地。在诗人使我们进入这消失了的气味的领域时，他们给予我们某些极其单纯的诗篇。埃米莉亚娜·凯尔荷阿斯（Émiliane

---

[1] Proust（1871-1922），20世纪具有深远影响的法国小说家。他的巨著《追忆似水年华》是一部笔触细腻、开一代小说先河的作品。在第一卷中，作者描写了逝去的记忆如何从浸沾了菩提茶的玛德琳的味道里浮现出来。——译注
[2] Louis Chadourne, *Accords*, p. 36.
[3] Alain Bosquet, (*premier Testament*, p. 47) 写道：
多少回忆？多少回忆
然后是孤独的芳香：
它向我解释了一切。

Kerhoas)在《圣卡都》(*Saint-Cadou*)中这样说：

> 往昔的时日中
> 那芳香的树胶
> ……　……
> 啊，童年的天堂。

从树上流出的树胶包含着我们夏日天堂中整个果园的芬芳。

在题为《童年》的诗中，克洛德-安娜·博宗布尔以同样的单纯说道：

> 丛丛薄荷的
> 小路的芳香
> 在我的童年中漫舞。[1]

有时，气味的奇特混合唤起我们记忆深处如此独一的一种不同的味道，我们不知道是在梦想还是在回忆，例如这宝贵的亲切回忆："薄荷向我们迎面抛来它的气息，清凉的青苔以低沉的调子护送我们。"[2] 薄荷的气味独自兼有炎热与凉爽。它在此得到了青苔的湿润与柔和的协奏。这样的相逢是亲身的体味，是在另一时代的遥远生活中的体

---

[1] C.A.Bozombres, *Tutoyer l'arc-en-ciel*, éd. Cahiers de Rochefort, p.24.
[2] Jacques de Bourbon-Busset, *Le silence et la joie*, p. 110.

验。问题所在并非使之成为今天的经验,而是必须多做梦想以找到童年的确实气候,找到那使薄荷的火与溪流的气味相互平衡的气候。无论如何,人们可以明确感到,向我们揭示这种综合的作家呼吸到了他的过去。回忆与梦想已完全结合。

让·德·古尔蒙[1]在《今日缪斯:论诗的生理学》中,赋予"所有形象中最难以表达、最微妙的嗅觉形象"[2]以重要位置。他引用了玛莉·多盖的这一诗句:

苦涩的黄杨与麝香味儿的石竹的和谐。

这两种气味的结合是属于过去的。这一混合是在记忆中实现。现在的感觉会成为它们所感觉的物件的奴隶。黄杨与石竹在回忆的远方,不是已将一个很古老的花园归还给我们?

让·德·古尔蒙认为在此是诗人对于伊斯芒斯汇聚的联觉格式的应用[3]。然而,诗人在将两种气味放入诗句的匣中

---

[1] Jean de Gourmont(1858-1915),法国作家、象征主义派评论家。——译注
[2] Jean de Gourmont, *Muses d'aujourd'hui,* p. 94.
[3] Huysmans(1848-1907),法国作家,曾由自然主义转变为基督教神秘主义。联觉(Synesthésies)是一种感觉引发另一种不同感官的感觉,如声音、芳香引起了颜色的感觉。——译注

时，[1]已使之在无穷无尽中交流。在谈到童年时代的雪时，亨利·博斯科说他呼吸到"玫瑰与盐的气味"，这正是使人活力倍增的寒冷的气味。[2]

全部消失的天地被保存在一种气味中。美丽的诺曼底人吕西·德拉吕-玛尔德吕斯写道："我的故乡的气味像一只苹果。"下面这常被引用而没有指明出处的诗句是她写的：[3]

  有谁曾从童年中康复过来。

在旅行与虚构的旅行重叠交织的一生中，从遥远的年代中也响起这样的呼喊：

  啊！我永远将不能从乡思中康复。

人越远离故乡，越是怀念故乡散发的气味。在一篇对遥远的安的列斯群岛探奇的叙事中，沙杜纳的一位书中人物收到为他管理佩里戈尔农庄的老女仆的来信。这封来信"颤动着那么谦卑的温情，充满了我的干草仓和酒窖的气

---

[1] 但愿我拥有必须的、诗的神圣性，用以打开瓦莱里在20岁时即能写出的"十四行诗的圣体柜"。请参考 Henri Mondor, *Les premiers temps d'une amitié* (André Gide et Valéry), p. 15。

[2] Henri Bosco, *Bargabot*, p. 130.

[3] 转引自 Jean de Gourmont, *Muses d'aujourd'hui*, p. 75。

味，充满了在我的感觉和我的心中的一切的气味"。[1]所有这些气味都在对童年时代的混沌记忆中回想起来，那时年老的女仆还是和蔼的奶娘。干草和酒窖、干燥的和湿润的、地窖和谷仓，这一切都汇集起来给流落异乡的浪子提供家里的全部气味。

亨利·博斯科熟悉这类不可磨灭的综合："我是在土地、麦子与新酿的酒的气味中长成的。现在每当我想到这气味时，那种欢欣而富有青春活力的强烈水气又呈现在我面前。"[2]博斯科给出了决定性的色调：那种欢欣的水气从记忆中冉冉升起。回忆是保存在过去中的缭绕的炉香。被人们忘记的一位作者曾写道："因为气味像音乐的声响，属于罕有的几种使记忆的精粹升华的纯化剂。"乔治·杜·莫里耶喜欢自嘲，他附带补充说："这一句子真妙得出奇——但愿它意味着些什么。"[3]但意味是微不足道的。问题在于赋予回忆以梦想的气氛。与气味的回忆相联的童年必然是悦人心性的。心灵不是在自由自在的梦想中，而是在夜的噩梦中受到地狱恶气的折磨，受到奥古斯特·斯特兰柏格在那污秽的地狱中遭受燃烧的硫黄与沥青的折磨。故居的房屋并无封闭的气味。记忆总是忠实于往昔的芳香。莱昂-保尔·法尔格[4]的一首诗表达了对气味的忠实：

---

[1] Louis Chadourne, *Terre de Chanaan*, p. 155.
[2] Henri Bosco, *Antonin*, p. 14.
[3] George du Maurier, *Peter Ibbeston*, p. 18.
[4] Léon-Paul Fargue（1876–1949），法国诗人。——译注

> 看,各个年代的诗篇在乘兴歌唱……
> 啊,往昔的花园芳香的长明灯……[1]

童年时代的每种气味都是回忆库中的一盏长明灯。让·布代耶特有这样的祈祷:

> 气味与万物的主宰
> 主啊
> 为什么它们先于我消失
> 这些不忠实的伴侣。[2]

这位诗人是多么全心全意地要把气味忠诚地保持在它们的忠诚里:

> 童年褪色的扶手椅
> 你的气息将永沉睡在我的心底。

在读诗人作品时,人们发现全部童年被对孤立的芳香的回忆唤醒,于是理解气味在童年中、在一生中可谓无限大的细节。这微不足道之物加之于一切能对梦想者的存在本身起作用。这微不足道者使他体验到正在扩大的梦想:我们怀着

---

[1] Léon-Paul Fargue, *Poèmes*, 1912, p. 76.
[2] Jean Bourdeillette, *Reliques des songes*, Paris, Seghers, 1958, p. 65.

全身心的同情阅读诗人，他在形象中写出了这在萌芽状态中的扩张的童年。我读到了埃德蒙·旺代卡芒的诗句：

> 我的童年上溯到那麦香的面包，

一阵热腾腾的面包香味弥漫在我少年时代的房屋中。蛋饼与大圆面包再次在我桌上光临。某些节日庆祝与这家常的面包是分不开的。世界在欢欣鼓舞的气氛中为这热腾腾的面包欢呼。火红的炉膛前烤着两只叉在同一根铁叉上的鸡。

> 奶油浸润的太阳在蓝色天空中烧烤。

在幸福的日子里，世界真是美食佳肴。当预告盛宴的甜美香味再次呈现于我的记忆里时，我这个波德莱尔崇拜者，好像感到"我咀嚼着回忆"。我突然起了收集诗人的诗篇中所有描写热面包的念头。这将多么有助于我赋予我们的回忆那重新开始的节日庆祝的美好香味，和人们在感激最初的幸福而再次开始的生活的气味。

第四章 梦想者的"我思"

> 为了你自己,成为一个梦吧,
> 红小麦和烟的梦
> ……………
> 你将青春永在。
>
> ——让·鲁瑟洛《时间的汇合》

> 没有热忱,
> 生活在任何时候都是难以忍受的。
>
> ——莫里斯·巴雷斯《自由的人》

1

夜里的梦不属于我们。它不是我们的财富。夜里的梦是劫持者,最令人困惑的劫持者:它劫持我们的存在。夜,夜没有历史。夜与夜之间互不相连。人在经历了长久的生活,经历了大约两万个夜以后,却从不知道在哪一个特别特别古老的夜里踏上进入梦乡之路。夜没有未来。无疑某些夜不那么黑，在这些夜里我们白天的存在仍有足够的活力与回忆做交易。精神分析学家探索的就是这些半边夜，因为在这类半边夜里，我们的存在仍经历着人间悲剧的折磨与不幸生活的全部重负。但是在这饱受创伤的生活之下，非存在的深渊已经打开，夜梦弥漫其间。在这类绝对的梦中，我们回归于一种先于主体的状态。我们变得自己不能理解自己，因为我们将自己的分散部分给了随便什么人或什么东西。梦将我们的存在分散在某些怪诞存在的幽灵上，这类幽灵甚至不是我们本身的影子。幽灵与影子这类词仍太具体。它们仍保留有太多的现实性。它们阻碍我们直达消除存在的极端，和我们在夜里解体的阴暗的存在。诗人的形而上学的敏感有助于我们接近我们的黑夜深渊。保尔·瓦莱里认为梦的形成是"出自另外一个睡眠者，仿佛在夜梦里认错了缺席的人"。[1]离开自己的所在而到其他存在离开的去处，这绝对是逃避，是放弃人的存在的全部能力，是我们的存在的全部存在的溃散。因此我们沉没在绝对的梦中。

人能从这样的存在灾难中获得什么补偿？在这无生命的深处是否还有某种生活的源泉？有多少梦必须从深处而不是从表面认识以决定这显露出的活力！假若梦足以深入存在的深渊，那怎么能像精神分析学家那样相信梦总是有条不紊地

---

[1] Paul Valéry, *Eupalinos. L'âme et la danse. Dialogue de l'arbre*, Paris, Gallimard, p.199.

保留着社会意义。在夜的生活中，存在着某些我们沉没其中，有意不再活下去的深渊。我们与虚无，与我们的虚无在这深渊中亲切地擦肩而过。除了我们存在的虚无外，是否还有其他的虚无？在夜里的一切遗忘皆汇聚于我们存在的虚无。在达到极限时，纯粹的梦就将我们投入乌有的天地。

当这乌有充满水时，我们已经重新生活。那时，我们的睡眠进入更安适的状态，因为我们已从本体存在的悲剧中获得拯救。在我们被投入美好睡眠的水中后，我们与安宁的天地保持着存在的平衡。但是，是否真有与天地保持的存在平衡？睡眠的水是否还未溶解我们的存在？无论如何，在进入无历史之夜的统治时，我们变成了无历史之存在。当我们这样安睡在深沉睡眠的水中时，有时我们会遇到某些旋涡，但从未碰上水流。我们体验到某些旅居异地的梦。而这不是生活的梦。为达到人回到白天的光明中可以讲述的梦，必须中断多少梦的线索啊！精神分析学家并不在这样的深层进行工作。他相信能够解释所有的空白，然而却没有注意，那些中断梦的叙述线索的黑洞，或许就是在我们阴暗的深处起作用的死亡本能的标志。当我们的存在可能受到非存在的吸引时，偶尔只有诗人能从遥远旅居处给我们带来一个形象，从那没有记忆的睡眠中带来本体悲剧的回响。

在乌有或水中的梦是无历史的，这是只有以毁灭的角度看待才能解释的梦。因此，不言而喻，在这样的梦中，做梦者永远找不到对他的存在的保证。这样的夜梦，极端的夜梦，不能成为人可以提出一种"我思"的经验。主体在这样的梦中失去他的存在，这样的梦是无主体的梦。

哪一个哲学家能为我们提出夜的形而上学，人性的夜的形而上学？黑与白、是与非、混乱与秩序的辩证法并不足以包括在我们睡眠深处起作用的虚无。从乌有之滨，从我们曾经是的乌有达到某某人，超越睡眠再找到存在者，即使他是微不足道的，这需要穿越何等的距离！啊！心智敏锐者如何能冒睡觉的危险？

但是，夜的形而上学不仍然是外围观点的总和，永远也不能再找到失去的"我思"，即并非阴影的根本的"我思"的"我思"？

因此，为再发现主体心理学的资料，必须考虑那类睡眠未酣的夜梦。当人们较清楚地衡量极端的梦中的本体损失以后，他们将更审慎地作出对夜梦的本体论的决定。例如，即使那类在离开夜以后能按故事的线索展开的梦，有谁能告诉我们何为故事主导人物的真正存在？真的是我们吗？总是我们？那附在我们存在上的对变易的简单习惯，我们能在其中认出我们带动生活的存在吗？即使我们能再说出、再发现奇特变化中的梦，梦难道不还是那失去的存在、那正在失去的存在、逃离我们的存在的存在的见证吗？

于是，研究梦想的哲学家思索着：我是否真能从夜梦转入做梦主体的生存？犹如那思想明确的哲学家[1]从思想——

---

[1] 指笛卡尔以人的思想来证明人的存在。他著名的"我思"便是："我思考，因此我存在。"——译注

从任何一种思想——转入他思考的人的生存？[1]换言之，为遵循哲学语言的习惯，我们认为对于夜梦者，似乎不能谈到什么有效的"我思"。诚然，要划分夜的心理领域与白日的心理领域的界限颇为不易，但是这界限的确存在。我们身心中有两种存在中心，夜里的存在中心是模糊的聚集中心。它并非一个"主体"。

精神分析的研究是否已深入先于主体的存在？假若它已深入这一区域，它能否在此找到澄清个性矛盾的解释成分？这一问题，在我看来，仍有待讨论。我认为人的苦难似乎并未如此深入，人的苦难总是"肤浅的"。深沉的夜使我们回归于稳定生活的平衡中。

在思考精神分析的教导时，人们已清楚地感到又被送回到表面的区域，送回到社会化的区域。何况，他面对的是奇怪的悖论。当病人陈述他梦中稀奇古怪的曲折变化后，当他强调他的夜生活中的某些事件所具有的出人意料的特点后，精神分析学家凭借渊博的学养可能对他说："这一切我都知道，我都理解，果然不出我所料。你与其他的人是同样的。尽管你梦中出现种种错乱，你并没有独特生活的特权。"

---

[1] 夜的语法与白天的语法不同。在夜梦中随便什么人，这一词的功用并不存在。不存在随便哪个梦，也不存在随便哪些梦的形象。夜梦的所有形容词都是品质形容词。认为能将梦包括在思想中的哲学家当停留在梦的世界中，将极难于从随便什么人转入某人，正如他在明确的沉思中轻而易举所做的。

于是，正是精神分析学家负责宣布做梦人的"我思"："他夜里做梦，因此他夜里存在。他和所有人一样做梦，因此，他像所有的人一样存在。"

"在夜里，他自以为是自己，而其实他是无关紧要的人。"

无关紧要的人？或者也许是——人的存在的灾难——随便什么东西。

随便什么东西吗？某种热血的冲动，某种失去机能克制的过剩的荷尔蒙。

从随便什么时候而来的随便什么东西吗？过去的奶瓶中装的过于稀少的奶。

于是，精神分析学家所考察的心理实体似乎成为偶然事故的总和。这心理实体也总是充满了过去的梦。有哲学意识的精神分析学家可能按照"我思"的模式说："我做梦，故我是做梦的实体。"于是梦在做梦的实体中根扎得最深。思想，是人能加以驳斥的东西，因此能将之取消。但是梦呢？做梦的实体的梦呢？

那么——让我们再一次提问——在做梦实体中，应将我置于何处？我在这实体中溶解、消失……在这实体中，我只能支持某些过时的偶然事件。在夜梦中，做梦人的"我思"表达结巴。夜梦甚至无助于我们提出赋予我们的睡眠意志以意义的"非我思"。夜的形而上学正是要使这"非我思"与存在的丧失相互结合起来。

总之，精神分析学家思考过多而梦想得不足。精神分析学家要以白天生活残留在表面上的渣滓解释我们深层的存在，无疑使我们身心中对深渊的意识泯灭。谁将协助我们深入我们的洞穴呢？谁将协助我们再找到，认出并认识我们的双重存在呢？这双重存在一夜一夜地将我们保留在生存中。这双重存在是那并不在生命道路上行走的梦行者，它往下深入，永远深入去寻找无法追忆的居处。

就其深度而言，夜梦是本体论的谜。做梦人的存在能是什么呢？做梦人在他的深夜里自认为仍然活着，自认为仍然是那活的偶像的存在。失去存在的人弄错了他的存在。在明快的生活中，动词"使误认"[1]的主语很难稳定。而在深不可测的梦中，是否有某些被夜梦者误认了的深渊？做梦者是否往下深入他本身？是否超出了他本身？

的确，在关于夜的形而上学的入口，一切都成问题。

在如此远涉以前，或许必须研究某些进入次存在的问题，这一领域比夜间心理之梦更容易达到。我们希望思考的正是这一问题，同时我们希望简单阐明梦想的"我思"，而并非夜梦的"我思"。

2

假若说做夜梦的"主体"偏离我们的范围，倘若那些在分析做梦者的叙述过程中重新建构主体的人能更清楚客

---

[1] 法语动词"使误认"（tromper）同时具有"使误认"及"欺骗"的意思，因此动作的主体可能是误认者，也可能是欺骗者。——译注

第四章 梦想者的"我思"

观地理解这个主体，现象学家却不能对有关夜梦的资料进行研究。他应把夜梦的研究留给精神分析学家，也留给比较夜梦与神话的人类学家。所有这类研究将揭示出静止不移的人、无特色的人、不可改变的人，现象学家的观点使我们称之为无主体之人。

从此，我们不是通过对夜梦的研究显示觉醒的人激发的个体化企图，这个人是被观念唤醒的，想象召唤他洞察入微。

因此，既然我们要触及人类心理的诗的力量，最好是将我们所有的研究集中于单纯的梦想，并致力于表明单纯梦想的特殊性。

对于我们而言，夜梦与梦想之间的根本区别，即属于现象学的区别在于：做夜梦者是失去自我之影子，而梦想的人，倘若他稍有哲学家的气质，却能在其爱幻想的自我中心提出"我思"。换言之，梦想是一种梦景依稀的活动，其中继续存在一线意识的微光。梦想的人在梦想中在场。即使梦想给人以逃离现实、逃离时间及地点的印象，梦想的人却知道他暂时离开了——他这有血有肉的人变成一种"精神"，过去的或旅行的幽灵。

人们很容易反驳我们说：从较明晰的梦想到无定形的胡思乱想之间有一系列的中间状态。幻觉通过这混乱的区域，在不知不觉中将我们从白天带入黑夜，从半睡半醒状态带入睡眠。然而人从梦想坠入梦中是否理所当然？是否真有某些梦是梦想的继续？假若梦想者听任自己坠入睡眠状态，那他的梦想就已解体，梦想将散失在睡眠的细沙中，宛如沙漠中的溪流。于是空出位子来让给新生的梦，和所有夜梦一样的突如其来的梦。从梦想转入梦，睡眠的人越过了一道边界。梦是如此新奇，以至于说梦者很少吐露先前的梦想。

但是，我们将不从事实的领域来回答梦想与梦的连续这一反对意见。现象学的原理将是我们的首要凭据。确实，从现象学观点看，即认为现象学研究在原则上是与任何一种意识觉醒相关联。我们必须强调：变得阴暗的意识，逐渐衰减而入睡的意识不再是一种意识。入睡的梦想是事实。经历这类梦想的主体已离开心理价值准则的领域。因此我们完全有权利忽视这类向坏的斜坡滑下，并专注于研究将我们保留在我们自身意识之中的那类梦想。

梦想将自然地在没有压力的意识觉醒和灵活的"我思"之中诞生，并在悦人的形象出现时提供存在的肯定性——这是赏心悦目的形象，因为我们从梦想的绝对自由中，在无任何责任要求的情况下刚把它创造出来。进行想象的意识绝对直接把握它的客体（它想象的某个形象）。让·德莱在一篇发表在《法兰西医学杂志》的精辟文章中，用"心理向性"一词来指全部具有心理向性的天然或人造的化学物质。所谓的心理向性，即指那些可能改变心理活动的物质的特性。由于心理药物学的进步，临床大夫今天拥有种类众多的心理向性的药物，能使心理行为朝不同的方向变化，并能随意建立一套放松法、刺激法，一套做梦法或幻想法。[1]但是，如果说精选的物质能决定某些心理向性，这是因为心理向性确实存在。一位精细的心理学家可能采用心理向性的形象，因为某些心理向性的形象能刺激心理并使之持续运动。心理向性的形象能在心理混沌中投入一线秩序。心理混沌是闲散的心理状态，是梦想者尚未具有形象的次存在。于是，以毫克计的药物学参与了丰富潜在心理的活动。

在如此成就面前，追求效能的梦想者自然不能袖手旁观。化学物质带来了形象，但是那给我们带来形象、带来唯一形象的人，不是将赋予我们物质的所有效益吗？在心理学上善于模拟效果就是接近于激发原因。梦想者的存在是由他所激发的形象构成的。形象使我们从迟钝中苏醒，而我们的觉醒表明一次"我思"的出现。更上一层楼，我们即可达到积极的梦想，能进行生产的梦想。这一梦想无论产生的东西多么微弱，却完全称得上是诗的梦想。这一梦想以其产品及产生者而言，完全能接受诗这个词在词源学上的意义。[2]梦想使存在聚集于梦想者的周围，它使梦想者产生超出他实际所是的幻想。因此，这种次存在——即梦想在其中形成的放松状态——呈现出一种气势，一种诗人善于使之膨胀，直至达到更加充沛的存在的气势。对梦想的哲学研究，呼吁我们

---

[1] Jean Delay, Dix ans de psycho-pharmaceutique en psychiatrie, *apud Médecine de France*, Paris, Olivier Perrin, p. 19.
[2] 在希腊文中，"诗"一词的原义是"做"或"创造"的意思。——译注

区别本体存在的细微差别。[1]

这一本体存在论颇为平易[2]，因为这是对人之安逸的本体论——对一种与善于梦想安逸的梦想者的存在合拍的安逸。不存在任何无梦想的安逸，也不存在任何无安逸的梦想。人们通过梦想早已发现生存是美好的事。哲学家会说：存在是一种价值。

莫非必须禁止我们以幸福来概述梦想的特性而借口说：幸福按心理学而言，是平淡无奇、可怜的幼稚状态——仅只幸福一词就抹杀了任何的分析，而将心理活动湮没在平庸中？诗人将为我们提供一种宇宙性幸福的各种细微的不同色调——我们即将引用诗人的例子——这些细微色调如此丰富多彩，以至于必须说，梦想的世界是从差异细微的色调开始的。正因如此，梦想者得到一种独创的印象。由于细微色调的差异，人们能领会梦想者经历到的初生的"我思"。

思想的"我思"能闲荡、期待、选择，而梦想的"我思"却立即与其对象及形象相结合。从进行想象的主体到被想象的形象之间的行程是所有行程中最短的。梦想生于最初

---

[1] 我常怀念具有优美名字的药物。仅在两百年前，医学中还应用如此优美的词语，当大夫要"在体液里投入少许赋形药"，病人就立即明白，这是为使他精力充沛。
从前西方的医学认为有四种不同的体液（humeurs），它们决定了人不同的性格。例如忧郁的人与易怒的人体液不同。赋形药一词更常用之意是车子或运载工具，因此上述所引用的句子是很形象化的。——译注

[2] 指梦想，作者认为梦想是一种存在。——译注

的兴趣。梦想的主体惊奇地接受形象,他惊喜、陶醉、苏醒。伟大的梦想者都是光芒四射的意识的大师。一种多重的"我思"在一首诗封闭的天地中新生。无疑,必须以其他的意识力量占有诗的整体。但是,在光辉闪烁的形象中我们已经得到一种启迪。多少虚线点绘成的梦想涌现出来,取代了幻想的状态!可能有两类梦想,人难道不是追随美好的形象随波逐流,或者深居形象中心并感觉它四射的光芒?在光芒四射的形象中心生活的梦想者的心灵中,"我思"得到了确定。

3

一个形象突然出现在我们正进行想象的存在中心。它使我们目注神凝。它向我们注入存在。"我思"是通过世上的一个对象,一个独自代表世界的对象而赢得的。想象的细节是能深入梦想者的锋利尖端,它在梦想者的脑海里引起有形的沉思。它的存在既是形象的存在,又是参与使人惊奇的形象的存在。形象为我们提供的是我们的惊讶的插图。所有感官的记录都相互感应,相互补充。在对简单的对象的梦想中,我们经历了一种我们进行梦想的存在的多功能性。

一朵花、一只水果、一个简单的熟悉的对象突然要求我们思念它们,要求我们在它们旁边梦想,并协助它们上升到人的同伴的地位。倘若没有诗人,我们将无从找到我们作为梦想者的"我思"的直接宾语。并非世上所有的对象全都是诗的梦想可以自由支配的。但是,一旦某位诗人选择了他的对象,这对象本身即产生了存在的变易。它被晋升到诗的领域。

那时,按照诗人的词语,与他一起梦想,相信他所说的,在他献给我们的,以对象、世界的果实和花朵为符号的世界中生活,那是何等的快乐啊!

4

生活的开始就是梦的开始,皮埃尔·阿尔贝特-比罗[1]因此建议我们体验亚当的幸福:"我感到世界进入我的身心中,宛如我吃的鲜果,是的,世界滋养我。"[2]仔细品尝过的每只水果,诗歌颂的每只鲜果都是幸福世界的类型。梦想者在畅快梦想时知道,他是对世界财富、对世界奉献给他的最近的财富的梦想者。

鲜果与鲜花早已活在梦想者的存在中。弗朗西斯·雅姆说:"我几乎不能感受没有花朵或果实形象伴随的感情。"[3]

多亏了果实,梦想者的全部存在都变圆了。多亏了花朵,梦想者的全部存在都舒展开了。的确,在埃德蒙·旺代卡芒的一句诗中,存在是多么轻松:

---

[1] P. Albert-Birot(1876–1967),法国诗人、画家及雕刻家。
[2] Pierre Albert-Birot, *Mémoires d'Adam*, p. 126.
[3] Francis Jammes, *Le roman du lièvre*, notes adjointes, p. 271.

第四章 梦想者的"我思"

> 我猜测一朵鲜花，可爱的闲暇……[1]

那时，在诗的梦想中产生的花是梦想者的存在本身，是他的鲜花盛开的存在。诗的花园高居大地所有的花园之上。世上任何一处花园中都不能采摘到这朵香石竹，这朵安娜-玛莉·德·巴凯尔的香石竹：

> 他留给我所有为生活必须的东西
> 他的黑色香石竹和他在我血液中的蜜。[2]

精神分析学家很容易会对这两行诗句加以歪曲。但是，他能告诉我们洋溢在整个一生中的诗人之花的无限芬芳吗？还有那与香石竹保留的黑色芳香相匹配的蜜——不朽的存在——有谁能告诉我们，它如何将梦想者持续地保留在生活中？当人满怀同情阅读这样的诗篇时，他感到本应成为过去的东西已经与成为过去的东西统一起来了：

> 错失的回忆是最坏不过的回忆
> 他们喋喋不休，要创造生活。

因此，诗人梦想中的形象挖掘着生活，扩大了生活的深

---

[1] Edmond Vandercammen, *L'étoile du berger*, p. 15.
[2] Anne-Marie de Backer, *Les étoiles de novembre*, p. 16.

度。让我们在心灵的花园中再摘下这枝花吧:

> 银色的芍药在寓言的深处飘零。[1]

女人们的超现实主义深入到何等深的心灵现实中去啊!

鲜花与果实、世界的佼美,为了尽情梦想它们,必须说出它们,尽情地说。梦想对象的人只有短暂热忱的声调。但是当诗人对他说:你已清楚地看见,因此你有权去梦想,他得到多么有力的支持。于是,他一面倾听诗人的声音,一面加入了"赞美"的合唱。那些被颂扬的存在都上升达到崭新的生存尊严。让我们聆听里尔克[2]对苹果的"赞颂"吧:

> 大胆说出你称之为苹果的东西。
> 它的甜美首先凝聚起来
> 以味觉中涌现的甜美,
>
> 去追求光明、觉醒、坦诚。
> 成为世界上意味着太阳与大地之物——[3]

---

[1] Anne-Marie de Backer, *Les étoiles de novembre*, p. 19.
[2] R. M. Rilke(1875–1926),奥地利诗人及作家,他的诗篇蕴含深奥,形式典雅。——译注
[3] Rilke, *Sonnets à Orphée*, I, n°XIII, in *Les élégies de Duino et les sonnets à Orphée*, trad. Angelloz, Aubier, 1943, p. 167.

译者在此面临蕴含如此精深的诗，他只得在我们分析性的语言中稍做铺展，但是依然保留了凝聚的中心。"味觉中涌现的甜美"凝聚着世界的一种甜美。人手拿着的水果提供出它成熟的保证。它的成熟是透明、坦诚的。成熟，是为某一时刻的利益而积蓄的时间。在把阳光灿烂的天空和坚韧不拔的大地的双重象征统一起来的一只水果中，包含有多少许诺。诗人的花园是神奇的。传奇的过去打开了千条通往梦想的道路。宇宙的通道从受"赞颂"之物开始，光芒四射。受诗人赞颂的苹果是天地的中心，是人在其中能美好地生活，并确信能在其中生活的天地。

> 树上所有的苹果都是初生的太阳[1]

献给奥尔菲的另一首十四行诗中，[2]橘子是世界的中心，一个传递运动、狂热、洋溢着感情活力的中心，因为里尔克向我们提出的生活格言是："跳橘子舞吧！"（Tanzt die Orange）：

> 跳橘子舞吧！将那更热烈的景物，
> 从你的身心投射出，让橘子射出
> 在故乡的空气中成熟的光芒！……

---

[1] Alain Bosquet, *Premier Testament*, p. 26.
[2] *Sonnets I,* n° xv, trad. Angelloz, p. 171.

"跳橘子舞"的人应是年轻的姑娘，她们的轻盈宛如芳香。芳香！这是对故乡的气氛的回忆。

对里尔克来说，苹果、橘子都像他形容的玫瑰一样是"言之不尽的对象。"[1]"言之不尽的对象"正是诗人的梦想使之脱离物的迟顿的物之征象！诗的梦想在它所喜爱的对象前永远是崭新的。从一个梦想到另一梦想，物不再是同一物，物在不断更新，而这更新即梦想者的新生。昂热洛兹对那篇"赞美"橘子的十四行诗进行了全面的评论。[2]他认为这首十四行诗受到了保尔·瓦莱里的启发：《心灵与舞蹈》（舞蹈的姑娘是"纯行动的化身"）；也受到安德烈·纪德在《地粮》中有关"石榴圆舞曲"的某些篇章的影响。

石榴虽有一不合时宜的尖头，却与苹果、橘子同样呈圆形。

鲜果的美越呈圆形，就越具有阴性的威力。当我们在"阿尼玛"的状态中梦想这所有的梦想时，那是何等的乐趣倍增！

无论如何，当人们读到这样的诗篇时，不能不感到自己处于开放象征主义的状态之中。静止的纹章图集只能包含过时的美学价值。为完美地梦想各种纹章，必须不忠实于象征。面对鲜花和果实，诗人将我们带回到幸福的诞生时刻。里尔克正是在此找到了"永恒童年的幸福"：

---

[1] *Sonnets II,* n° VI, trad. Angelloz. p. 205.
[2] Rilke, *Sonnets à Orphée*, p. 266.

看这朵朵鲜花，忠实于大地

将它们带入沉睡并与万物

一起酣睡的人：啊，他那么轻松地归来，

迥异的人面对迥异的天日，由于共同的深沉。[1]

无疑，为实现伟大的更新，必须将鲜花带入我们的夜梦。但是，诗人向我们指出，在梦想中，鲜花已经协调了普遍化的形象。不仅是感官的形象、颜色及芳香的形象，而且还有人的形象、含蓄的感情、热烈的回忆、奉献的愿望，以及所有能在人的心灵中像花一样开放的东西。

面对这如此丰盛、等待我们品味的鲜果，面对这鼓励我们梦想的鲜果——世界，怎能不肯定地说，梦想的人是宇宙间的幸运者。每个形象都有相应的幸福。不能把梦想的人称之为："被抛到世界上的人。"世界热情接待他，他本人就是接待的原因。梦想的人浸沐在梦想世界的幸福中，浸沐在幸福世界的安逸中。梦想者是对他的安逸及对幸福的世界的双重意识。他的"我思"没有在主体与客体的辩证关系中分裂。

梦想者与其世界的关系是极其紧密的。这是梦想中体验的世界最直接地反射到孤独者的存在中的世界。孤独的人直接占有他梦想的所有世界。若要对梦想的世界产生怀疑，就一定不要去梦想，必须从梦想中走出。梦想的人与他梦想的世界是最亲近的，他们如鱼得水，相互渗入。他们处于同一个存在平面；

---

[1] *Sonnets* à *Orphée* II, n° XIV, Angelloz, p. 221.

假若必须将人的存在与世界的存在相连,梦想的"我思"将作出这样的陈述:我梦想世界,故世界像我梦想的那样存在。

在此呈现出诗的梦想的一种特权。似乎在如此孤独中梦想时,我们只能接触到如此特殊的世界,以致它对任何其他梦想者都是陌生的。但是孤独并非那样绝对,而最深沉的梦想、最特别的梦想常常是可与人交流的。至少,有某些类型的梦想者,他们的梦想被加强了,他们的梦想深化了接受梦想的存在。优秀的诗人正是这样教导我们梦想的。他们用形象培养我们,借助于这样的形象,我们能集中我们安宁的梦想。他们奉献给我们具有心理向性的形象,通过这些形象,我们能激发苏醒的梦境。正是在这样的机遇中,梦想的诗学领悟到它的任务所在:决定加强想象世界,增强建设性梦想的胆量,确认梦想者的良好意识,协调某些自由,在语言的所有无纪律的行为中发现真实,并打开存在的一切桎梏,以达到人性的自由发展。这样一些任务,在使存在集中与使存在发扬光大的作为之间往往相互矛盾。

5

当然,我们概述的梦想诗学在任何方面都不是一部诗歌的诗学。梦想为我们提供的苏醒的梦境资料还有待于诗人的加工——而且常常要经长期加工——以获得诗的尊严。但毕竟这种种由梦想形成的资料,是最宜于加工为诗篇材料的。

我们不是诗人,而在我们看来,这是一条通往诗的道路。诗人能协助我们将幻想的浮动内容聚集起来，使之保持在有规律的进展中。诗人保留足够清楚的梦想意识，来支配书写他的梦想的任务，以一个梦想构成一部作品，成为梦想中的作者，这是何等存在的跨越啊！

在我们的语言中，诗的形象是多么的鲜明生动！假若我们能说这高级的语言，能与诗人共同进入说话者的孤独——那赋予词语以新意义[1]的说话者的孤独——那我们将会进入积极行动的人所不能进入的领域。在他看来，梦想的人"只是想入非非的人"，梦想的世界"只是一个梦"而已。

对于我们这些梦想的哲学家，揭示人在梦醒以后重见梦中的物与人无关紧要！梦想曾经是一种实际状态，虽然事后幻觉破灭。我肯定我曾是那做梦的人。当所有的美好事物在我的梦想中出现时，我就在现场。这些幻觉曾经是美丽的，因此是有益的。在梦想中获得的诗的表达，增加了语言的丰富性。当然，假若人以概念的手段分析幻觉，幻觉会立即烟消云散。但是，在我们所处的时代，是否仍有某些修辞学教师用概念分析诗呢？

无论如何，只要稍做探索，心理学家总能在一首诗中发现一种梦想。这是诗人的梦想？人们对此永远无法肯定，但是在欣赏诗篇时，人们开始追寻它的某些梦的根源，诗就这

---

[1] 法国象征主义诗歌大师马拉美认为，诗人的最高职责在于"赋予社会语言以崭新的意义"。这一诗句是他为悼念美国诗人爱伦·坡写的十四行诗中的一句。——译注

样在我们身心中滋养我们难以表达的梦想。

梦想将永远是最初的安宁。某些诗人明白这点。一些诗人这样对我们说。由于一首诗的功绩,梦想从涅槃[1]转向诗的宁静。亨利·邦拉特在论述斯特凡·格奥尔格[2]的书中写道:"任何创作都来自一种心灵的涅槃。"[3]不少诗人通过梦想,在苏醒的梦境中,未走向涅槃之前,感到产生的力量已经就绪。梦想是那种简单状态,即作品对自身有了信念而不为批评而忧虑的状态。正是这样,对于不少作者及诗人而言,梦想的自由打开了通向作品的道路。朱利安·格林[4]写道:"我的心智具有一种奇怪的倾向,只相信我曾梦想到的东西,我所谓的相信,不仅是拥有确定性,而且如此牢记在自己身心中,以至于人的存在都因之改变。"[5]他的这篇文章对梦想哲学是多么精辟的说明,文章中说梦在协调生活,梦为信仰生活做了准备!

诗人吉尔贝·特罗利埃[6]将他的一首诗题名为:《一切始于梦想》,他写道:

---

[1] 涅槃:佛教用语,指超越生死的境界。——译注
[2] Stefan George(1868-1933),德国诗人,曾受法国象征主义影响。——译注
[3] Henry Benrath, *Stefan George*, p.27.
[4] Julien Green(1900-),以法语写作的美国作家、法兰西学院院士。——译注
[5] Julien Green, *L'aube vermeille*, 1950, p. 73。格林的这句话,是神经病科学家 J. H. Van den Berg 作为题名引用的,见 Robert Desoille, *Evolution Psychiatrique*, n° 1, année 1952。
[6] Gilbert Trolliet(1905-1980),以法语写作的瑞士诗人。——译注

第四章 梦想者的"我思"

　　我期待着。一切都那么安静。受神经支配的未来，你是我心中的形象，一切始于梦想。[1]

因此，具有创造性的梦想鼓动着未来的神经。神经的电波沿着梦想绘制的形象线条流动。[2]

在《古董收藏者》的一页中，亨利·博斯科为我们所提供的材料，应有助于我们证明梦想是文学作品的主要材料（materia-prima）。取之于现实的形式需要梦的材料使之充实起来。作家向我们指明心理的现实功能与非现实的功能的结合。在博斯科的小说中，是人物在说话，但是当作家同时达到这样的深度和这样的清醒时，我们不可能弄错他说的心里话："毫无疑问，在我那特殊的青年时代，我认为我亲身体验的东西是梦，而又认为我梦想的东西是亲身的经历……经常这两个世界（现实的和梦想的）相互渗透，在不知不觉中为我创造了一个扑朔迷离的现实与梦想之间的第三世界。有时，最明显的现实在其中化为烟雾，而奇特古怪的虚构却启示了我的神智，使之奇妙地敏锐与清醒。这时脑海里的模糊形象开始凝聚，它们是那么的真切、鲜活，似乎用手指就可摸到。相反，那些可触摸到的物体却变成它们自身的幻影，我几乎认为可以轻易地穿过

---

[1] Gilbert Trolliet, *La bonne fortune*, p. 61.
[2] 布莱克这样的幻想者在超越任何一种人类命运时说道："所有在今天存在的东西，在从前都是想象的。"保尔·艾吕雅援引了这对想象力绝对存在的看法（Paul Eluard, *Sentiers*... p. 46）。

它们,犹如梦中穿过墙壁那么容易。当所有这一切恢复正常时,我没有感受到别的迹象,除了一种突如其来而不寻常的爱的能力,声响、人声、芳香、运动、颜色和形式,这些东西突然变得异常清晰可感,它们的存在虽然是熟悉的,却使我心醉神迷。"[1]

这是怎样的邀请啊!邀请人梦想他之所见,梦想他之所是。梦想者的"我思"改变了位置,要把自身存在赋予诸物、声响与芳香。谁在生存?对于我们固有的生存这是怎样的松弛啊!

为了获得这样一页文字的镇静果效,必须慢慢地阅读。我们理解得很快(作家是那样明白!),我们忘记把这篇文字像它曾被梦想的那样去梦想它。现在,在从容的阅读中梦想,我们将相信它,并把它作为青春的赋予来利用。我们将在阅读中放入我们梦想中的青春,因为在过去,我们也曾相信体验到我们所梦想的东西……假若我们接受诗人这页文字的催眠,我们正在梦想的存在即从遥远的记忆中回到我们身上。一种心理的回忆,召唤那古远的普赛克[2]回归生活,召唤我们曾经是的梦想者的存在本身,这种心理的回忆支持着我们阅读时的梦想。书中向我们述说的就是我们自身。

---

[1] Henri Bosco, *L'antiquaire*, p. 143.
[2] Psyché,希腊神话中与爱神厄洛斯相恋的少女。她象征着人类的心灵。——译注

6

无疑精神病科医生曾遇到许多病人，他们把熟悉的东西幻想为幽灵。但是精神病科医生在与诸物的关系中，不能像作家那样协助我们使这类幽灵成为我们的幽灵。这些医生的资料中所记载的幽灵，只是某些呈现在感官前的烟雾的硬化状态。精神病科医生为这些幽灵命名后，无须向我们描述它们如何以其内在的物质参与我们的想象。相反，在作家的梦想中形成的幽灵却是我们的保护者，有助于我们学会寄居于双重的生活中，即现实与想象被情感化了的边缘。

这类梦想中的幽灵受诗的力量的指引。诗的力量鼓舞着所有的感官；于是梦想变为多感官性的。我们从诗的篇章中接受到一种新生的对感知的喜悦，一种所有感官的灵巧性——这灵巧性将一种感官的感知特长带给另一种感官，具有敏捷的波德莱尔的感应[1]。使人苏醒的感应而不是使人入睡的感应。啊！一篇我们喜爱的文字能使我们生活得多么美好！因此，读一读博斯科的作品，即可知道最卑贱的物体也是芬芳的香袋，某些时候，内在的光辉使暗淡的物体别具光彩，而任何音响都是人声。人在童年时喝水用的小铁碗，响声多么悦耳！从各处、从所有的物体向我们袭来一种亲切感。的确，阅读的时候，我们在梦想。那起着诗的作用的梦

---

[1] 诗人波德莱尔认为各种感官的感知是相通的。他在著名的诗篇《感应》中写道："芳香、颜色与声音交相呼应。"——译注

想将我们保持在一个没有边界的亲切的空间——这空间把我们梦想的存在的亲切感，与我们所梦想的存在的亲切感统一起来。正是在这类混合的亲切感中，协调而成一种梦想的诗学。于是世界的整个存在，诗一般地聚集在梦想者的"我思"的四周。

相反地，积极的生活、被现实作用鼓动的生活，却是一种我们身内外的支离破碎的生活。它把我们抛向任何东西之外。于是，我们永远是外在的。永远面对诸物、面对世界、面对具有五花八门性格的人。除了在真正的爱的伟大的日子里，除了在诺瓦利斯[1]的拥抱（Umarmung）的时刻中，人对于人只是一种表面。人隐藏了他的深度。正如卡莱尔[2]在他的滑稽模仿中所嘲笑的，人变为对他的衣冠的意识。他的"我思"只保证他在某种生存模式中生存。就这样，通过某些造作的怀疑，某些他并不相信的怀疑——假若可以冒昧地这样说——他成为思想者。

梦想者的"我思"并没有这么复杂的开场白。它是平易而诚恳的，它自然地与宾语相连。美好的事物、悦人的事物极其单纯地呈现在单纯的梦想者面前。面对着熟悉的东西，他梦想联翩。于是物成为梦想者的梦想伙伴。平易的确信充实了梦想者。在梦想者与其世界之间，进行着存

---

[1] Novalis（1772-1801），德国诗人，被誉为德国浪漫主义最才华横溢的代表。——译注
[2] Carlyle（1795-1881），英国历史学家及评论家，著有《英雄与英雄崇拜》等书。——译注

在的双向交流。如诗人让·福兰这伟大的对物的梦想者,曾经历过梦想在波澜起伏的存在中活跃的时刻。两极统一的存在论反映着他的信念。倘若熟悉的物不欢迎他的梦想,梦想者会太孤独。让·福兰写道:

在关闭的房屋中
晚上他凝视着一个物件
并玩耍着这生存的游戏。[1]

在"这生存的游戏"里,诗人是多么精练。他为桌上的物,为物提供了生存的极小的细节,指出物的生存:

一块玻璃或一只碗
最细微的裂缝
能带回伟大回忆的幸福
赤裸的物
显示出纤细的骨架
在太阳下
蓦地闪烁发光
但在夜里茫然迷失
并吞没了许多

---

[1] Jean Follain, *Territoires*, p. 70.

漫长

或短促的时刻。[1]

多么宁静的诗篇！慢慢地读吧：物的时间将降临在你身上。我们梦想的物，多么有助于我们忘记时间，并与我们自己平静相处！"在关闭的房屋内"，与选择为孤独中的同伴的物单独相处，这将是简单的生存中多么坚强的存在的保证！其他的梦想将涌现出来，这些梦想犹如画家喜爱体验物的各种不同外形的梦想，能将梦想者带往如画的生活，还有其他的梦想也将从很遥远的回忆中降临。但是，一种极其简单的要求、在场的请求，召唤着物的梦想者参与低于人的生存。梦想者常常在某个动物，比如某只狗的目光中，看到这低于人的生存。贝蕾妮丝[2]的驴眼睛曾使莫里斯·巴雷斯产生过如此幻想。但是，目光的梦想者的感觉那么敏锐，以至于所有注视的东西都上升到人的水平。无生命的物向最广大的幻想开放。对梦想者与物一视同仁的低于人的梦想变为低于生命的梦想。体验这种非生命，是将"生存的游戏"导致极端的尝试，这正是让·福兰在诗中所要促使我们去攀爬的缓坡。

某些对物同样敏锐的梦想，使我们对诗人所暗示的物的戏剧产生反响：

---

[1] Jean Follain, *Territoires* p. 15.
[2] 请参考第 125 页注释 [1]。——译注

第四章 梦想者的"我思"

当那云彩色调
苍白的圆盘
从女仆手中落下
必须把它的碎片拾起
这时在主人的餐室里
吊灯簌簌地战栗。[1]

盘子苍白而呈圆形，具有云彩的色调，在经过诗的组合后的这些简单词句的魅力中，它获得了一种诗的存在。它并未被着力渲染，然而谁只要稍稍坠入梦想，谁就不会使之与任何其他盘子相混淆。对我而言，这是让·福兰的盘子。这样的诗篇能检验物与我的共同生活的诗篇。这与家中的存在是多么的休戚相关。诗人懂得以何等人性的怜悯，启发为盘子之殇而战栗的吊灯。从女仆到主人，从盘子到吊灯的水晶玻璃，对于衡量屋内的存在、所有人与物的存在的人性，这是多好的磁场啊！在诗人的帮助下，我们怎能不从漠不关心的沉睡中苏醒！的确，我们怎能面对如此对象而无动于衷？当我们面对盘子沉思能梦想到天上的流云时，为什么还要寻求更多呢？

在无生命的物前梦想，诗人将不断地看到生命与非生命之间的戏剧：

我是块小灰石头；我没有其他头衔

---

[1] Jean Follain, *Territoires*, p. 30. 这首诗的题目是《盘子》。

我梦想，同时使我选择的梦想更加坚定。[1]

这首诗有待于读者加上它的忧愁的开场白，再次经历所有使目光黯然的淡淡悲伤，所有使心肠变硬的痛苦。在收入《第一个遗嘱》中的这首诗中，诗人呼吁我们鼓起勇气使生命变得更为坚强。阿兰·博斯凯深知为表达人的全部存在，必须像石头、像风一样地生存：

成为风是一种光荣
成为石头是一种幸福。[2]

但是，对于物的梦想者而言，果真存在某些"静物"吗？[3]对于那些曾经富有人情味的东西能无动于衷吗？曾被命名的东西莫非不再继续生活在对名字的梦想中？所有这一切都取决于梦想者爱梦想的敏感性。切斯特顿写道："死的东西具有占领活的心灵的这样一种权力，以至于我常想，是否可能有人在阅读拍卖目录时，而不碰上某些在突然被看到后使人流出最起码的眼泪的东西。"[4]

只有梦想才能唤醒这样的敏锐感受。那些待价而沽，提供

---

[1] Alain Bosquet, *Premier Testament*, Paris, Galllmard, p. 28.
[2] 同上，p.52。
[3] "静物"在法语中的名词是"Nature marte"，直译是"死物"，意思是无生命之物。——译注
[4] G. K. Chesterton, *La vie de Robert Browning*, trad., p. 66.

给无论什么买主都行的东西，那些脉脉含情的东西是否将各自找到它们的梦想者？香槟地区的优秀作家特鲁瓦扬·格罗斯莱说，他的祖母在不知如何回答他童年时期的问题时支吾道：

"好了，好了，当你长大，你将看到在盛物筐中有许多东西。"

但是，我们的盛物筐是否真已装满？筐里充塞的不是更没有我们内在的东西吗？我们摆放小玩意的玻璃柜并非真正具有香槟地区的老祖母风格的"盛物筐"。只要有好奇者进入客厅，我们便立即展示这些小玩意。小玩意！我们对这些物并不能立即说出其名字。而人家要的就是这东西的稀有。这是来自陌生天地的样品。要分辨这些有代表性的摆设，必须有一定的"修养"。而成为物的同伴，却不需要太多学问。面对散乱的物，人不能顺利地在有益的梦想中做梦。对物的梦想，是对熟悉的物的忠诚。梦想者对物的忠诚，是内在梦想的条件。梦想保持着亲密性。

一位德国作者曾说："每件经过仔细观察的物，都在我们身上打开新的器官"（Jeder neue Gegenstand, Wohlbeschaut, schliesst ein neues Organ in uns auf）。事情的进展并非如此迅速。面对物必须多次梦想，才能使物在我们身上确定梦的器官。梦想偏爱的物成为梦想者的"我思"的直接补语。它们依附于梦想者，又支配着梦想者。于是它们成为梦想者内部的梦想器官。我们不能随心所欲地梦想。如果我们对物的梦想是深沉的，那么这些梦就是在我们的梦器官及盛物筐的互相和谐中形成的。因此，我们的盛物筐对于我们极为珍贵，因为它给予我们所喜爱的梦想的果效。在这样的梦想中，梦想者认识到自己是梦想的主体。在忠实的梦想中，再找到梦想者的自我以及欢迎我们的梦想的物，对于存在是何等有力的明证。这样的生存联系是不能在夜梦的沉思中找到的。梦想者散漫的"我思"从梦想的物中获得对存在的平静的证实。

7

主张强大的本体论的哲学家，在存在的整体中把握存在，即使在描述瞬间即逝的存在模式时也要完整地保留存在。他们轻而易举地揭露依附于细节，或许依附于偶然情况的分散的本体存在，而且这种本体论相信在增加观点的同时，也增加了对它的证明。

但是，在哲学家生活的整个过程中，我们一贯依照我们的尺度选择研究题目。对梦想的哲学研究以其既简单又明确的特点吸引着我们。梦想是一种明显的心理活动。它提供了某些关于存在色调的差异的材料。因此，在存在色调的水平上，我们能够提出有差异性的本体论。梦想者的"我思"不如思想者的"我思"活跃。梦想者的"我思"也不如哲学家的"我思"肯定。梦想者的存在是一种分散的存在。但是，相反地，这种分散的存在是一种传播的存在。它脱离了 hic 及 nunc [1] 的标志。梦想者的存在遍

---

[1] hic et nunc, 拉丁文, 意为此地与此时。——译注

布所有触及它并将它散布在世界上的东西。由于影子的存在，人与世界分界的中间区域是充实的，这是密度极轻的充实区域。这中间区域缓和了存在与非存在的辩证关系。想象并未经历非存在。想象在理性的人眼中，在工作的人眼中，在主张强大的本体论的形而上学家笔下，其全部的存在完全可视为一种非存在。但是，反过来说，表现出足够孤独以进入影子领域的哲学家却沉浸在无障碍的地方，在此任何存在都不受否定。哲学家通过梦想生活在与他的存在、半存在协调一致的世界中。梦想的人永远处于三维的空间里。由于他真正占有他的空间的全部容积，梦想的人处处为家，处处是他的世界，处处是他那没有外在的内在。人人都说，梦想者投身于梦想之中，这并非无稽之谈。世界与梦想者并非面对面。自我不再与世界对立。在梦想中非我不复存在。在梦想中，"不"不再起作用：一切都可接受。

醉心于哲学史的哲学家可能说，梦想者所投身的空间是一种人与宇宙之间的"可塑中介"。在梦想与现实互相混淆的中介世界中，似乎实现了一种人与其世界的可塑性，而无须知道这双重可塑性的本原。梦想的这一特性是如此真实以至于可逆转方向，哪儿有可塑性，哪儿就有梦想。在孤寂中，只要我们手中有一块面团，就足以让我们开始梦想。[1]

夜梦却与梦想相反，不具备此种愉快的可塑性。夜梦的空间被牢固的东西所充斥——而牢固的东西总保留有某种确

---

[1] 参见 *La terre et les rêveries de la volonté,* éd. Corti, chap. IV。

实的敌意。它们保持有其形式——而当一形式出现时，必须作出思考，必须命名。在夜梦中，梦者苦于忍受一种严酷的几何学。正是在夜梦中，一旦我们看见某个尖锐的物体，这物体必然刺伤我们。在夜的噩梦中，物体都有恶意。对两个阵营、对客观一方与从主观一方进行研究的精神分析，会承认恶意的物体有助于我们实现我们"失败了的行为"——假若可以这么说的话。我们的噩梦经常是对失误行为的调整。噩梦时常让我们体验错过的生活。精神分析对梦—欲望的研究已如此丰富，对梦—悔恨的研究为何这样少呢？我们某些梦想中的忧郁并未坠入这种种做夜梦者可能总是害怕重新遭遇到的却一再经历的苦难。

我们不能不继续更新我们的努力，以标志夜梦与意识清醒的梦想之间的区别。我们清楚地感到，若从我们的研究中删去受噩梦启发的文学作品时，我们就关闭了对人类命运的某些展望，同时失去了文学作品表现的世界末日的壮丽。但是，假若我们要以极简明的方式阐述清醒意识下梦想的问题，我们必须避开许多别的问题。

假若这一问题得以澄清，也许白日的梦境能有助于更好地认识夜里的梦境。

人们会看到存在着某些梦想与梦，梦与梦想的混合状态——即沉入梦的梦想与渲染上梦想色调的梦的状态。罗贝尔·德斯诺斯（Robert Desnos）曾指出，我们的夜梦中穿插着简单的梦想。在这样的梦想中，我们的夜又恢复了和谐。

关于人工天堂的研究，如作家及诗人笔下出现的人工天

第四章 梦想者的"我思"

堂的研究，应从比我们的研究更为广泛的梦境美学考虑。为辨别不同的麻醉剂所产生的不同状态中的"我"，必须进行多少现象学的考察！至少必须将那些"我"分为三类：睡眠中的"我"——假若他还存在；麻醉中的"我"——假若他仍保留有个性的价值；梦想中的"我"——即保持如此警觉而能表现自己写作幸福的我。

谁会确定所有这些被想象的"我"的存在分量呢？一位诗人写道：

> 这我们身心中的梦，可是我们的梦？
> 我孑然一身又是无数的人
> 我是我自己还是另外一人？
> 我们是否只是想象的我们。[1]

是否有一个"我"包含有这无数的"我"？一个所有这些"我"的我，能主宰全部我们的存在，能主宰所有我们内在存在的"我"？诺瓦利斯写道："Die höchste Aufgabe der Bildung ist, sich seines transzendantalen Selbst zu bemächtigen, das Ich seines Ichs zugleich zu sein."[2] 假若这些"我"在存在的色调上有所差别，那个主要的"我"在

---

[1] Géo Libbrecht, Enchanteur de toi-même, apud *Poèmes choisis*, Paris, Seghers, p. 43.
[2] Novalis, *Schriften*, éd. Minor, t. II, 1907, p.117. "文化至高无上的任务就是，占有他的先验性的自我，并同时成为他的我中之我。"

哪里？在寻找这些"我"中之我时，我们是否将找到——如诺瓦利斯所梦想的那样——那个"我"中之我，那个先验的我？

但是，我们这些只是纸上谈兵的心理学家，[1]在人工天堂中寻找什么呢？是梦？还是梦想？对于我们什么是起决定作用的材料？是书，永远是书。若人工天堂不是写在纸上，还成其为天堂吗？对于我们这些读者，所谓的人工天堂是阅读的天堂。

正是为了供人阅读，人工天堂才被写成文字，由于确信诗的价值是从作者到读者的交流手段。正是为了写作，如此多的诗人才致力于体验鸦片引起的梦想。但是，谁能告诉我们经验与艺术各自的作用？埃德蒙·雅鲁[2]在谈到爱伦·坡时，提出了精辟的见解。爱伦·坡的鸦片是想象的鸦片，是事前先想象，事后再想象，从来不与写作同时进行。谁能告诉我们亲身体味的鸦片与被颂扬的鸦片之间的差别？我们是并不想知情而要梦想的读者，我们应追随从经验到梦想的上升。埃德蒙·雅鲁总结说："人的想象之强大，远远超过各种各样的鸦片。"[3]他在谈到爱伦·坡时还说："因此，他把他固有的灵性中最激动人心的特征之一赋予罂粟。"[4]

---

[1] 指不从实例中观察，而只从书本上研究的人。——译注
[2] Edmond Jaloux（1878-1949），法国小说家、文学评论家。——译注
[3] Edmond Jaloux, *Edgar Poe et les femmes*, Genève, Ed. du Milieu du Monde, 1943, p. 125.
[4] 同上，p. 129。

第四章 梦想者的"我思"

但是,在这一方面,亲身体验具有心理向性的形象的人,难道不能在此得到心理向性物质的冲动吗?形象的美增加了形象的效力。众多的形象取代了单一的起因。诗人在把自己全部奉献给形象的效应时,是不会迟疑的。亨利·米肖[1]写道:"并不需要鸦片,对于选择体验另一天地的人,一切都是麻醉剂。"[2]

若不是一次润色过的奇想,何谓一首绝妙的诗?些许加之于反常形象的诗的秩序?在应用——虽然很剧烈地——想象的麻醉剂时保持聪明的克制。梦想、发狂的梦想,引导着生活。

---

[1] Henri Michaux(1899-1984),比利时诗人,在现代诗中占有杰出地位。——译注
[2] Henri Michaux, *Plume*, p. 68.

第五章 梦想与宇宙

具有心灵的人,只听从天地的召唤。

加布里埃尔·热尔曼《献给非洲心灵之歌》

说明米沃什如何思考世界,不啻为所有的时代中最纯粹的诗人画像。

让·德·博斯谢尔《米沃什诗集》序言

我曾居住在如此广阔的箴言中,以至于我必须以整个天地充满它。

罗贝尔·萨巴蒂埃《给一艘船的献词》

1

当一个梦想者排除了充斥着日常生活的所有"忧虑",摆脱了来自他人的烦恼,当他真正成为他的孤独的构造者,终于能沉思宇宙的某种美丽的面貌而不计算时间时,他会感到在他的身心中展现的一种存在。一刹那间,梦想者成为梦想世界的人。他向世界敞开胸怀,世界也向他开放。假若人没有梦见他曾见过的东西,那他就从未真正见过世界。在一次使梦想者的孤独感更深重的孤独梦想中,两种深度互相结合,互相传递回声,回声从世界存在的深度达到梦想者的存在深度。时间在此中断。时间不再有昨天也不再有明天。时间被湮没在梦想者与世界的双重深度中。世界是如此宏伟,以至于在此不再发生任何事情:世界静静地休息。梦想者面对平静的水是平静的。梦想只有面对平静的世界才能变得深沉。平静是存在本身,既是世界的存在,也是梦想世界者的存在。哲学家在他对梦想的梦想中认识到一种平静的本体论。平静是维系梦想者与其世界的纽带。在这样的安宁中建立起一种大写字母的心理学[1]。梦想者的词汇变成世界的名字。这些名字都进入大写字母的行列。这样,世界是宏伟的,梦想世界的人是伟大的。这种形象中的伟大常常遭到理智者的反对。理智者只需诗人向他承认诗的陶醉即可满足。假若把陶醉看作抽象词,他也许会理解这个词。但是诗人为求得真正的陶醉,便用世界的酒杯畅饮。比喻对于诗人是不够的,还必须有形象,例如下面是扩大的酒杯的宇宙性形象:

---

[1] 按语法规则,专有名词的第一个字母大写,作者在此将这些名词大写(中文加重点号的字),无疑是强调它们具有专有名词的独特性。——译注

> 我的酒杯边缘在天涯
> 我倾杯饮下
> 单独的一口太阳
> 苍白而冰凉的太阳。[1]

有一位批评家,而且,是同情这位诗人的评论家说皮埃尔·夏皮于[2]的"魅力在于比喻的不凡及罕见词的联合"。[3]但是,对于追随形象的增长梯变的读者而言,一切都在伟大之中,诗人刚刚教他在世界的酒杯中实在地喝一口。

对宇宙梦想的人在孤独的梦想中是动词"沉思"的真正主语,是对沉思的力量的最初见证。世界于是成为动词沉思的直接宾语。在梦想的时候沉思,这是认识吗?是理解吗?肯定这不是感知。梦想时的眼睛是视而不见,或者至少是在另一境象中看见。而这境象并非由某些"残余物"组成。对宇宙的梦想使我们生活在一种叫作先感知的状态中。在孤独的梦想中,梦想者与其世界的交流很亲近而无"距离",没有那标志被感知的、被感知分裂的世界的距离。当然,我们在此所说的并非在

---

[1] 摘自皮埃尔·夏皮于发表于1959年3月的 *Revue neuchâteloise* 的一首诗,诗的题目是:《地平线上一切是可能的》。巴雷斯(Barrés)没有向我们提供形象,他只说在意大利的湖边上,"人对着景物的明朗的酒杯而陶醉"(*Du sang, de la volupté et de la mort*, Paris, Albert Fontemoing, p.174)。夏皮于的诗句形象宏伟,比一个短促的比喻更能有助于我梦想。

[2] P. Chappuis(1930—),以法语写作的瑞士作家。——译注

[3] Mare Eigeldinger, in *Revue neuchâteloise*, p. 19.

感知后的疲乏的梦想，以及并非在感知后散乱的感知逐渐消沉下去时的梦想。当想象夸大形象以使之成为世界的象征时，被感知的形象会变成什么？在诗人的梦想中，世界是被想象的，直接被想象的。在此，人们碰到一种想象的悖论：当重建世界的思想者们描绘一条思索的漫长道路时，宇宙的形象却是即刻的。这形象的整体先于部分展现于我们。形象在其充沛的活力中，相信自己表现了大全的全部。它用一个象征把握乾坤。只以一个形象而占有整个宇宙。这形象在全宇宙中散布我们在这形象世界中寓居所感受到的幸福。梦想者在无拘无束的梦想中，将全身心奉献给刚使他心醉神迷的宇宙形象。梦想者在一个世界中，他对此不能怀疑，仅需一个宇宙形象就可赋予他以梦想的统一、世界的统一。其他的形象从最初的形象中产生，相互聚集并相互点缀。这些形象从不自相矛盾，梦想世界的人从未经历存在的分裂。面向世界所有的"门禁开放"，思考世界的人总是踌躇不前。世界的思考者是某种迟疑的存在。而世界的门禁一旦被一个形象打开，梦想世界者立即进入刚为他提供的世界。从孤独的形象中能产生一个宇宙。我们又一次看到日渐强大的想象按照阿尔卜[1]的规律行动：

小的牵着大的鼻子走[2]

---

[1] H. Arp（1887-1966），法国雕刻家、画家及诗人、抽象艺术的主要代表之一。——译注。
[2] Arp, *Le siège de l'air,* édit. Alain Gheerbrant, 1946, p. 75.

我在前一章已指出，一只水果单独成为一次世界的允诺，一次进入世界的邀请。当宇宙性的想象在这最初的形象活动时，世界本身成为巨大的果实。月亮和地球都是果实般的星球。如何能以其他方式品味让·凯罗尔[1]式的诗呢？

  啊，寂静像大地那么圆
  无言的星球的运动
  果实的万有引力围绕着泥土的核心。[2]

世界在其圆形中，在果实般的圆形中进入人们的梦想。这时，幸福从世界涌向果实。像思考世界那样思考水果的诗人说：

  请别损害这只果实
  它是变圆了的欢乐的过去。[3]

  假若我们写的并非一本闲情逸趣的书，而是一篇美学的哲学论文，我们应在此增加诗中享有特权的形象且具有宇宙性威力的例证。一旦诗人赋予形象一种宏伟的命运，一个特有的宇宙即在特有的形象周围形成。诗人将他在想象中的化身，将他的理想化的化身赋予现实的物体。这理想化的化身

---

[1] Jean Cayrol（1911–），法国作家、诗人。——译注
[2] Jean Cayrol, *Le miroir de la Rédemption du monde*, p. 25.
[3] 同上，p. 45。

立即开始理想化的作用,一个宇宙就这样从正在扩展的形象中产生。

2

在从增长行动直至宇宙性变化的过程中,形象必定成为梦想的单元。但是,这些梦想单元数量之多,使它们的存在短暂。当梦想者梦想物质时,当他在梦想中进入"物的深处"时,更稳定的单元就出现了。当梦想将宇宙与实体结合时,诸物变得既宏大又稳定。在我的有关"四种元素"的想象中,有的人为了维护世界的统一性而一直以来对想象的各种物质进行长期研究,[1]我经常对传统的宇宙性形象的作用进行梦想。这类首先从人那里获得的形象自行增长直至达到宇宙水平。人面对火梦想,于是想象出火是世界的动力。人面对泉水梦想,于是想象出水是大地的血液,发现大地具有活生生的深度。人的手指在和一团柔软而喷香的面团,于是他开始揉弄世界的实体。

从这样的梦想中醒来,人几乎不敢述说他曾有过如此宏大的梦想。正如诗人所说,人"若不再能幻想,他就会思

---

[1] 巴什拉认为,诗来源于人对世界最原始的四种物质——水、火、土、空气——的梦想。在《梦想的诗学》以前,他还发表过《火的精神分析》《水与梦想》《空气与幻想》《空间的诗学》等著作。——译注

考"。[1]于是梦想世界的人开始以他人的思想思考世界。然而，若人要谈论这不断再现的生气蓬勃的活跃梦想，他往往遁入历史，逃避到遥远的历史之中，逃避到被遗忘的宇宙历史之中。古代哲人不是曾提供给我们有关被宇宙物质实体化了的世界的明确见证？那正是伟大思想家的梦想。我总是感到惊讶，哲学史家思考这些宏大的宇宙形象，却从来不对它们梦想，从来不恢复它们在梦想中的特权。对梦想进行梦想，对思想进行思想，这无疑是两门难以平衡的学科。我越来越相信，在经过一次文化动荡之后，那是两种不同生活的学科。我认为最好的办法是将两者分开，并因此与那种认为梦想能导致思想的普遍看法决裂。古代的宇宙起源说并没有组织思想，而是大胆的梦想。要恢复各种宇宙起源说的生命，必须重新学会梦想。在我们的时代仍有某些考古学家理解的最早的神话中的梦境气氛。当夏尔·凯雷尼写"水是最富神话色彩的元素"时，他预感到水就是温柔的梦境的元素。只有在极特殊的情况下，水中才走出了怀有恶意的神灵。然而本书没有引用神话材料，我考虑的只是我们能再次体验的梦想。

因此，从形象的宇宙性中，我们获得对世界的经验，宇宙性的梦想使我们居于世界之中。它给梦想者留下这样的印象：在想象的天地中就像在自己家中一样。想象的世界使我们更

---

[1] Ernest La Jeunesse, *L'imitation de notre mattre Napoléon,* Paris, 1897, p. 51.

加深了如归家园的感觉,这与归于房屋的家的感受相反。漫游世界的诗人维克多·谢阁兰说,房屋是"回归的目的"。[1]人在对宇宙梦想时,总是出发,居于别处——居于永远舒适的别处。为准确说明梦想中的世界,必须以幸福标志它。

因此,我们总是又回到我们的论题,在大的范围和小的范围内,我们都应同样肯定:梦想是一种对安逸的意识。在宇宙和我们的住处形象之中,我们都同样宁静安逸。宇宙的形象赋予我们具体、明确的安逸,这种安逸适应于一种需要、一种欲望。按哲学家惯用的公式:世界是我的表象,应该以下面的公式取而代之:世界是我的欲望。吞食世界不为别的,只是为吞食幸福,这不正是进入世界的怀抱。吞食是对世界多么好的把握。世界于是成为动词"我吃"的直接宾语。因此,在让·瓦尔[2]看来,羊是狼的直接宾语。这位研究存在的哲学家在评论威廉·布莱克[3]的作品时说:"羊与老虎是同一存在。"[4] 嫩肉、利齿,完整的存在是那样和谐,那样统一!

---

[1] Victor Ségalen, Equipée, *Voyage au Pays du réel*, Paris, Plon, 1929, p. 92.
[2] J. Wahl(1888-1974),法国哲学家。——译注
[3] W. Blake(1757-1827),美国诗人及画家,他的作品预示了浪漫主义的来临。——译注
[4] Jean Wahl, *Pensée, Perception*, Calmann-Lévy, 1948, p. 218. 对于下颚的形而上学,这是多么精彩的文件!在特鲁贝兹克瓦的《音位学原理》(*Principes de phonologie de Troubetzkoy* 译本,1949,XXIII 页)按语中,可以读到:"一个俄国神经错乱的人,马尔蒂诺夫,在19世纪曾出版一本书,题名《人类语言奥秘的发现,与对博学的语言学破产之揭示》,在书中他致力于证明,人类语言的所有词汇都可追溯到意味着'吃'的词根(雅各布逊按语)。咬,正是为参与世界而进入物质。"

将世界联系于人的需要，弗朗兹·冯·巴德尔写道："对水的存在唯一可能的证明，最具说服力与最真实深刻的证明，就是干渴。"[1]

面对世界为人提供的所有的奉献，如何能说人被世界抛弃而首先是被抛弃在世界上？

对每一种欲望，都有一个世界。于是，梦想者在用世界的物质滋养自己时，他就参与了世界，无论是致密的抑或稀有的物质、热的抑或柔的物质、明亮的抑或充满阴影的物质，他都按想象的特性取舍。而当诗人协助梦想者更新世界的美丽形象时，梦想者即达到宇宙性的健康。

3

弥漫的安逸感从梦想中散布出来。按照梦的法则从弥漫状态进入散布行动。散布的安逸感将世界转变为"环境"。让我们举例说明这种通过参与世界的某种环境而赢得的宇宙健康的更新。我们的例证来自精神病医生 J. H. 许尔兹的"自发训练"的方法。就是重新教导焦虑的病人确立顺畅呼吸的信心："在我们试图促成的状态中，——引自病人的自述——呼吸常常变成他们活动于其中的'环境'……呼吸的时候，我挺胸，我收缩，犹如一只平静的海洋中的小船……在正常情况下，只要说'安静地呼吸'这句话就

---

[1] E. Susini, *Franz von Baader et le romantisme mystique*, t. I, p. 143.

够了。呼吸的节奏能取得这样程度的内在[1]明确性，因而能够说：'我全部成为呼吸。'"[2]

许尔兹的这篇文章的译者在注释中补充说："译文只是大略近似德文表述'Es atmet mich'，直译是'那东西在呼吸我'。换言之，世界在我身心中呼吸，我参与了世界的通畅呼吸，我投身到正在呼吸的世界。世界上的一切都在呼吸。通畅地呼吸，将治愈我的哮喘、我的焦虑，那是宇宙的呼吸。"

在米基维兹[3]的《东方集》的一篇文章中（《翻译文集》卷一，第83页），他谈到开阔的胸膛的充沛生命力："用整个胸膛呼吸是多么愉快！我自由地呼吸，充分、大量地呼吸，阿拉伯斯坦的全部空气都难于满足我的肺腑。"

朱尔·絮佩维埃尔[4]在按诗人的风格翻译乔治·基朗的一首诗时，认识到这种世界的呼吸：

> 我深深呼吸着空气

---

[1] 重点是我加的。
[2] J. H. Schultz, *Le training autogène*. Adaptation. P. U. F., p. 37. 参 G. Sand, *Dernières pages*: Une nuit d'hiver, p. 33：
"人在不注意时，在想其他事时吸入的空气，不如故意呼吸而吸入的空气那么使人活力倍增。"1958年，François Dagognet 于里昂答辩的医学论文，为呼吸的心理学提供了许多材料。此论文中的一章于1960年发表在 *Thalès* 杂志上。
[3] Mickiewicz（1798-1855），波兰爱国诗人、波兰最负盛名的浪漫主义代表。——译注
[4] Jules Supervielle（1884-1960），法国作家、诗人。——译注

>　　那么多的阳光使人变得厚实
>　　而为满足更大的渴望，
>　　呼吸时间在其中呼吸的空气。

在人幸福的胸膛里，世界在呼吸，时间在呼吸。这首诗继续说：

>　　我呼吸，我呼吸
>　　如此深呼吸使我看见自己
>　　欣赏那美好的乐园
>　　我们自己的乐园。[1]

如歌德那样善于呼吸的人，将气象学归属于呼吸。在宇宙的呼吸中，全部大气被地球所呼吸。歌德在与爱克曼的一次谈话中说："我将地球及环绕它的气体设想为生活着的、永恒地呼气吸气的巨大存在。假若地球吸气，它将环绕的气体吸向自己，于是这些气体靠近地球表面，变得稠密而形成云雾和雨水。我将这状态称为'水质的肯定'，假若这一状态的持续时间超出限度，就会把地球淹没。但是地球不允许这一情况发生；它将再次呼气，并将水汽送往天空，水汽在高空大气中散布在所有的空间，变得如此稀薄，不仅太阳的

---

[1] Jules Supervielle, *Le corps tragique*, Éd. Gaiiimard, pp.122-123.

光亮能穿透它们，而且在那无限的空间里的永恒的夜，透过水汽看，也染上了光彩夺目的蓝色。我把这第二种大气状态称为'水质的否定'。在水质否定状态中，不仅没有任何湿度从高空降下，而且地球上的湿度……也消失在空气中，以至于假若这种状态延续的时间超过限度，即使在无太阳的情况下，地球也冒着干涸和完全硬化的危险。"[1]

当人与地球的比较如此顺利进行时，通情达理的哲学家能提出他的拟人说的判断而没有犯错误的危险。他用以支持形象的推理极为简单：既然地球是"有生命的"，它自然和所有的生物一样呼吸。它和人一样呼吸，并将气息远远地吹送出去。但是，在此是歌德在说话，是歌德在推理，是歌德在想象。从这时起，假若人要达到歌德的水平，必须使比较的方向倒转："说地球和人一样呼吸"并无任何意义。必须说歌德和地球一样呼吸。歌德用全部胸膛呼吸，就像地球呼吸浩瀚的大气。获得呼吸荣光的人和宇宙一样呼吸。[2]

献给奥尔菲的十四行诗的第二部分的第一首诗，是关于呼吸、宇宙性呼吸的十四行诗：[3]

　　呼吸吧，啊，不可见的诗！

---

[1] *Conversations de Gœthe avec Eckermann*, trad., t. I, p. 335.
[2] 巴雷斯可能不会达到如此远的程度，他治疗他的焦虑的规则是，"带着声色喜好地呼吸"（*Un homme Libre* p. 234）。若遵循某种想象力的学说，则相反，必须要很多"外在的"才能治愈一点儿"内在的"。
[3] Rilke, *Les élégies de Duino. Les sonnets à Orphée*, trad. Angelloz, p. 195.

> 纯粹的交流，从没有在我们的存在
> 与世界的空际之间停息……
>
> 独一无二的浪涛，
> 我是你奔腾向前的海洋；
> 你，所有可能的海洋中最简朴的，
> 你是空间的收获。
>
> 这空间中有多少位置已经
> 在我的胸中。不止一次，
> 风犹如我的孩子。

至此，呼吸着的人与被呼吸的世界在平等基础上进行存在的交流。风、微风、巨大的气息不都是在呼吸的诗人胸中的存在者和孩子吗？

声音与诗，不都是梦想者与世界的共同呼吸吗？里尔克在诗的最后三行说道：

> 还认识我吗？空气、你，仍充满了曾
> 属于我的所在？
> 你，有一天曾是我的话语中，
> 光滑的树皮，弯曲的树干和树叶？

当世界上的空气使树与人说话，使所有的森林：植物的森林与诗人的森林交相呼应时,人怎能不生活在物我荟萃的顶峰呢?

因此,诗帮助我们重新发现大气的呼吸,又发现呼吸着世界的孩童的最初呼吸。在我用诗治病的乌托邦中,我建议对这一句诗深思:

> 童年的赞歌,啊,话语的肺腑。[1]

当我们的肺腑在说话、歌唱、吟诵诗篇时,那是多么扩大了的气息啊!诗有助于畅快地呼吸。

还应补充说,在诗的梦想中,宁静占据上风,宁静是对世界信心的顶峰,于是人舒畅地呼吸。假若我们能将一些精选的梦想与精神病科医生建议的练习相互结合,那"自发训练"的练习将得到何等有效的加强。许尔兹的病人回想起安静的小船并非毫无缘由,小船,这只摇篮,沉睡在呼吸着的水面上。

这样的形象若能加以适当的汇集,似乎能在高明的精神病科医生与病人的接触中产生辅助效益。

4

但是,我们的目的并非在于研究做梦的人。假若必须在进行松弛疗法者的身旁做研究,我们会烦闷致死。我们要研

---

[1] Jean Laugier, *L'espace muet*, Paris, Seghers.

究的不是使人入睡的梦想，而是进行创造的梦想，是准备作品的梦想。因此，我们的资料是书而不是人，而我们在再次体验诗人梦想时的全部努力，在于认识创作的特性。这样一类诗的梦想使我们进入具有心理价值的世界。宇宙性梦想的正常方向是：沿着这方向可感知的宇宙被改变成为美的宇宙。在一次梦想中，是否可能梦想丑陋？是否可能梦想一种静止不移而任何光亮都不能改变的丑陋？在这一点上，我们又碰到梦与梦想的特性的差异。鬼怪都是夜的产物，属于夜间的梦。[1]鬼怪不能组成鬼怪的宇宙。它们是宇宙的破碎部分。而正是在宇宙性的梦想中，宇宙获得了美的统一。

阐明宇宙由于美的统一而增值的问题，对画家作品的深思将极为有益！但是，由于我们相信每种艺术都要求特定的现象学，我们希望的是采用唯一能供我们使用的文学资料以提出我们的观点。在此我们只引用诺瓦利斯的一句话，它以决断的口吻表达出了鼓舞画家工作意志的积极的唯美主义："画家的艺术即美视的艺术。"[2]

但是，这种美视的意志也被诗人所采纳，诗人应该看见美已将美表达出来。在一些诗的梦想中，目光变为一种活动。巴尔贝·多尔维利[3]说他战胜了女人。按他的说法，画

---

[1] 漫画形象的创作属于"心智"活动，它们是"社会性的"，孤独的梦想不可能热衷于这样的形象。

[2] Novalis, *Schriften*, éd. Minor, t. II, p. 228.

[3] Barbey d'Aurevilly（1808–1889），法国作家、属于浪漫主义风格的小说家。——译注

家善于"培养自己的目光",犹如歌唱家在长期训练中善于培养自己的声音。这时,眼睛不再只是几何学透视的中心。对于"培养自己目光"的沉思者,眼睛是人类力量的投射器。主观的照明力量增强了世界的光明。具有锐利目光的梦想,是一种由于看,由于看得清楚、看得准确、看得远而产生的自豪并受到鼓舞的梦想。诗人比画家更容易产生这种对视觉的自豪:画家应描绘这种增高的视象,诗人则只需显示它。

眼睛是光亮的中心,是人性的小太阳,它把光投射到它所注视的、要准确注视并能清楚看见的物体上面。持上述看法的文章,我们能列举出多少啊!

哥白尼有一篇很奇特的文章,仅这一篇文章就能帮助我们提出光的宇宙学、光的天文学。这位天文学的改革者哥白尼谈到太阳时这样说:"有些人称之为世界的眼珠,另一些人称之为(世界的)精神,最后还有人称之为世界的主宰。特里斯梅日斯特[1]称之为看得见的上帝。索福克勒斯[2]的《埃莱克特勒》称之为无所不见者。"[3]因此,星球围绕着一只光的眼睛旋转,而不是围绕着引力巨大的天体。目光是宇宙的本原。

但是,在列举某些更近代的文章,更明确表现看见的自

---

[1] Trismégiste,希腊人给他们的神赫耳墨斯所起的绰号,意思为三重的伟大。——译注
[2] Sophocle(前496或前494-前406),古希腊三大悲剧家之一。——译注
[3] Copernic, *Des révolutions des orbes célestes*, Introduction, traduction et notes de A. Koyré, Paris, Alcan, p. 116.

豪感的文章时，我们的论证或许更具有决定意义。在米基维兹的《东方集》中的一篇文章中，一位具有幻象的主人公喊道："我自豪地凝视那些用它们的金眼睛凝视我的群星，因为在沙漠中它们只看见我一人。"[1]

尼采在青年时代的一篇论文中写道："……晨曦在点缀有缤纷色彩的天空玩耍……我的眼睛具有完全不同的光泽。我害怕它们会在天空穿射而打出洞孔。"[2]

在克洛岱尔的文章中，眼睛的宇宙性具有更强的沉思色彩，而没有那么咄咄逼人。诗人说："我们在眼睛里能看到一种缩小、可携带的太阳，因此，这是能将其半径建立在圆周任何点上的官能原型。"[3]这位诗人不能听任半径这个词保持几何学的平静。他必须做的是恢复半径[4]一词的太阳属性的现实。于是，诗人的眼睛即一个世界的中心，一个世界的太阳。

诗人在诗兴来潮时，圆形的东西极接近于一只眼睛：

啊，神奇的圆：任何存在物的眼睛！
被注入不洁血液的火山的眼睛
从宁静的幻想呈现出的

---

[1] Mickiewicz, *loc. cit*., t. I, p. 82.
[2] Richard Blunck, *Frédéric Nietzsche. Enfance et jeunesse*, trad. Eva Sauser, Paris, Corréa, 1955. p. 97.
[3] Paul Claudel, *Art poétique*, p. 106.
[4] rayon, 在法语中是多义词，它的其中一个意思是射线。——译注

那朵黑莲花的眼睛。

伊万·戈尔[1]在赋予太阳—目光势不可挡的威力时,这样写道:

> 宇宙环绕你运转,多面的
> 独眼,你赶走星群的眼睛,
> 并将它们包含在你旋转的体系中,
> 当你将眼睛的星云卷入你的狂兴。[2]

在这部简朴的书中,我们的注意力集中于幸福的梦想,而没有涉及"恶意眼睛"的心理学。要区分反对人的恶意眼睛和反对物的恶意眼睛,还要进行多少研究啊!谁自信具有反对人的力量,也就易于承认具有反对物的力量。在科兰·德·普朗西的《恶毒词汇编》中,可以读到这样的注释:"在意大利有一些女巫,她们目光一扫就食尽人心及黄瓜瓤。"

但是,对世界梦想的人并不把世界视为物,咄咄逼人的锐利目光对他毫无所用。他是静观的主体。当观看的意识是观看宏大、观看美的意识时,被静观的世界似乎登上光明的

---

[1] Yvan Goll(1891–1950),法国作家,与罗曼·罗兰同为和平主义者。——译注
[2] Yvan Goll, *Les cercles magiques*, Paris, édit. Falaize, p. 45.

阶梯。美在可感物上积极地活动。美,既是被静观的世界突出的特点,又是对观看的尊严的提高。当人们同意跟随审美的心理学在世界及梦想世界者的双重增值中发展时,似乎他们感受到在美的物与美的看法之间两种视象原则的交流。于是,在观看世界的美的幸福狂热中,梦想者相信他与世界之间有一种目光交流,犹如情人间相互传情的眼波。"天空……宛如巨大的蓝色眼睛,一往情深地凝视着大地。"[1]于是,为了表达诺瓦利斯提出的积极的唯美主义的论题,因此应该说:所有我注视的东西都注视着我。

赞赏的欣快,被赞赏的自豪,这正是人之间的维系所在。但是,在我们对世界的赞赏中,这类维系表现出的活跃是双向的。世界希求自己被看见,它总是睁开双眼生活在活跃的好奇心中。我们若统一某些神话中的梦想,即可以说:"宇宙是阿尔居斯[2]。"宇宙,这美的总和,是阿尔居斯,这永远睁着的眼睛的总和。因此,若将视象梦想的定理按宇宙水平译出,即可以说:所有发光者都在观看,而世上没有任何东西比目光更光亮。

关于这个在观看的宇宙,这宇宙-阿尔居斯,水为人们提供了千百种见证。少许微风吹过,湖面遍布眼睛。每层起伏的波浪都要更清楚地观看梦想的人。泰奥多尔·德·邦维

---

[1] Théophile Gautier, *Nouvelles. Fortunio*, p. 94.
[2] Argus,或称阿尔戈斯,他是古希腊的一位战士,据说他有100只眼睛,其中50只总是睁开的。——译注

尔[1]说:"湖的目光与人的目光之间有一种可怕的相似。"[2]是否必须给予"这可怕的相似"其全部意义?这位诗人是否经历过那样的恐惧,面对镜子的梦想者突然感受到的自己被自己注视的恐惧?被湖的所有镜面看见,最终或许会导致被看见的烦扰。我相信阿尔弗雷德·德·维尼[3]曾记述过一位妇女的惊恐与腼腆,因为她突然意识到,在她更衣时她的狗刚刚注视过她。

但是紧接着我们将回到那种存在的倒转之中,梦想者为看见美的画家静观的世界带来的存在逆转。但是,当诗人迫使世界超出目光世界成为言语世界时,[4]从世界到梦想者的倒转更加剧烈。

在言语的世界中,当诗人抛弃示意的语言而采用诗的语言时,心理的审美化成为主要的心理符号。那要表述自己的梦想变成诗的梦想,正是在这条线上,诺瓦利斯能够明确地说,在哲理性的美学中,感官世界的解放是依照如下阶梯完成的:音乐、绘画、诗。

我们不采取这种艺术的等级区分。对我们而言,人类所有的登峰造极的成就都是一些顶峰。这些顶峰都向我们揭示

---

[1] Théodore de Banville(1823–1891),法国帕纳斯派诗人。——译注
[2] *Revue fantastique*, t. II, 15 juin 1861,引语见《论布雷斯丹》的文章。
[3] Alfred de Vigny(1797–1863),法国浪漫主义作家、剧作家及诗人。——译注
[4] 指诗的世界是由梦想者的梦想所形成,尤其是在写成语言时,这个世界就超出于眼睛所见的世界之上。——译注

出心理创新的魅力。通过诗人，言语世界以其本原得以更新。真正的诗人至少能说两种语言，他并不混淆意义的语言与诗的语言。将这其中一种语言用另一种语言表达只能是蹩脚的工作。

诗人在他的宇宙梦想的顶峰创造的功绩是构建言语的宇宙。[1] 诗人应集合多少魅力以带动一位迟钝的读者，以使读者从诗人的赞美中理解世界！生活在赞美的世界中，这是对世界多么热衷的赞同！任何被爱的东西都成为他赞美的存在。在热爱世界诸物时，人学会赞美世界：人进入言语的天地。

于是世界与其梦想者结成多么和谐的新伙伴！被述说的梦想将孤独的梦想者的孤独转变为向世界所有生物开放的友谊。梦想者对世界述说，于是世界也对梦想者述说。正如从被注视者到注视者的二元性被誉为从宇宙到阿尔居斯的二元性，声音与音响[2]的更微妙的二元性则上升到气与风的二元性的宇宙水平。被述说的梦想的主要存在在哪里？当梦想者述说时，是谁在说话，是他还是世界？

我们在此将引用梦想诗学的一条公认原则，应说服我们将梦想者与其世界不可分割地结合在一起的真正的公认原则。这个原则是从一位诗的梦想大师那里借来的："假若世

---

[1] Edmond Jabès 在 *Les mots tracent*, p. 41. 中写道："形象由梦想它的词形成。"

[2] 声音（la voix）是有所表达的，音响（le son）则是单纯的声响而已。——译注

界的整个存在在梦想,他梦想他说话。"[1]

但是,世界的存在是否在梦想?啊!从前,在"文化"出现以前,谁会对此产生怀疑?人人皆知,金属在矿里慢慢地成熟。没有梦想如何成熟呢?如何在世界美好之物中积累财富、力量、芳香的气味,同时又没有梦的会集?地球——在它不转动时——如何能在没有梦的情况下使其季节成熟呢?宇宙的酣梦保证了大地的稳定。理性在漫长的研究后证明地球在转动,情况仍然是:这样的声明从梦的角度看是荒谬的。谁能说服梦想宇宙的人相信:大地在自我旋转,大地在天空飞行?人不是以他人传授的思想进行梦想的。[2]

的确,在文明出现以前,世界曾做过许多梦。神话从大地走出,神话开放了大地,为的是大地能以其湖水的眼睛注视天空。崇高的命运从深渊升起。于是,神话立即发现了人的声音,以他的梦,梦想着世界的人的声音。人表述大地、天空及水。人是这宏观人类即地球巨大躯体的言语。在原始的宇宙梦想中,世界是人的躯体、人的目光、人的气息和人的声音。

但是,说话的世界的这些时代难道不能复生吗?走进梦想深处的人又找到自然的梦想,即原始的宇宙和原始的梦想者的梦。那时,世界不再沉默。诗的梦想使原始言语的世界复活。世界的所有生物都以它们的名字开始说话。是谁为

---

[1] Henrl Bosco, *L'antiquaire*, p. 121. 对于愿意理解诗的梦想,将世界与梦想的人相结合者,这本书的第 121—122 页的文字是多么的精彩!
[2] Musset écrit 写道:"诗人从未梦想过地球围绕太阳旋转。"(*Œuvres posthumes*, p. 78)

它们命名的呢？它们的名字选择得极其适当，是它们自己为自己起的名字？一个词带动另一个词。世界上的词都要构成句子。梦想者完全知道谁能从他梦想的词中引出滔滔不绝的话。水黑沉沉地"睡"在池塘里，火"睡"在灰烬下，世界的全部空气"睡"在芬芳的香气中——所有这些"沉睡者"在如此熟睡中皆成为无穷尽的睡梦的见证。在宇宙的梦想中，没有任何东西是没有生气的，世界和梦想者都不是没有生气的。一切都生活在隐秘中，因此，一切都在诚恳地说话。诗人聆听并重复这些言语。诗人的声音是世界的声音。

当然，我们可以自由地用手擦擦额头，避开所有这类疯狂的形象，所有这些出自无所事事的哲学家的"关于梦想的梦想"。但是，那就不应该再往下阅读亨利·博斯科的文章，不应该去阅读诗人的诗篇。诗人在他们对宇宙的梦想中，用原始的言语、原始的形象述说世界。他们用世界的言语述说世界。词语、美好的词语、伟大自然的词语相信那些曾创造了它们的形象。词的梦想者在人用以指示世界之物的词中，能认识到一种梦的词源学。假若山上有某些"咽喉"[1]，不正是因为风曾在那里说过话？[2] 在《星期一的空虚》中，泰

---

[1] la gorge, 多义阴性名词，有咽喉及峡谷之意。——译注
[2] 给我这喜爱对词的梦想者的旱獭，添上一只小铃铛：只有相信词的用途是"客观"描写地面"起伏"的地理学家，才会把咽喉和窄狭处视为同义词。对词的梦想者而言，当然是阴性在这儿表达出山所具有的人性的真实。若要说出我对小山、河谷、道路、花束、岩石、洞窟的热爱，我必须写一本"不具象"的地理学，一本名词的地理学。无论如何，这本"不具象"的地理学是一本回忆的地理学。

奥菲尔·戈蒂埃[1]在高山峡谷中听到"野兽般"的风，听到"对自己工作感到厌倦的过度疲劳的物质"。[2]因此有一些词语是宇宙性的，这些词语将人的存在赋予物的存在。正因如此，诗人说："将宇宙包含在一个词中比将它包含在一个句子中更加容易。"[3]词语通过梦想变得无边无际，它们抛弃了内容贫乏的最初规定。因此，诗人在写作时找到了最大、最具宇宙规模的正方形：

啊，没有角的大正方形。[4]

这样，宇宙性的词语、宇宙性的形象编织成维系人与世界的纽带。轻微的狂热使梦想宇宙的梦想者从人的词汇转入物的词汇。人性与宇宙性的两种色调相互得到增强。例如，聆听暴风雨来临的夜里的树，诗人说："森林在水晶手指的狂热爱抚下战栗。"[5]在战栗中带电的东西——在人的神经或森林的纤维上面流动的东西——在诗人的形象中找到了敏锐的探测器。这样的形象不是为我们带来对一种内在宇宙性的揭示吗？这样的形象将外在的宇宙与内在的宇宙结合起来。

---

[1] Théophile Gautier（1811–1872），法国浪漫主义作家及诗人。——译注
[2] Th. Gautier, *Les vacances du lundi*, p. 306.
[3] Marcel Havrenne, *Pour une physique de l'écriture*, p. 12.
[4] Henry Bauchau, *Géologie*, Paris, Gallimard, p.84.
[5] Pierre Reverdy, *Risques et périls*, p. 150。在同一卷书中（p.157），勒韦迪（Reverdy）聆听在天空中谈话的白杨："白杨用它们的母语低声悲叹。"

诗的狂兴——水晶手指的狂热——使内在的森林在我们身心中战栗。

在宇宙的形象中,人的词语似乎经常将人的活力注入物的存在中。例如,小草通过诗人身体的活力,从其卑微中得救:

> 草
> 在它千千万万脊柱上带走了雨,
> 用它千千万万的脚趾保持了土地。
> 草
> 以生长回答每一威胁。
> 草热爱世界就像热爱它自身,
> 草是幸福的,无论天气严酷与否
> 草一经过就扎下根,草挺立着
> 往前行进。[1]

这样,诗人让卑躬屈膝的存在挺立起来。由于诗人,绿野具有了活力。对生活的欲望由于言语的激情而增长。诗人并不描写,他进行鼓动。我们必须注意他的蓬勃热情,以便去理解他。于是,人在对世界的赞美中进入世界。世界是由我们赞美的整体构成的。而我们总能再找到我们鉴赏诗人的格言:首先赞美,然后才会理解。

---

[1] Arthur Lundkvist, *Feu contre feu,* transcription du suédois par Jean-Clarence Lambert, Paris, éd. Falaize, P. 43.

5

在我以前有关对价值化了的物质之想象的著作中，可经常看到宇宙性想象的表现，但我们总是没有很系统地考虑使享有特权的形象扩大的基本的宇宙性。本章意在论述宇宙性的想象。我们认为，假若不举几个这类起源形象的例子，那会有失疏漏。我们将摘引某些作品。遗憾的是，我们与这些作品相识太晚，以致未能用以支持有关物质想象的论点，然而这些例证却鼓励我们继续对创造性的想象之现象学进行研究。一旦人们对高度宇宙性形象进行梦想——如火的形象、水的形象、鸟的形象——他们在阅读诗人时，就能看到创造性想象的某种全新活动，这怎能不让人为之震动呢？

我们从一个在壁炉前的简单梦想开始吧。这摘自亨利·博斯科最深刻的书之一《马利克瓦》。

当然，这里所涉及的是一个离群索居者的梦想，它摆脱了传统意义上夜晚围着壁炉的家庭形象之繁文缛节。博斯科的梦想者处于如此现象学的孤独中，以致精神分析的评论将是肤浅的。博斯科的梦想者独自面对原始之火。

在《马利克瓦》的壁炉中燃烧的是根之火。面对根之火，人所做的梦想与面对柴火所做的梦想是不同的。用多节根茎生火的梦想者点燃的是起伏的梦想，一种把火与根的宇宙性结合起来的双重宇宙性之梦想。形象相互支持：短暂的火焰扎根于硬木上燃起的炽热炭火中："灵活的火舌冉冉上升，宛如火的灵魂在黝黑的空气中摇摆。这生灵贴着地面，在砖砌的炉床上生活。它耐心地生活于此，像持续缓慢地使灰烬下陷的小火焰一样顽强。"[1]这些以根的缓慢"使灰烬下陷的小火，似乎是灰烬帮助它们燃烧，灰烬似乎是滋养火苗的腐殖土"。[2]

博斯科继续写道："这是具有古老起源的火，它从来没有停止获得燃料的供给。多少年来，在这同样的炉床上，在灰烬的掩护下，它的生命持续不断。"

的确，梦想面对使过去下陷的火，就像火"使灰烬下陷"一样，会把我们带回到什么年代、什么记忆呢？这位诗人说："火对我们的记忆具有如此强大的威力，以至于沉睡在最古老的回忆之外的种种生活。由于火焰的照耀在我们身上复苏，并向我们揭示隐秘于我们心灵最深处的家园。在统治我们生存的时间中，唯有火照亮先于我们的岁月的岁月，以及那不可认识的思想，或许我们的思想往往只是这些思想的影子。在这些通过有数千年历史的火与人结合在一起的火前沉思，人失去了对事物流逝的感觉；时间消失了；时间不露声色地离我们而去。过去、现在、未来的事物都融化为存在本身，在喜悦的心灵中，不再有任何东西使存在与其本身

---

[1] Henri Bosco, *Malicroix*, Gallimard, p. 34.
[2] 在《马利克瓦》的壁炉中燃烧的树根是怪柳树根。但只在梦想者的舒适感加深后，他才感到"芬芳的火焰"。树根在燃烧时散发出花的功效。这样，木头与火焰的结合宛如婚礼的献祭那样完成。人对着树根的火双倍地梦想。

分离，或许对生存无限纯粹的感觉除外。人并未肯定他的存在，但是肯定他可能存在，一种轻盈的微光依然留存下来。人喃喃低语：我可能存在吗？而将他维系于这世界的生命的只是这点滴的怀疑，几乎未表达出来的怀疑。我们身上仍然留存的人性的东西，只有热，因为我们不再看到传递热的火焰。我们本身就是这熟悉的火，它自年代的曙光初启以来即紧贴大地燃烧，但其活跃的尖端总是冒出壁炉的炉床，闪烁在人类友情、在其中守夜的壁炉之上。"[1]

我们本不想中断这对温和本体论的长段论述，但是必须逐行评注，才能汲取其中的全部哲理教导。它使我们再回到梦想者的"我思"，回到一个自责为确认其存在而怀疑其形象的梦想者之"我思"。《马利克瓦》的梦想者的"我思"向我们展现出一个先于存在的存在。当我们梦想火的"童年"时，远古时代展现在我们眼前。所有的童年都一样：无论是人的童年、世界的童年，还是火的童年，这些生命都不是在历史线上跑动的生命。梦想者的宇宙使我们置身于静止的时间中，它帮助我们融化在世界中。热在我们体内，我们存在于热之中，与我们本身相等的热之中。热的出现为火提供了阴性温柔的支持。[2]粗暴的形而上学会对我们说，我们被抛入到炎热之中，被抛入到火的世界里。对立的形而上学面对梦想的明显事实一筹莫展。在我们阅读博斯科的那段文字

---

[1] H. Bosco, *Malicroix*, p. 35.
[2] la chaleur（热），在法语中是阴性名词。——译注

时，世界的安逸由四面八方渗入我们。一切都在融化，一切都在统一，安逸散发出柽柳的气味，热散发出馥郁的芬芳。

作家从在形象的安逸感中呈现的宁静开始，使我们体验到正在扩大的宁静宇宙。在《马利克瓦》的另一页中，博斯科写道："屋外，空气栖息在树梢，纹丝不动。室内，火为能持续到天明小心地燃烧着。从火中散发出来的只是对存在的纯粹感受。在我身上，没有一点儿运动：我的意图全部进入休息状态，我的精神形象在阴影中沉睡。"[1]

我们在时空以外的面对火的存在，已不再受"此在"(être-là)的束缚，我们的自我为使自己相信自身存在、持续的存在，不再必须作出坚强的肯定和能给我们提供有力方案的未来决定。统一的梦想使我们回到统一的生存。啊！梦想的涓涓细流有助于我们悄悄地进入世界，进入世界的安适中。梦想再一次告诉我们：存在的本质是安适，是扎根于古老存在中的安适。假若不曾存在过，哲学家如何能确信存在呢？古老的存在教我成为我自己的同一体。那如此恒定、如此审慎、如此耐心的《马利克瓦》之火，是与它本身宁静相处的火。

在这将古远的、超越时间的东西教给梦想者的壁炉前，心灵不再被困于世界的某个角落里。心灵处于世界的中心，处于它的世界的中心。最简单的炉床[2]都包容一个

---

[1] H. Bosco, *Malicroix*, p. 138.
[2] le foyer，在法语中是多义词，它的其中一个意思是家。作者在这儿发挥了词的两方面意义。——译注

天地。至少，这扩张运动是在壁炉前梦想的两种形而上学运动之一。另一种运动是将我们带回我们自我的运动。正因如此，在壁炉前，梦想者交替成为心灵与躯体、躯体与心灵。有时，躯体重新占有整个存在。博斯科的梦想者经历过躯体占主导地位的时刻："我坐在壁炉前，任随自己沉入对烧焦的木柴、火焰及灰烬的沉思，直至夜色深沉。但是壁炉中没有出现任何东西。木柴、火焰及灰烬乖乖地保持原样，并未变为它们所是的神秘的奇迹。然而，我所以喜爱它们，是由于它们的温暖有用，这胜过于它们引起回忆的威力。我没有梦想，我在取暖。取暖是很惬意的事，使你清楚地感觉到了身体，使你接触到你自己。而且，假若人想象某种东西的话，那是在外面，黑夜沉沉，寒气袭人，因为那时他凭借哆哆嗦嗦保持着的自身温暖蜷缩成一团。"[1]这段文字简朴有用，因为它教给我们不要遗忘任何东西。有某些时刻，梦想消化了现实，那时，梦想者与他的安适感化为一体，在这样的时刻，他感到深深的暖意。躯体处于温暖中，是进入梦想的一种方式。就这样，在壁炉前梦想的两种运动中——使我们在幸福的世界中流动的运动和使我们的身体成为舒适领域之运动——亨利·博斯科教给我们如何全身心地取暖。同样地，善于从壁炉取暖的哲学家将会轻易地发展入世的形而上学，恰好与种种以反对意见来认识世界的形而上学形成对立。面对炉火的梦

---

[1] H. Bosco, *Malicroix*, pp. 134-135.

想者在此不会出错：温暖的世界是温馨的世界。对于词的梦想者来说，温暖就其最深的词义而言，确是名符其实的阴性之火[1]。

《马利克瓦》的夜晚延续着。后来火开始减弱。那只不过是"眼睛可见的热的残余。不再有丝毫水汽，不再有任何爆裂声。静止不动的微光呈现出矿石的模样……微光还活着吗？但是，在我与我孤独的躯体外，谁还活着呢？"火在熄灭时，是否也熄灭了我们的灵魂？我们与壁炉里微光的灵魂如此紧密相依在一起生活！在我们身心中及我们身心外，所有的一切全浸沐在微光中。我们依靠柔和的亮光生活，我们通过柔和的亮光生活。火最后的微光是那么富于柔情！人独自静坐时却以为是两人相对。半边天地刚从我们身旁消逝。

还要对多少其他篇章进行思考以理解火是居于家中的？按功利主义的格式，无疑人会说火使房屋成为可居住的地方。这种言论属于那些并不认识动词"居住"引起的梦想的人们。[2] 火将友情传播到整栋房屋，因此使房屋成为温暖的天地。博斯科对此深知不疑，他说："由于温暖而扩张的空气充满了房子的所有空隙，紧压着墙壁、地板、低矮的天花板，以及笨重的家具。生命在其中循环，从炉火到关闭的

---

[1] le feu（火），在法语中为阳性名词，la chaleur（温暖）则为阴性名词。——译注
[2] 在《空间的诗学》（法国大学出版社，1957）一书中，我们曾对这类梦想进行过研究。

门,又从门到炉火,勾勒出不可见的热圈,从我的脸上轻轻掠过。灰烬与木柴的气味,在转移的运动中传播,使生命更为具体。火焰的微光抖动着,室内的白灰墙壁立即染上淡淡的光彩。温和的嗡嗡声带着一丝轻微的水汽,从正在燃烧的炉膛传来。所有这一切形成微温的整体,沁人心脾的安适把人引入安宁和友情。"[1]

在读到这页文字时,或许有人会反驳说,作家在此并未再提到他的梦想,而是描写他在封闭的室内之安适。但是,让我们更仔细地阅读吧,在阅读时一边梦想一边回忆。作者向我们谈到的是爱梦想的人,就是我们自己,就是忠实于记忆的人。炉火陪伴的也是我们。我们曾享有火的友情。我们与作家交流,因为我们与之交流的是保留在我们内心深处的形象。我们回到我们曾享有火的友情的房间中梦想。亨利·博斯科再次对我们说到这友情所包含的全部责任:"必须以虔诚、审慎的感情守护并维持这淳朴的火。只有它是我的朋友,它使家庭中心的石块、充满感情的石块[2]变得温暖。石块的温暖与光亮升到我的膝盖和眼睛。在这里,在人与庇护所之间,那古老的火、土地与心灵严格地达成了契约。"[3]

所有这些在火前的梦想皆表现出极大的单纯性。要体

---

[1] Henri Bosco, *Malicroix*, p. 165.
[2] 指壁炉。在乡间的房屋,壁炉既用以做饭,又用以取暖。——译注
[3] Henri Bosco, *Malicroix*, p. 220.

验这些单纯的梦想，必须爱好安宁。心灵的巨大安宁，是这些梦想的效益。当然有很多其他形象应置之于火之象征。我希望在另一部著作中继续论述所有的火之形象。本书只涉及梦想，我只想指出，在壁炉前，梦想者得到了梦想深化的经验。在火前梦想，在水前梦想，人所经历的是一种平稳的梦想。火与水都有梦的整合力量。于是形象有根。追随这些形象，我们参与到世界中，我们在这世界上扎下根来。

追随诗人在静止的水前所做的梦想，我们会获得新的论据以提出一种入世的形而上学。

6

在静止的水前梦想，同样也给我们带来巨大的心灵安宁。在水前的梦想比在过分活跃的火焰前的梦想更为柔和，因而更为稳定，这样的梦想抛开了想象的光怪陆离之念头。它们使梦想者更加单纯。这些梦想那么轻易地变为超越时间的！那么轻快地将景象与回忆联系起来！是景象还是回忆？是否应该真的现时看见安静的水？对于梦想词的人，静止的水这几个字已具有催眠的甜美。人只要稍稍进入梦想，即可知道任何的安宁都是静止的水。在任何记忆的深处都有静止的水。在宇宙中，静止的水是一片宁静、一片安定。世界在静止的水中休息。在静止的水前，梦想的人加入了世界的休息。

湖泊、池塘在那里。两者均具有"在"[1]的特性。梦想的人渐渐地进入这一"存在"中。在这个"在"中,梦想者的自我不再会遇到反对。不再有任何东西反对他。宇宙失去了所有反对的功能。憩息于池塘的宇宙之中,心灵处处如鱼得水。静止的水使物、宇宙及其梦想者化为一体。

在这一结合中,心灵进入沉思。正是在静止的水旁,梦想者极其自然地提出他的"我思",一种真正的心灵的"我思",深沉的存在将在其中得到肯定。梦想者的心灵在深入存在的自我遗忘之后,不需要怀疑多言,就又回升到表面,再次体验它的宇宙生活。这些将自己的宽大叶子置于如镜的水面上的植物,它们生活在何处?这一缕缕如此清新又如此古远的梦想,它们来自于何处?如镜的水面又来自何处?这是唯一具有内在生命的镜子。在安静的水中,表面和深处是多么相近!深处与表面言归于好。水越深镜面越明亮。光明出自深渊。深处与表面相互依附,面对静止的水之梦想从表面进入深处,从深处升至表面,永远无休止。梦想者以他固有的深度梦想。

在此,亨利·博斯科又一次要协助我们实现我们的梦想。在谈到"湖边隐居地"深处时,他写道:"只有在那里,有时我才能从我自身最幽暗处回升,才能够忘记自己。

---

[1] présence,阴性名词,意为出席、在场、存在。汉语中只有一个"在"字能同时译出这几个意义,例如"祭如在"。因现代汉语中不单独使用这个意义上的"在"字,故加引号。——译注

我内在的虚空被充满……思想的流动好像更为自然，因此不再那样苦涩，然而至此我却曾徒劳地在其中寻找自我。有时我有一种几乎是身体上的感觉，感觉到另一个隐蔽的世界，它的微温而变化的物质从我阴暗的意识下显露出来。这物质就像清澈的池水一样战栗着。"[1]思想从阴暗的意识上经过而没能够肯定存在。在梦想中，被静观的深水有助于表达梦想者深沉的心灵。作家继续写道："我迷失在池塘纵横中，不久就产生寻找到自己的幻觉，我不再置身于由湿软的泥土、鸟儿、植物和茂盛灌木构成的真实世界中，而是置身于一个心灵的中央，心灵的运动与静止都与我内在的变化互相融合。这种心灵与我相似。我的精神生活在这心灵中轻易地超越了我的思想。这并非一次逃避……而是一次内在的融合。"[2]

啊！无疑，"融合"一词为哲学家所知。但那物呢？假若没有形象的功能，我们怎能获得对一次"融合"的形而上学经验呢？融合，就是完整地附着于世界的实体。以我们的全部存在附着于接受我们的功能，因为世界上存在着那么多的接受功能。博斯科的梦想者刚才告诉我们，他的心灵如何融会于深水的心灵中……博斯科确实留下了有关宇宙的心理学的文字。假若按照这一模式，宇宙的心理学能与梦想的心理学协调一致地发展，那我们将会更加美好地在世界上生活。

---

[1] Henri Bosco, *Hyacinthe*. Paris, Gallimard, p. 28.

[2] H. Bosco, *Hyacinthe*, p. 29.

7

　　湖、池塘、静止的水以它们反映的世界之美自然而然地唤起我们对宇宙的想象。在水边的梦想者接受了简单的经验以想象世界,通过被想象的世界衬托真实的世界。湖是天然的水彩画大师。水所反映世界的色彩比实体沉滞的色彩更为柔和、更为悦目、更具人工的美。这些由水光反射出的色彩早已属于理想化的宇宙。因此,水光反影向面对静止的水梦想之人发出理想化的邀请。前往水边梦想的诗人不会试图将水描绘为一幅想象的图画,他将永远比现实更高一筹。这是诗的现象学的法则。诗继续了世界的美,并使世界美学化。我们在聆听诗人时将得到新的证明。

　　邓南遮[1]在一部充满激情的小说中,将梦想置于清澈的水前,心灵在其中寻求安宁,在永葆纯洁的爱情梦想中寻求安宁:"在我的心灵与景物之间,有一种隐秘的相互感应,一种不可思议的相似。似乎树林在池水中的形象确是梦想到的真实情景的形象。正如在雪莱的诗中,每个池塘都像一片深陷在地下世界中的狭窄天空,展现在阴暗大地上绯红而光亮的苍穹,它比深夜更深沉,比白日更纯洁,树木好像在更高的空中生长,然而却比在此处所有蜿蜒起伏的树木更精致完美,色调更柔和。某些在我们的星球表面见所未见的优美景观,通过水对美丽森林的爱,在天空

---

[1] G. D'Annunzio(1863-1938),意大利作家、诗人。——译注

中被描绘出来；在其全部深度中，这些景观都渗透着乐土的光明、不变的气氛，比我们的暮色更柔和的暮色。"

  这美好时光是从哪个遥远的年代降临于我们？[1]

  这页文字概述了一切：在这梦想中，不正是水在梦想？为达到如此忠实的梦想，如此温情的梦想，同时增加所梦想的东西之美，池塘之水难道不应该热爱"美丽的森林"吗？这样的爱难道不是共同分享的吗？森林不是也爱反映它的美丽的湖水吗？在天空的美与湖水的美之间难道没有相互的崇拜？[2]世界在其倒影中，具有双倍的美。

  这种乐土的心灵光辉是从哪一个遥远的年代而来的？诗人应该知道，假若启迪他的新生的爱并没有追随献给享乐的爱的命运的话。这一时刻是对逝去的纯洁之回忆，因为"在进行回忆"的水回忆起这些时刻。谁在清澈的水前梦想，谁就是梦想最原始的纯洁。从世界到梦想者，水的梦想经历了一次纯洁性的交流。人多么希望重新开始他的生活，开始最初梦想的生活啊！任何梦想都拥有一个过去，遥远的过去，而水的梦想对于某些心灵而言，具有单纯性的特长。

  天空在湖水的镜面中重现，召唤梦想接受更伟大的教

---

[1] G. D'Annunzio, *L'enfant de volupté*, trad. Hérelle, p. 221.
[2] 圣伯夫（Sainte-Beuve）本人——他几乎从不梦想——在《欢快》(*Valupté*) 中说：天空的月儿宁静地赞赏水中的月儿。

导。这关闭在水中的天空，不正是包含在我们心灵中的天空的形象？这种梦颇为极端——但是有人曾这样梦想过，让-保罗·里希特[1]这位伟大的梦想者对此曾有过亲身体验。让-保罗将他静观的世界与梦想再创造的世界之间的辩证关系推向绝对的程度。他不是要问：哪儿是最真实的天空？是我们头上的天空，还是面对平静的水梦想着的心灵深处的天空？里希特毫不迟疑地回答："内心的天空重建并且反映外部的天空，后者并非一个天空。"[2]译者使原文的意义有所减弱。里希特写道："dass der innere Himmel den äusseren, der selten einer ist, erstatte, reflektiere, verbaue."[3]对于《受庆祝的人》的梦想者而言，构建力量属于在注视水底世界时进行梦想的心灵之内在天空。没有被译出的词 verbaue 是全部倒转的关键词。世界不只是被反映出来，不是一成不变地被重建，而是梦想者全力以赴去构建外在的天空。伟大的梦想者认为，在水中看见，就是在心灵中看见，而外在的世界很快就只是他所梦想的。这一次，真实的世界只是被想象物的倒影。

我们认为，出自让-保罗·里希特如此坚决的梦想者

---

[1] Jean-Paul Richter（1763-1825），德国文学中最富幽默感的作家。

[2] Jean-Paul Richter, *Le jubilé*, trad. Albert Béguin, Paris, Stock, 1930, p. 176.

[3] *Der Jubelsenior, Ein Appendix* von Jean Paul, Leipzig, J. G. Beigang, 1797, p. 364.
"内在的天能补偿、反射、阻隔外在的天，外在的天很难成为一个天。"——译注

笔下的如此决定性的文字，打开了通向想象的本体论的道路。我们所以对这样的本体论有敏锐的感受，是因为一位诗人乘兴提出的形象在我们身上产生了经久的回响。这形象是崭新的，永远是崭新的，而回响则永远同样绵长。因此，一个简单的形象是对世界的一次揭示。让·克拉朗斯·朗贝尔写道：

> 太阳像一只孔雀在湖上流连[1]

这样的形象汇集了一切。它处于世界交替成为景象和目光的转折点上。当湖水颤动时，太阳赋予它千百种目光的光辉。湖是它固有的宇宙之阿尔居斯。世界上所有的存在都值得用大写字母书写。湖像孔雀开屏那样展示自己的美丽，以炫耀它羽毛上的所有眼睛。我们再一次得到我们对想象的宇宙学的格言之真实明证：所有发光的东西都在看。在湖的梦想者看来，水是世界最初的目光。伊万·戈尔在一首名为"眼睛"的诗中写道：

> 我注视你在注视我：我的眼睛
> 不知从哪儿升起
> 达到我的面孔的表面

---

[1] Jean-Clarence Lambert, *Dépaysage*, Paris, Falaize, p. 23.

第五章　梦想与宇宙

带着湖的鲁莽之眼神。[1]

在一片清澈的水前，倒影想象的心理学如此多种多样，必须写整整一本书才能区分各种组成成分。我们只举一个梦想者置身于欢愉的想象中的例子。这自娱的梦想是从西拉诺·德·贝尔热拉克[2]那里借来的。一只夜莺看见它在水中的形象："那只从树枝高处看见自己在（水）里的夜莺，认为自己已坠入河中……它啁啾鸣啭，它突然啼叫，它高声长鸣；而另一只夜莺并未打破沉默，表面看来也像它一样引吭高歌，并且以如此的魅力迷惑人的心灵，以至于我们以为它所以高歌，只是为了让我们的眼睛能听见它。"[3]西拉诺还使他的游戏更进一步，他写道：

> 寻找触摸夜莺的小白斑鱼却不能感觉它，它追逐它，对那么多次穿透它而感到惊奇……这是一个可见的乌有，是黑夜使之消亡的黑夜。

物理学家轻而易举地揭穿了小白斑鱼的幻觉，它像爱做梦想的哲学家，以为"虚拟的"形象可以食用。但是，当诗人要说出他的古怪念头时，阻止他的并不是物理学家。

---

[1] Yvan Goll, *Les cercles magiques*, Paris, Falaize, p. 41.
[2] Cyrano de Bergerac（1619–1655），17世纪法国戏剧家。——译注
[3] Cité par Adrien de Meeüs, *Le romantisme* Paris Fayard, 1948, p. 45.

8

　　为举出宇宙心理学的具体实例，我们将引用一段叙述，其中山间的湖水这一背景在某种方式下创造了它的人物：深沉而强劲的水在游泳的拍击中，将人的存在转变为水的存在，将一个尘世女子改变成梅侣琴仙子[1]。我们的述评将围绕雅克·奥迪贝尔蒂[2]的优秀著作《残杀》展开。

　　奥迪贝尔蒂只是偶尔提供一些反影的形象。他的梦想仿佛具有占卜水的力量和水的吸引力，他的梦想深受水的吸引。梦想者梦想在水的厚度中生活。他将体验的是某些触觉的形象。想象将提供给我们的不仅是被沉思的形象的天地，而且是肌肉活动所产生的喜悦的天地，游泳的威力之天地。假若我们阅读雅克·奥迪贝尔蒂的《湖》[3]中的一章时，最初可能会认为这些篇章表现的是实际的经验。但是，记录下的每种感觉都被扩张成为形象。于是我们进入了敏感的诗学领域。如果有经验，那么必须说这是名符其实想象的经验。赤裸裸的现实会使这种感受的诗学经验减色。从此，在阅读这类在水的生活中的豪情壮举时，不应该将之归于我们的经验、我们的回忆，而应该以想象的方式阅读，并参与敏感的诗学、触觉的诗学、肌肉活动的诗学。我们将顺便记下这类

---

[1] Mélusine，中世纪骑士小说中的仙女。——译注
[2] Jacques Audiberti（1899–1965），法国作家，他的小说、戏剧及诗歌都同样地富有活力。——译注
[3] Jacques Audiberti, *Carnage*, Paris, Gallimard, 1942, p. 36. 请参考 pp. 49-50。

具有心理学意义的华丽辞藻，它们将美学的生命活力赋予单纯的感觉。首先，让我们介绍水的世界中之女主人公。

奥迪贝尔蒂直接梦想的是自然之力量。他无需传奇与神话创造一位梅侣琴。他的梅侣琴在大地上生活时，是一个村姑。她的谈话和生活都与村里的人一样。但是湖使她孤独，而且一旦她独自漫步湖边，湖即变为一种天地。这村姑走进绿色的水中，从精神上说是绿色的水中[1]，水是梅侣琴内在实质的姐妹。于是她纵身跳入其中：一阵水花从深处泛起，千万朵山楂花使水域内部呈现一片白色。游泳的姑娘现在处于水波之下："从此后，不再有任何东西存在，除了一阵令人心醉神迷的蓝色喧哗，那蓝色比世界上的一切更蓝……"[2]

"一阵令人心醉神迷的蓝色喧哗，那蓝色比世界上的一切更蓝。"这形象属于哪种感官的笔调？这有待心理学家来决定。但是对词梦想的人却感到如醉如痴，因为在此，对水的梦想是说出来的梦想。在此，言语的诗学是占主导地位的诗学。必须一说再说以理解诗人所说的全部意义。对于愿听到水波声音的耳朵，喧哗这词是多么奇特的贝壳。[3]

作者继续写道：（游泳的姑娘）"穿越蓝色水空的内

---

[1] 绿色在法语中有精力充沛的含义。——译注
[2] J.Audiberti, *Carnage*, p. 49.
[3] 作者也说过："有一些词是'言语的贝壳'……在聆听某些词的时候，正像孩子在贝壳中聆听到大海，词的幻想者听到了一个幻想世界的喧哗。"

部……与包围她、充满她、溶解她的蓝色的水缠绕在一起,她的肌肤记录下渗入水中的日光在水波下绘出的黑色雷击。"在水的怀抱中产生出另一个太阳,光亮泛起旋涡,散布令人眼花缭乱的光芒。在水下观看的人应该时常保护他的视网膜。每往前划动一下,水的世界都改变着它的暴力。雅克·奥迪贝尔蒂说,热情充沛的梅侣琴"将那愤怒的宇宙中一串串的水珠绕在自己身上,在狂怒的宇宙中,传出某些被奇迹隐蔽而看不见的马群的呼吸声。"因为诗人应给我们提供奇迹的世界——那是诗人的职能——这类世界从被颂扬的宇宙形象中产生。而这一次由于颂扬的豪情,宇宙的形象不单纯是从世界中汲取而来的。这一形象以某种方式超越世界,超出所有感知的事物之外。关于游泳的姑娘,奥迪贝尔蒂写道:"她从晶莹闪烁的水之夜、湖之夜、善意之夜里游回来,旅行、沉思,远远超出游泳的力量。"[1]

但是,如此新颖、如此富于想象力的天地,不能不在想象它的人之内心深处发挥作用。假若我们以完全真诚的热情追随诗人之形象,我们觉得想象在我们身心中消除了大地的存在。我们几乎希望在我们的身心里诞生水中之存在。诗人已创造出一种存在,因此,他很可能创造出一些存在。对于每个他所创造的世界,诗人使进行创造的主体诞生。他将他的创造力量委托给正在创造的存在,于是我们进入宇宙化的"我"之领域。多亏了诗人,我们在自己身上并在自身外再

---

[1] J. Audiberti, *Carnage*, p. 50.

次体验到起源的活力。存在的现象在我们眼前、在梦想深处呈现,并使接受诗人的形象鼓动的读者豁然开朗。奥迪贝尔蒂的梅侣琴经历过一次存在的变化,她消除了人性以接受宇宙性。"她中止存在,为的是更紧密地""与自我消亡的光荣相联,然而并没有死亡。"[1]自我融化于基本的元素中,对于要在新天地中体验新生的人,是一种必须的人性自残。对于爱水的人,以宇宙性的爱去爱水的人,忘记大地,否定我们的尘世存在,是双重的必然性。于是,在水以前,没有任何东西存在。在水以上,也没有任何东西存在。水是世界的一切。诗人呼唤我们去体验的是多么强烈的本体论冲突啊!事件在其中由形象引发的生活是多么新鲜的生活啊!当梅侣琴来到湖边,她已"与任何形式的社会命运决裂。她掬满自然的虚无酒杯。在自残中,她变得无边无际。但是,当水的洗礼直达内心深处时,她重新发现了世界以及世界的干涸,她几乎感到她就是湖水。湖水泛起,向前行进"。[2]梅侣琴回到地上,在地上行走,她保持了游泳的活力。水在她的身心中是一种活力的存在。关于奥迪贝尔蒂的水之女主人公,可以借用特里斯唐·查拉[3]的诗句来描绘她:"温柔的水与强劲的水"汇聚一身。[4]

---

[1] J. Audiberti, *Carnage*, p. 60.
[2] 同上,p. 50。
[3] Tristan Tzara(1896-1963),罗马尼亚诗人、达达主义诗歌创始人之一。——译注
[4] Tristan Tzara, *Parler seul*, éd. Caractères, p. 40.

这"泛起"的水、挺拔的水、站立的水是多么新颖之存在!

我们在此接触到梦想的极端。既然诗人果敢地写出这极端的梦想,读者必须果敢地阅读它,毫无保留地、不折不扣地、不带任何"客观性"的顾虑,直至一种对读者梦想的彼在;在可能的情况下,甚至将读者自己的奇想加到作者的古怪念头上。总是处于形象顶峰的阅读,趋向超越峰顶的欲望的阅读,将给读者提供某些现象学确定的实践。读者将认识到想象的本质,既然他将在过度的想象中体验它,将在不可思议的形象的绝对中,即在非凡存在的迹象中体验它。

在通常的关于水的梦想中,在传统的关于水的心理学中,水中仙子无论如何也算不上特殊的存在。人们可以把她们想象为雾一般的存在,想象为水的"疯姑娘",即在池塘水面上跑动的磷火之柔顺姐妹。水中仙子体现的只是一种附属物向人的晋升。她们始终是温顺的、软绵绵的、洁白的存在。梅侣琴与平易的实体相反。她是要求垂直度的水,坚硬而精力充沛的水。她更多地属于对力量梦想的诗学,而不属于对实体梦想的诗学。我们在继续阅读《残杀》这部巨著时,将获得有关的见证。

9

在想象虚构的宇宙生活中,不同的世界时常相互接触、相互补充。一个世界的梦想呼唤着另一个世界的梦想。我在过去的一本书中汇集了不少资料,[1]这些资料证实使游泳的梦想与飞行的梦想衔接的梦境之连续性。天空通过湖水纯净的镜面,早已变为一池空灵的水。于是,天空于水是一种呼唤。反映天空的水是天空的一种深度。这双重的空间调动了宇宙梦想所有的价值准则。一旦某个进行无穷梦想的人,某个对所有梦想开放的梦想者紧张地在这两种空间之一里生活,他必然同样要求在这另一个空间里生活。奥迪贝尔蒂通过对游泳的幻想,成功地创造出如此生气勃勃的水,如此"强"的水,以至于水中的梅侣琴梦想获得某种力量,在她纵身跃入天空深处时,具有空中的梅侣琴的存在。她向往飞行,梦想着那些能飞行的生物。多少次梅侣琴在湖边凝视那环绕天空画着圆圈的飞鹰!这在空中的圆圈不正是微风吹过时,在敏感的河面上泛起的圆圈之形象?世界是整体。

梦想相互结合、相互连接。在天空中旋转的有羽翅的存在和流向其固有的旋涡的水流结成盟友。但是飞鹰的旋转最为美妙。在那高空中旋转时入睡的飞鹰梦想着什么呢?它们不是也像哲学家的月亮一样被旋风卷走?的确,当水的形象立即成为天空的思想时,哲学家们在梦想什么呢?梦想者无休止地追随着飞鹰的天体飞行。这环绕高空绘出的如此优美的圆圈是多么辉煌的飞行,多么富于魅力的飞行!游泳只知直线行进。而人必须像飞鹰一样飞行才能具体明白宇宙的几何学。

---

[1] 参见 *L'air et les songes,* éd. Corti, chap. Ier。

但是，让我们少些哲学趣味吧，还是按照诗人的梦想提供的教训，继续我们对兴奋这种心理艺术的学习。

这样，梅侣琴梦想两次，永远是两次——梦想飞上蔚蓝的天空或是梦想跃入暗蓝的湖水中。于是，奥迪贝尔蒂写下有关试飞、成功的飞行、失败的飞行那激动人心的心理学之卓越篇章。首先，梅侣琴在夜梦中获得信心。这梦境中的信心是梅侣琴在白天从未离开的、追求身轻如燕的梦想所致抑或证实的："有时，躺在草丛里或躺在床上，她闭上眼睛，试图摆脱体重。于是，人在那轻盈的旅行所必不可少的载体中走出躯体。她用力在自己的遗骸上方、在空中停留——然而，这具遗骸，你的血肉，你将它一道带走，但是，必须去骨并消毒。有一夜，她甚至相信已经成功了。她感到自己向天花板飞去。她的脊背、双脚及腹部都不再触及任何东西。她轻轻地往上飞……是在梦中吗？这不是在做梦？然而她用左手抓住大梁。在再次降落以前，她揪下三根细木片，这是确实的见证。然后，她在睡眠中再次降落——再降落下来！苏醒时，那三根木片早已无影无踪。"[1]

进行想象的作家在此是位准确无误的心理学家。他知道在飞行的梦中，梦者是满载客观证明而归的。梦者或从屋顶揪下一根刺，或在树尖采下一片树叶，或在乌鸦窝里掏到一枚鸟蛋。在这些明确的事实之上，还结合有连贯的推理以及精选的论点，这都是提供给不会飞行的人的。遗憾的是，苏

---

[1] J. Audiberti, *Carnage*, pp. 56-57.

醒时证明这些已不在手中，脑海里也不再有充足的理由。

但是，夜梦中身轻如燕的益处留存下来。梦想继续拾起这在夜间形成的空中存在的萌芽。梦想培育这一萌芽，但不再用证明培养它，也不再用经验而是用形象培育它。在此，人们再次看到，形象能达到一切。当身轻如燕幸福的印象出现在心灵中，这印象也出现于身体内，于是刹那间生命享有了形象的命运。

身轻如燕是一种如此具体的感觉——这种感觉是如此有用、如此可贵、如此具有人性！为什么心理学家并未考虑建立有关这种轻盈的存在的教育学呢？因此，诗人承担起教育我们的职责，将轻盈的印象结合到我们的生活中，并使时常被过分忽略的印象实现。在此，再让我们继续追随奥迪贝尔蒂吧！

梅侣琴爬上小山平缓的斜坡，轻快地迈步走着，她腾飞起来："她为越过那重重天幕感到陶醉，这真像餐食谷物，餐食那用以酿造使人飞行的蓝天美酒的谷物。她往前走，继续往前走，但是她已长出翅膀，夜的黑黝黝的翅膀，是由嶙峋山峰切割而成的。不！群山本身就是构成这些翅膀实体的部分，群山以及它们的高山牧场、它们的山间小屋、它们的冷杉……她承认这些翅膀充满生命活力，承认它们能拍击蓝天。于是它们将振动起来。它们果然振动起来。她往前走。她飞翔。她不再步行。她飞翔。她的全部身心都在飞翔。"[1]

---

[1] J. Audiberti, *Carnage*, p. 63.

必须聚精会神地阅读这些篇章，同时相信所读到的文字。作家要说服读者相信在飞行形象中起作用的宇宙力量的真实性。它具有一种比移山的信仰更坚定的信仰能使群山飞腾。山峰不正是一些翅膀吗？在作者呼吁读者同情想象的召唤中，他搅扰读者，他逼迫他。我好像听到诗人说："你终于飞翔起来了吧，读者！你还呆坐着不动，而整个宇宙都奔赴飞翔的命运？"

啊！书也有它们各自的梦想。每一本书都有各自的梦想色调，因为任何梦想都有一种特殊的色调。倘若说人们过分经常地忽视梦想的个性，那是因为人们决定将梦想视为混乱的心理状态。但是，做着梦想的书纠正了这一错误。因此，书是我们做梦想的真正的导师。假若没有对阅读的全面好感，那为什么还阅读呢？但是当真正进入书的梦想时，怎么能停止阅读呢？

于是，在继续阅读奥迪贝尔蒂的书时，眼睛睁开了：人们看见飞行征服了世界。世界应该飞行。多少生物以飞行为生，因此飞行肯定是已升华的世界即将来临的命运："……那么多的鸟儿，小的、大的，还有唧唧飞行的蜻蜓以及云母翅膀的 le semblide，[1] 雄性比雌性短小两倍。的确，宇宙是一个湖。在湖底上面艰难行走，膝盖那么低，正如她现在的步

---

[1] 多少其他的鸟儿使水晶飞上了天空，使地上所有的矿物飞上天空。le Semblide，可能是一种模拟植物枝叶的昆虫。——译注

行一般，她因此感到羞辱。"[1]于是，必须不断地重新开始那全部的、将那梦想的姑娘带到蔚蓝天空的英勇行为。能飞的人不应留在地上："她必须真正地飞起来。她必须能向下扑去，能浮起来，能在空气中穿越。飞吧，乌有的女儿、孤独的心灵、暗淡的烛光……飞吧！……她飞起来了……实体开始变化。一股宛如浪涛般雄厚的气流载负着她。她具有了猎禽的威力。她高居于大地之上。"[2]

但是，在成功的顶峰，骤然出现了崩溃。梦想降落到地上。无边的懊恼在"失败的钟声中颤抖"，钟声为那从梦中坠入现实的人的昏厥敲响了。"她将永不能飞翔了吗？从空气的本质到水的本质，差距竟会是如此巨大？"这是可能的吗，一个这么宏伟、强劲、这么使人振奋的梦想能与现实相背离？这梦想与生活，与我们的生活如此紧密相关！它如此肯定地为生活的飞跃增添活力！它曾赋予我们进行想象的存在，那么充沛的存在！它曾是我们跨入新世界的入口，那么新颖，那么超越于被日常生活所损坏的世界的入口。

啊！虽然我们想象的翅膀有某种弱点，飞翔的梦想至少为我们打开了一个世界。梦想是这个世界的入口、高大的入口、广阔的入口。天空是这一世界的窗子。诗人教导我们窗子必须大大敞开。

虽然我们大量摘录了雅克·奥迪贝尔蒂书中的文字，我

---

[1] J. Audiberti, *Carnge*, p. 63.
[2] 同上，p. 64。

们却没能追随空中梦想所有的动荡与转折，我们没能说出从水的天地到空中的天地之辩证关系的所有波折。由于是片断摘引，我们破坏了文章的连贯气势，破坏了形象富于诗意的连贯，虽然形象是丰富多彩而荒诞怪异的，这种富于诗意的连贯却取得了梦想的统一。然而，我们希望向读者证明，诗人的艺术给梦中事件的简单叙述增加了强大的心理力量。于是，诗的统一与梦想的统一相互结合。

假若梦想的诗学能建立起来，这一诗学将得出某些使我们能够系统研究想象活动的研究格式。因此，人们可以从刚才我们阐明的例证中抽取一种提问的格式，以决定形象参与诗的可能性。正是诗的价值观使梦想对心理有益。通过诗的途径，梦想成为积极的活动，成为使心理学家感兴趣的活动。

若不追随诗人进入他诗意盎然的梦想，如何能研究想象的心理学？如何搜集资料？能从那些没有想象的人、那些禁忌梦想的人、那些把涌现的形象"简化为"稳定思想的人那里获取材料吗？能从那些更巧妙地否定想象——"解释"形象时既破坏了研究形象的本体论，又破坏了研究想象的现象学的任何可能性——的人那里获取材料吗？

假若夜里的酣梦并未得到幸福时光的美好梦想的支持、培育和诗化，它们会是什么样呢？梦想飞翔的人如何能在柏格森对夜梦的专论文章中认出他的夜间经历呢？[1]柏格森和

---

[1] H. Bergson, *L'énergie spirituelle*, Alcan, p. 90.

许多其他人一样,在以心理及生理的原因解释这种梦想时,似乎并未考虑想象的固有作用。他认为,想象并非一种独立的心理现实。他认为,是身体的条件决定了飞翔的梦想。关于梦中的飞翔,他说"假若你突然醒来,我想你将发现这样的情况:你感到你的脚失去支点,因为你实际上是躺着的。此外,由于你认为你没有睡着,你并未认识到你是躺着的。因此你想你不再接触到地面,尽管你是站立着的。你的梦想所发展的正是这样的确信。请注意,在你感到你在飞翔的那些情况中,你认为你的身体倾向一侧,倾向右侧或左侧,在手臂突然一动将身体举起时,手臂的动作好像是翅膀的一次振动。而身体的这一侧恰恰是你躺着的一侧。倘若你这时醒来,你将发现努力飞翔的感觉与手臂及身体压在床上的感觉是同一种感觉。这后一种感觉若离开其原因,则只是一种隐隐约约的疲乏感,可以归因于某种努力。但这后一种感觉若再与你的身体已经离开地面的确信相联系,它则被决定为明确感觉到的飞翔的努力。"

这种对身体状况的"描写",有许多点值得讨论。对飞行的梦想时常是并无翅膀的梦想。墨丘利脚后跟的小翼已足够促使起飞。[1]将夜里的飞行乐趣与手臂被压在床褥上的疲乏相联系很不容易。但是,我们主要的批评并不针

---

[1] 墨丘利是古罗马人的神明,即希腊神话中的赫耳墨斯。他是主管雄辩术、商业及盗贼的神,又是众神的信使。他的脚后跟长有小翼,行走如飞。——译注

对这些不相干的身体情况。在柏格森的解释中所欠缺的，是充满活力的形象功能，是构成全部想象的生命形象之功能。在这个领域内，诗人所知道的远远胜过于学识渊博的哲学家。

10

在本章的最后几段，我们在追随各不相同的来自对火、水、空气、风及飞翔特别喜爱用的形象的梦想时，借用了能自行扩张、传播直至变为世界形象之形象。人们可能会要求我们以同样的精神研究第四个元素所象征的形象，即"土"元素的形象。但是，这一研究会使我们偏离本书的研究角度。我们的对象将不再是存在所具有的宁静之梦想，不再是我们的闲暇梦想。为进行可称为物质的心理学之研究，必须进行思考，同时必须具有意愿。

关于进行思考的梦想，我们曾在为"理解"炼金术所做的研究中经常接触到。那时，我们曾试图做一种混合的理解，一种既有形象又有思想，既有沉思又有经验的理解。但是，这种混合理解性质不纯，而要追随科学思想的特殊发展的人，应决然与形象和概念相连的关系决裂。为实施这一决定，我们曾在我们的哲学教学中做过不少努力。因为这类努力，我曾写过一本书，书的副标题是：《对客观认识的精神分析的贡献》。而且，特别在有关物质的认识演变的问题上，我曾在《理性唯物主义》一书中，试图指出对四种元素的炼金术何以完全不能为现代科学认识奠定基础。[1]

因此，我认为，从这一文化的全部过去中留下来的，是物质的各种形象，它们受到想象与思想之间的论战之影响。所以，我们不想在这部论述简单梦想的书中，继续对物质的形象进行研究。

当然，在土的物质前的梦想也会有松弛。人们所揉的泥团在手指中放入了一个甜美的梦想。这类梦想在我有关土的物质的几本书中曾得到足够的关注，本书不再赘述。

与这类思考的梦想相比，与这类自认为是思想的形象相比，还有一些在欲望的梦想，一些很令人鼓舞、很令人快慰的梦想，因为这类梦想所准备的是一种意愿。在我的名为《土地与意志的梦想》的书中，我曾集中了好几种这样的类型。这些具有意志的梦想准备并支持工作的勇气。在研究诗学时，人们将会找到劳动者的歌曲。这类梦想扩展了工作。它们将工作置于宇宙之中。我为锻铁炉的梦想写的那些篇章，目的在于证明各种伟大工作的宇宙性之命运。

但是，我在《土地与意志的梦想》一书中所做的初步工作应该更进一步。尤其应该重新开始这样的研究，以将所有的行业置于我们时代生活的运行中。那么，应该写出什么样的书，才能使具有意志的梦想处于今天行业的水平啊！人们不能再满足于那些贫乏的手工教学法，在这种教学法中，人

---

[1] 请参考 *La formation de l'esprit scientifique. Contribution à une psychanalyse de la connaissance objective*, Vrin, 以及 *Le matérialisme rationnel*, P. U. F。

们在看到一个孩子表现出对某些工艺玩具的兴趣时会感到惊奇。人类刚进入一个新的成熟期，因此想象应为意志力提供服务，应唤醒意志进入全新的展望。正因如此，梦想者不能满足于通常的梦想。假若人能在抛开一本刚结束的书，又立即开始另一本，他该是多么喜悦啊！但在这样的意愿下，不应该陷入混淆类型的错误。对意志的梦想不应粗暴对待闲情逸趣的梦想，不应使之阳性化。

在结束一本书时，既然好的方法是回顾开始这本书时所抱的希望，我清楚地看到我已将我所有的梦想保持在《阿尼玛》的平易流畅中。这本以"阿尼玛"写成的简单的书，我们希望人们也以"阿尼玛"来阅读它。然而，为使人不把"阿尼玛"误认为我们全部生活的存在，我希望再写另外一本书，那将是有关"阿尼姆斯"的作品。

译后记

加斯东·巴什拉（Gaston Bachelard）是当代法国思想界颇有影响的哲学家。他出生于香槟地区奥布河旁的巴尔城。青年时期，他做过中学辅导教师、邮局的编外人员及职员；后来入大学，取得了哲学及数学双学科毕业文凭，继而任巴尔城中学物理教员。1930年开始从事高等教育，任第戎大学教授，后任巴黎大学教授，直到1954年退休。

巴什拉的研究是围绕着两个主要论题进行的，即认识论与诗学。这可以从他毕生撰写的著作中得到一个清晰的概念：

《论近似的认识》，巴黎，1929。

《新科学精神》，巴黎，1934。

《科学精神的形成》，巴黎，1938。

《火的精神分析》，巴黎，1938。

《否的哲学》，巴黎，1940。

《水与梦想》，巴黎，1942。

《空气与幻想》，巴黎，1943。

《土地与意志的梦想》，巴黎，1948。

《应用理性主义》，巴黎，1949。
《理性唯物主义》，巴黎，1953。
《空间的诗学》，巴黎，1957。
《梦想的诗学》，巴黎，1960。
《烛之火》，巴黎，1961。

认识论与诗学，多么互不相干的题目！这处于两极的学问在巴什拉的思想中却并不对立，而是通过一种受心理分析所启发的辩证法联系在一起。巴什拉认为人的存在意识的根子，正是同样在两个领域都展开想象的活动。因此，对想象的分析贯穿于他的全部诗学研究。在《梦想的诗学》中，他明确地提出了与理性哲学家笛卡尔分庭抗礼的认识论："我梦想，因此我存在……"（见本书第四章《梦想者的"我思"》）。由此不难看出，想象、梦想在巴什拉的认识论中占据着多么必然的位置。

巴什拉的研究使他成为了著名的认识论大师。他影响了当代许多重要思想家，并不断地启发着人文科学的理论工作者。他的关于想象的理论也启发了让-保尔·萨特，以及法国"新批评"的文论家，为文学的反思开拓了众多而新颖的途径。法国当代文学批评很兴盛的一派，主题评论派，与巴什拉的观点正是一脉相承的，其中如乔治·普莱、让·皮埃尔·里夏尔、让·鲁塞、让·斯塔诺宾斯基都在不同程度上发扬光大了巴什拉的思想。

巴什拉从认识论的观点出发，采用了当代精神分析的成果，认为精神分析为"认识人"提供了卓越的手段。但他的思想更接近C.G.荣格，而不接近于弗洛伊德的正统的精神分析。他赞赏荣格所倡导的"深层心理学"。荣格的方法背离了弗洛伊德，突出人性超越生理限制的一面，致力于探索按人类共同的基本"原型"所组成的"集体无意识"。这一深入心灵的探索，将巴什拉带入了人类幽远的童年时代，带入那远在科学出现以前感性与理性合一的时代。于是他产生了对炼金术的沉思，对古代哲理思想鲜为人知的各方面的沉思：对阴阳二元性的学说，对古代思想中宇宙基本元素水、火、空气与土的沉思。

无疑，这就是为什么认识论与诗学在巴什拉的思想中是并行不悖的。而且，他的旨趣所在正是在思想中恢复"它们的梦的通道"，并使诗的意境进入文学批评的领域。

巴什拉认为精神分析指出了诗的形象所发源的"一个奥秘的中心"，但对诗学来说，这是不够的，好的文学批评还有待于为这些形象找到"一种新的语言"[1]。于是，巴什拉所试图达到的，正是"利用心理分析的词汇与论点来发现诗的形象与一个深沉的'梦一般的现实'之间的维系，并通过这'梦一般的现实'，找到诗的形象与四种基本元素：水、火、空气与土的维系。通过这些对'物质的想象'的探索，他希望'更新文学批评'，使想象力恢复生机蓬勃的性质，以达

---

[1] 见《水与梦想》，第44页，转引自罗热·法约尔，《文学批评》，第185页。

到（读者）融汇于诗人创新的梦想中。"[1]

自1957年开始，巴什拉发表了另一系列的著作：《空间的诗学》《梦想的诗学》以及《烛之火》。在这些著作中，他要阐明的是什么呢？

对这问题作者给予了很明确的回答，让我们仔细地读一读《梦想的诗学》的导言吧："在最近一卷为补充我们以前对诗的想象所做的论述（指《空间的诗学》）中，我们试图指出现象学的方法对此类探讨所具有的有利性。按现象学的原理，问题在于充分阐明对诗的形象感到惊奇赞赏的主体所产生的意识领悟。"很清楚，他试图做的是将现象学的方法引用到想象及诗学中来。这就是说，正如巴什拉一贯行之若素地将梦想和诗的意境渗透于思想中，现在他将进一步地将认识论引入诗学中，形成一门想象及诗学的现象学。

为什么呢？因为，"现象学的方法，在促使我们有步骤地返回我们自身，并对诗人所提供的形象努力作出明确的意识领悟时，引领我们尝试与诗人的创造意识进行交流。崭新的诗的形象——一个极其简单的形象！——因此很自然地成为一种绝对的起源，一种意识的开始。"

但是，现象学是一门繁复艰深的学问，如何把它应用到诗学中来呢？

对于这，作者自然也有他的道理。

---

[1] 见法约尔，《文学批评》，第185页。

原来在认识论中，无论是从现象学或是诗学的现象学来看，关键都在于意识的领悟。现象学的名称在哲学领域的第一次出现，那是在19世纪当哲学家黑格尔把他的一部巨著命名为《心智的现象学》的时候。这部书有一个很具启发性的副标题：《意识的经验的科学》，因为它描述的正是：心智如何从最卑微、最抽象的意识起，经过一系列的演变及自我完善，最终达到构成及占有绝对的知识。因此，现象学就是主体的意识从它最卑微、最抽象的阶段过渡到充分占有自我所经历的不同的时刻或不同的形态的科学。第一次世界大战前夕，当现象学在德国哲学家爱德蒙·胡塞尔的倡导下再次出现并成为一种哲学运动时，它的意义随着倡导者及其门徒的著作的演变而有所不同。但意识的领悟仍然是关键之所在。当然，必须注意的是，胡塞尔为意识下了新的定义：意识不只是一种感受的官能，而且是一种向客体现象不断投射的活动。意识不是被动地接受或重现客体现象来达到认识，而是有意向性的。因此，我们不能把意识理解为一种容器，或是盛什物的器皿，而应把它想象为一个光照四方的灯塔。

在意识有意向性的投射活动中，如果说"理性的意识"始终使现象学学者深感其难解的性质……使他难以"说明意识如何贯穿于一系列的事实中"。那么相反地，当"想象的意识"面对一个孤立的形象时，感到惊奇赞赏的主体却很自然地产生了意识领悟："崭新的诗的形象——一个极其简单的形象！——因此很自然地成为一种绝对的起源，一种意识的开始。""一个诗意的形象能够成为一个世界的萌芽,一个呈现于诗人的梦想前的想象天地的萌芽。面对诗人所创造的这一世界,惊奇赞赏的意识极真纯地开启了。"[1]

面对一个诗意的形象而发现并领悟到一个新的天地,这不正是诗在读者身心中所产生的奇妙功能吗?诗是认识的手段,而且可能是更直接、更卓越的手段。巴什拉把现象学引用到诗学中来,的确是做了很有意义的探索。当代法国诗人保罗·克洛岱尔也认为诗是一种认识,并把认识(connaissance)写为共生(conaissance),因为正是在诗意的形象面前,诗人、读者得以与一个新的天地共同诞生。

《梦想的诗学》共分五章,在导言中,全书的旨意及论题划分作者都做了解释和说明。这是一部很不一般的书,尤其是在崇尚科学精神的今天,它却突出了梦想,并强调想象和形象的认识论的价值,认为它们是"开拓未来"的:"任何一次意识领悟都是一次意识的增长,一次光明的增强,一次心理连贯性的加强。这领悟的迅速及它的瞬时性可能对我们掩盖了它的发展。但是在任何一次意识领悟中,意识的存在都有所发展。意识与强烈的心理转变是同时的,这种转变将它的活力扩散于全部心理活动中。意识……是一种人性的活动……充满活力的活动。即使随之而来的行动、可能随之而来的行动,以及本来应该随之而来的行动处于中止状态,意识的活动却仍然具有它完满的

---

[1] 见《梦想的诗学》导言。

积极性。"

对于这样一卷怀有宏大的哲学雄心的书,想"赋予任何一位诗歌读者以诗人意识"的书,一卷在严谨的论述中出现了"闲情逸趣的绿洲"的书,假若我们从语言学的观点或心理学的观点出发,或按科学实证主义的精神来阅读它,那么,诚如作者所言,我们会感到有的词句像是"疯疯癫癫"的,或者我们会"望而止步"。但是相反地,假若我们对这位进入了古代哲理思想沉思的学者,对这位试图"研究我们从宇宙梦想中得到的存在的扩张"的哲学家,也借用同样带有梦想的古代思想来理解他,例如用我国的阴阳学说来与他的阴柔阳刚的"阿尼姆斯"与"阿尼玛"进行对比,用我国的古词乾坤、太阴、太阳来看待他所突出的法国词语的阴阳性,用金、木、水、火、土的学说来对照他的水、火、空气与土的物质想象,那么,无疑我们会欣赏他那魅力无穷的对诗的鉴赏。

本书在翻译和出版过程中,得到了程抱一先生及段映虹、程小牧老师的热忱帮助,在此致以深深的谢意。

作者简介：

加斯东·巴什拉（1884—1962），法国哲学家。他认为与理性世界相对立，亦可对其形成补充的是一个由诗意想象及其象征物构成的世界，后者受水、火、气、土等自然元素诱发。他在《火的精神分析》《水与梦》《空间诗学》等一系列著作中尝试对这些自然元素进行精神分析，《梦想的诗学》即是其中一部。巴什拉的研究推进了关于想象力的哲学认知，对科学哲学和文学批评产生了深远的影响。

译者简介：

刘自强，1924年出生于云南昆明，1943年考入西南联大，先后就读于清华大学外文系，美国罗彻斯特大学教育系，法国巴黎大学法文系。自1956年起在北京大学西语系法语专业任教，直至1992年退休。主要研究方向为法国象征派诗歌，主要译著有《梦想的诗学》《从文本到行动——保尔·利科传》等。

法兰西思想文化丛书

《内在经验》
［法］乔治·巴塔耶 著　程小牧 译

《文艺杂谈》
［法］保罗·瓦莱里 著　段映虹 译

《梦想的诗学》（即出）
［法］加斯东·巴什拉 著　刘自强 译

《罗兰·巴特论戏剧》（待出）
［法］罗兰·巴特 著　罗湉 译

《成人之年》（待出）
［法］米歇尔·莱里斯 著　王彦慧 译

《异的考验：浪漫主义时期德国的文化与翻译》（待出）
［法国］安托万·贝尔曼 著　章文 译